KB128452

TIME ROULETTE
타임룰렛

TIME
Rouette
타임룰렛 4

초판 1쇄 인쇄일 2017년 9월 12일 ┃ **초판 1쇄 발행일** 2017년 9월 15일

지은이 최예균 ┃ **펴낸이** 곽동현 ┃ **담당편집 팀장** 이범수
편집부 신연제 김예리 이윤아 홍현주 김유진 조서영 임소담 정요한 김미경

펴낸곳 (주)조은세상 ┃ **출판등록** 제2002-23호
주소 경기도 연천군 미산면 청정로1355
TEL 편집부 02)587-2966 ┃ FAX 02)587-2922
e-mail bukdu@comics21c.co.kr

최예균 © 2017
ISBN 979-11-6171-247-5 ┃ ISBN 979-11-6171-108-9(set) ┃ 값 8,000원

TIME ROULETTE

타임룰렛 4

최예균 현대판타지 장편소설

NEO MODERN FANTASY STORY

CONTENTS

CONTENTS

Chapter 37. 여우의 발톱

"이런, 젠장! 불길함의 정체는 바로 이거였어."

이제야 비로소 알 것 같았다. 여행을 시작하고 나서 가슴 한편에서 계속 느껴지던 불길함의 정체 말이다.

"어째서, 어째서 기억 못한 거야!"

답답함이 일었다. 분명 내 기억 속에 있는 것이었음에도 불구하고 전혀 생각을 하지 못했던 사실에 대해서 말이다.

만약 하루라도 빨리 기억이 떠올랐다면 한윤화든, 미래 의 재산이든, 임무든, 젊은 경제인의 밤이든 모두 때려치우 고 사고를 막기 위해 모든 힘을 동원했을 것이다.

"분명 세월호 사고 때 들었던 내용이었잖아. 이 바보 멍 청아!"

세월호 사고는 2014년 4월 16일 오전 8시 50분경 대한민국 전라남도 진도군에서 벌어진 침몰 사고로, 탑승자 476명(잠정) 중 172명이 구조되고 304명이 사망·실종된 최악의 사고였다.

그리고 그 당시 조명됐던 해상 사고가 바로 남영호 침몰 사건이었다.

사실 이 사고는 내가 태어나기 이전에 벌어진 일이라 그에 대해서는 역사에 기록된 내용 밖에 알지 못했다.

이 또한 앞서 세월호 사건이 벌어지고 나서 언론 매체에서 이와 유사한 사건에 관해 조명하면서, 그런 일이 있음을 알게 되었다.

그 전까지는 학교에서도 혹은 신문에서도 남영호에 관한 사실을 본 기억이 없었다.

"저기 회장님 괜찮으세요? 세월호가 뭔데요?"

옆에 있던 김 비서가 조심스레 물었고 강 기사 역시 걱정 어린 눈빛을 보내고 있었다.

그제야 너무 화가 치밀어 오른 탓에 내가 해서는 안 될 말을 했음을 깨달았다.

"아니야, 아무것도. 그보다 지금 저거 상황이 어떻게 흘러가는지 좀 알아봐주겠어?"

"제 친구가 해경에 근무하고 있는데, 한번 알아볼까요?"

대답이 흘러나온 것은 김 비서가 아니라 강 기사 쪽이었다.

고개를 끄덕이며 허락하자, 강 기사가 재빨리 발걸음을 옮겼다.

두근두근!

'후우, 진정하자 진정해. 이건 쌍둥이 빌딩 테러 사건과는 달라. 지금의 내가 당장 뭘 할 수 있는 건 없어. 사고는 바다 한가운데에서 벌어졌고 내가 구조팀을 만들어서 갈 수 있는 상황도 아니잖아. 일단은 상황을 지켜보고…… 지켜보고…….'

쾅!

"회장님?"

나도 모르게 앞에 놓인 테이블을 강하게 내리치고 말았다. 옆에 있던 김 비서가 그 모습에 뒷걸음질 치며 양 손으로 입을 가렸다.

"지켜보긴 뭘 지켜봐. 이러는 사이에도 차가운 물속에서는 사람들이 계속 죽어 갈 텐데! 이런, 빌어먹을. 방법, 방법을 찾자."

테이블을 내려친 충격으로 팔이 찌릿거렸지만, 마음속에서 느껴지는 답답함에 비하면 새발의 피였다.

"그래, 김 비서 우리 돈 많잖아? 그 보상금이나 지원금 걸고 민간 구조사들 고용하자. 고용해서 지금 당장 저 사람들 구…… 크헉."

털썩!

"회, 회장님?"

갑자기 가슴을 쥐어짜는 강력한 고통. 숨이 멎을 것 같은 아픔에 절로 무릎이 굽혀졌다. 정신은 혼미하고 머리는 깨질 것 같다.

"허억, 허억……."

"회, 회장님? 지금 당장 의사를 부르겠습니다."

자리에서 일어나려는 김 비서를 손을 뻗어 잡았다.

"하아, 쿨럭…… 쿨럭. 아니야, 괜찮아. 시간 지나면 괜찮아질 거야."

또르르!

이마를 타고 내리는 땀방울. 그 땀방울과 함께 한 가지 기억이 떠올랐다. 정산의 방에서 준과 나눴던 대화였다.

[앞으로의 여행에서는 조심해주세요. 물론, 이건 단지 말뿐인 경고는 아닙니다. 전과 같은 행동을 하면, 여행자님에게도…… 뭐, 이건 그때가 되면 스스로 알게 될 테니 여기까지만 하도록 하죠. 다 알려드리면, 재미가 없잖아요?"]

빠드득!

'그때 했던 말이 바로 이거였나? 내가 또 운명대로 죽어야 할 사람을 구하려고 하면, 몸에서 고통이 느껴진다는 거야? 하…… 하하.'

어이없는 웃음이 흘러 나왔다. 단지 생각만 하고 마음만 먹었을 뿐이었다. 그런데도 당장 심장이 멎을 것 같은 고통이 느껴졌다.

그런데 만약 직접 행동으로 옮긴다면? 그때는 심장이 멎을 것 같은 고통이 아니라 심장이 아예 멈출 지도 모른다.

"회장님, 정말 괜찮으세요? 의사 부르지 않아도 되겠어요?"

"……응. 이제 괜찮아졌어."

5분 정도가 흐르자, 언제 그랬냐는 듯 심장에서 느껴지던 고통이 거짓말처럼 사라졌다.

"여기 땀 닦으세요."

"고마워, 후우."

숨을 고르며 김 비서가 건네준 손수건으로 이마에 맺힌 땀을 닦았다.

"……김 비서."

"네, 회장님."

"분명 정부, 그러니까 해경을 제외하고도 침몰한 남영호에 갇힌 사람들을 구하려는 사람들이 있을 거야. 그런 사람들 있으면…… 돈이 얼마가 들어도 상관없으니까 아끼지 말고 지원해."

말을 하면서도 심장에 느껴질 고통에 대비했지만, 이번에는 아무런 고통도 느껴지지 않았다. 이로써 확인할 수 있는 것은 한 가지였다.

'내가 직접적으로 행동의 주체가 되지 않는다면, 상관이 없다는 건가?'

조금 전의 결정과 지금의 결정이 다른 점은, 조금 전에는 내가 직접 민간 구조사들을 모집해서 구조 활동을 진행하려 했다면, 지금의 결정은 이미 구조 작업을 결정한 이들에게 단지 지원만을 하라고 했다.

다시 말해서 이미 결정된 사항에 내가 도움을 주는 것은 문제가 되지 않는다는 소리였다.

"알겠습니다. 말씀하신대로 진행할게요. 저기 그런데 회장님 확실히 이전과는 달라지셨네요."

"응?"

"예전에는 구호 성금으로 천 원짜리 한 장 안 내시던 분이 이런 일을 도우라고 지시하시고."

"사람의 목숨이 달린 일이잖아. 할 수 있는 건 다 해봐야지."

"멋지시네요. 회장님, 그 어느 때보다."

쪽!

그리고 순간 볼에 부드러운 감촉이 느껴졌다. 그리고 그 옆에는 붉게 달아오른 얼굴로 날 바라보고 있는 김 비서의 얼굴이 보였다.

순간적이나마 그 모습에서 안 집사와 문진희의 얼굴이 스쳐 지나간 것은 우연이었을까?

"안 돼!"

벌떡!

자리에서 재빨리 일어서며 김 비서로부터 물러났다.

"깜짝이야. 갑자기 뭐가 안 돼요?"

"아, 아니 그게 아직 마음의 준비가."

마음의 준비가 되지 않기는 했다. 여기서 갑자기 김 비서의 신뢰를 얻고 임무를 달성해 버리면, 임무는 그대로 종료. 여태까지 저지른 일을 하나도 마무리 짓지 못하고 여행이 끝나 버리는 것이다.

"일단은 해야 할 일부터 하고 우리의 관계에 대해 진지하게 생각해보자. 이제 서로 오해는 풀렸잖아. 그렇지?"

김 비서가 고개를 끄덕이며, 자리에서 일어났다.

"⋯⋯그래요. 하지만 만약 지금의 행동이 장난이고 절 너무 오래 기다리게 한다면, 두 번의 기회는 없다는 것을 명심하세요."

원래의 표정으로 돌아온 그녀의 모습에 나 역시 고개를 끄덕이며 답했다.

"걱정하지 마. 이 심장의 주인도 절대 거짓이 아니라고 말하고 있으니까."

"쯧쯧, 곤란해. 아주 곤란하단 말이야."

중앙정보부장 이정락이 눈앞에 있는 여인을 보며 혀를 찼다. 그 모습에 앞에 앉아 있는 여인, 한윤화가 어색한 미소를 지으며 대답했다.

"앞으로 조금, 아주 조금만 시간을 주시면……."

"시간? 이 여자야. 그 소리가 대체 몇 번째인 알아? 그놈의 시간 달라는 대로 줬다가 지금 내 목이 날아가게 생겼어!"

"정말이에요. 일주일, 아니 5일만 주시면……."

와르륵!

이정락이 자신의 앞에 놓인 테이블 위의 접시들을 오른손으로 밀어 버렸다.

"……"

덕분에 음식이 담긴 접시들이 바닥에 떨어지며, 조각과 음식 파편이 한윤화에게 잔뜩 튀었지만 그녀는 아무런 말도 하지 못하고 부들부들 떨 수밖에 없었다.

"TV 봤지? 남영호 사건 말이야?"

"네……."

딸칵!

담배 한 개비를 입에 물고 불을 붙인 이정락이 말했다.

"그것 때문에 지금 각하의 심기가 아주 좋지 않아. 멍청한 놈들이 사업한다는 것을 각하의 배려로 적극 밀어줬더니, 이딴 사고나 쳐서 각하의 심기를 불편하게 했단 말이야!"

"……"

"그런데 이 와중에 빨갱이 새끼 놈들은 이번 일에 또 각하를 엮어서 일을 꾸미려고 하고 있어. 매일 같이 사업가

놈들에게 돈이나 받아 처먹고 여자나 끼고 술을 먹던 놈들이 말이야. 내가 지금 그 새끼들을 모두 잡아 처넣고 싶은데…….”

이정락이 당장이라도 한윤화를 죽일 듯 쳐다봤다.

“대체 나한테 약속한 그 살생부는 언제 들어올까? 분명, 송무송 그 양반만 처리해주면 당장 나한테 가져 온다고 자네가 그러지 않았나? 앙?”

“저, 그게 그러니까…….”

한윤화의 몸이 조금 전보다 더 심하게 떨렸다. 그러나 그런 그녀를 바라보는 이정락의 눈빛에는 한 치의 자비도 없었다.

“지금 말이야. 괜한 짓을 벌였다고 우리 쪽에서도 날 보는 눈초리가 좋지 않아. 자칫 하다가는 내 모가지가 날아간 판이란 말이야. 이 천하의 이정락이! 내가 그렇게 되면 자네를 그냥 놔둘 것 같아?”

“가져 올게요. 제가 꼭 가져 올게요.”

“웃기고 있네. 너 그 살생부가 어디 있는지도 모르잖아?”

부르르!

이정락이 원수를 눈앞에 둔 사람처럼 으르렁거렸다.

“내가 끝까지 모를 거라고 생각했나? 송지철인가 하는 그 애송이가 갑자기 무슨 바람이 불었는지는 모르겠지만, 재계의 사람들과 만나며 인맥을 쌓고 있어. 백두진 그 양반이 주최하는 행사에도 참석했다고 하더군. 이렇게 되면, 우리도 더 이상 그 애송이 못 건드려. 있는지 확실치도 않는 살생부를 찾자고 그 녀석 아버지처럼 그렇게 만들지는 못한단 말이야. 왜? 살생부가 없으면, 차라리 그 녀석을 어르고 달래서 나라와 각하를 위해 봉사하게 만드는 게 훨씬 이득이거든."

"아, 아니에요. 살생부는 분명히 있어요."

"어디에?"

"그게 그러니까……."

피식!

비웃음을 흘린 이정락이 입을 열었다.

"들어와!"

그가 소리치자 미닫이문이 열리더니 검은색 정장을 입은 사내 두 명이 방 안으로 들어왔다. 이정락이 그 사람들을 향해 말했다.

"이 년 남산으로 끌고 가."

"알겠습니다."

고개를 숙인 두 사람이 한윤화를 향해 걸어가자 그녀가 기겁한 표정으로 뒤로 물러섰다.

"자, 잠깐만요. 3일! 3일 안에는 무슨 일이 있어도 찾아낼게요. 그러니까 제발, 한 번만…… 한 번만 더 기회를 주세요."

이정락이 턱을 쓰다듬으며 중얼거렸다.

"3일이라고?"

"네, 네!"

"너희들 나가 있어."

한윤화를 향해 다가가던 사람들이 다시금 이정락의 한 마디에 고개를 숙이더니 문을 닫고 밖으로 나갔다.

이정락이 바닥에 떨어진 술잔 중에서 그나마 멀쩡한 잔을 집어 들고는 거기에 술을 따라 들이켰다.

"3일, 3일이라. 그 안에 살생부를 찾아오겠다고?"

"무슨 일이 있어도 꼭 찾아올게요. 대신, 부장님께서 제가 그 안에 찾아오면 저에게 약속했던 것 지키셔야 해요."

"황금 그룹 재산의 반을 달라?"

"네."

겁에 질렸던 한윤화의 눈이 욕망으로 번들거렸다. 그녀는 알고 있다.

지지리도 가난했던 자신의 삶이 황금 그룹의 회장 송무송을 만나고 나서 변화했다.

황금 그룹의 집사장이라고 하면, 대한민국의 그 누구도 쉽게 무시하지 못했다.

하지만 그것이 자신의 위치 때문이 아니라, 단지 그 뒤에 있는 황금 그룹이라는 간판 때문이라는 것을 깨닫는 데는 그리 오랜 시간이 걸리지 않았다.

그랬기 때문에 그녀는 좀 더 높은 곳으로 올라가고 싶었다. 하지만 황금 그룹의 전대 회장인 송무송은 철저한 사람이었다.

비록 그녀를 집사장의 자리에 앉히기는 했지만, 사업과 경호를 비롯한 업무들은 철저하게 측근들에게 분배해서 누군가에게 힘이 완전히 집중되는 것을 막았다.

결국, 그녀가 올라갈 수 있는 자리에는 한계가 있었다. 하지만 그녀의 욕망은 끊임없이 불타올랐고 그러던 와중에 중앙정보부장 이정락과의 인연이 시작됐다.

이정락은 그녀에게 송무송이 가지고 있을 것으로 추정되는 살생부를 요구했고, 만약 그것을 가져온다면 황금 그룹이 지닌 자산의 절반을 준다고 약속했다.

송무송의 옆에서 돈이 곧 힘이자 권력임을 뼈저리게 느꼈던 한윤화는 이정락의 제안을 거절할 수 없었다. 그리고 그것을 위해서 그녀는 지금 이 자리에 있는 것이다.

"난 원래 한 입으로 두말하는 사람이 아니야. 자네가 살생부를 가져 온다면, 약속한 대로 황금 그룹이 보유한 자산의 반을 자네에게 주지. 어차피 살생부가 공개되면 송지철 그 녀석도 제명에 못 살 테니까."

"알았어요. 3일, 3일 안에 반드시 구해 올게요."

"좋아, 마지막으로 한 번 믿어보지. 이만 나가봐."

할 말이 끝난 이정락이 손짓을 하며 한윤화에게 나가라는 손짓을 보였다. 그 손짓에 한윤화가 잠시 이정락을 바라보다가 이내 미닫이문을 열고 방을 나섰다.

조르르!

한윤화가 나가는 것을 확인한 이정락이 술잔에 다시금

술을 따르고는 단숨에 들이켰다.

"멍청한 년. 재산의 반을 줘? 차라리 네 년은 살려달라고 목숨을 구걸했어야 됐다. 주제도 모르고 나대기는."

드르륵!

한윤화가 나간 문이 다시 열리며 좀 전의 사내들이 다시 들어왔다.

"차를 타고 가는 것 확인했습니다."

"그래? 흠, 남영호 사건은 어떻게 진행되고 있지?"

"구조 작업이 진행되고는 있지만, 이미 시간이 상당히 지체된 바람에 쉽지 않을 것 같습니다. 우선 지시하신 대로 언론은 입단속을 시켰습니다만, 지금 분위기를 보면 그리 오래 막을 수 있을 것 같지는 않습니다."

"그래도 3일은 버티겠지?"

"네?"

이정락의 물음에 사내가 고개를 갸웃거리다가 이내 재빨리 말했다.

"3일 정도는 충분히 버틸 겁니다."

"그렇다면, 언론사에 연락해서 이렇게 전해. 3일 안에 아주 큰 기삿거리를 줄 테니까 괜히 쓸데없는 짓 하지 말라고 말이야. 어차피 대중들이야 TV에서 떠드는 소리에 생각 없이 이리저리 왔다 갔다 하는 존재들이니, 괜히 국민들한테 인기 좀 얻겠다고 각하의 심기를 거스르지 말라는 경고도 함께 하고 말이야."

"……알겠습니다."

무슨 소리인지 제대로 이해할 수는 없지만, 어차피 그는 윗사람이 시키면 시키는 대로 따라서 해야 할 처지였다.

조르르!

다시금 술잔에 술을 따른 이정락이 웃으며 그 잔을 비웠다.

"크큭. 막다른 골목에 몰린 짐승이 스스로 목숨을 끊지 않는 이상 할 수 있는 일은 하나뿐이지. 자기가 살기 위해 눈앞에 있는 상대를 물어뜯는 것 말이야. 한윤화, 그녀가 3일 동안 어떤 짓을 벌일지 기대되는군."

[현재 남은 시간은 72시간입니다.]

시간은 빠르게 흘러갔다. 더불어 김 비서에게 도울 수 있는 모든 수단과 방법을 동원해서 남영호 사건 해결에 협조하라고 했지만, 역사와 달라지는 것은 없었다.

승객 338명 중에서 구조된 인원은 고작 12명. 이마저도 감귤 박스가 골판지가 아니라 나무 상자였기 때문에 부표 역할을 할 수 있었고, 바다에 빠진 사람들이 이것을 붙잡고 바다에 떠 있다가 구조될 수 있었다.

"……새벽 한 시에 침몰하기 시작했는데 구조대가 도착

한 시간이 오후 두 시였다고?"

"네, 일본 순시선이 처음 SOS 신호를 받고 구조 작업을 시작하며, 해경에게 알렸지만 통신상의 오류였는지 제대로 전달되지 않았다고 합니다."

쫘악!

"빌어먹을."

먹은 것도 없는데 입안에서 쓴맛이 느껴졌다.

"죄송합니다. 회장님의 지시로 도울 방법을 찾아보기는 했지만, 정부에서 민간의 손을 빌리지 않기로 결정을 하는 바람에 마땅한 조치를 취할 수가 없었습니다."

"김 비서가 죄송한 일은 아니지. 사과를 할 사람은 이 나라의 정치인들 아니겠어?"

"회장님……."

"그래서 앞으로는 어떻게 한데?"

"침몰한 선박을 인양하는 것이 현재의 기술로는 불가능하다는 것이 정부 쪽 입장입니다. 또한, 현재의 외교 관계로는 해외 쪽에 도움을 요청하는 것도 쉽지 않을 것 같습니다."

"내가 가진 재산으로 시도해보는 건 불가능하겠지?"

혹시나 하는 생각으로 물어봤다.

"돈이 문제가 아니라 정부쪽에서 절대 수락하지 않을 겁니다. 정부가 하지 못한 일을 개인이 시도한다는 것 자체가 그들로서는 납득할 수 없는 일이니까요."

대답은 역시나 예상대로였다.

"결국, 인양은 불가능하다는 소리네."

하긴, 40년이 지난 미래의 기술로도 배를 건져 올리는
데 2년이 넘게 소요되고 있었다.

이게 정말 기술의 문제인지 아니면 일반인들은 접근할
수 없는 다른 문제인지는 모르겠지만 말이다.

"어떻게 배 안에 시신들이라도 가족들 품으로 돌려보낼
수 있는 방법이 없을까?"

"안타깝기는 하지만, 인양이 불가능하다면, 배에 탑승
했던 사람들의 시신을 건져내는 것도 어려울 것으로 생각
됩니다. 이미 정부에서 언론을 통제하고 있는 상황이어
서, 이번 일과 관련된 몇 가지의 법 개정과 정부 인사 몇
몇이 책임을 지고 물러나는 것으로 사건은 종결될 것 같
아요."

희생당한 사람들의 유가족이 들으면, 가슴이 찢어질 수
밖에 없는 소리였다.

누구보다 소중했던 사람들이 바다 깊은 곳에 가라앉아
물고기 밥이 되어 가는데, 비난의 화살이 자신들에게로 향
할까봐 외면하고 있는 정부 때문에 유가족들은 아무것도
할 수 없을 테니까 말이다.

'이번에는 정말 어쩔 수 없는 건가.'

그간 돈의 힘으로 모든 일이 술술 풀려나갔다. 하지만 이
미 벌어진 인재 앞에서는 돈보다 권력의 힘이 먼저였다.

설령 내가 세계 최고의 구조 실력을 자랑했던 제임스 반의 실력을 온전히 가지고 있고 막대한 재물이 있다고 해도 지금 상황에서는 할 수 있는 것이 없었다.

'미래처럼 인터넷이라도 있어서 국민의 힘을 하나로 모을 수 있는 것도 아니니까 말이야.'

속상하고 화가 나더라도 인정할 건 인정해야 했다. 그래야 한 걸음 더 앞으로 나아갈 수 있기 때문이다.

"……후우. 민간 구조사를 알아보는 건 중지하도록 해. 대신 유가족들을 도울 수 있는 방법으로 알아봐. 직접적으로 돈을 주면 주변의 똥파리들이 접근할 수 있으니까, 돈보다는 생활에 필요한 물자를 전달하는 식으로 진행하고."

"알겠습니다. 그리고 저……."

"응?"

잠시 말끝을 흐리던 김 비서가 이내 결심한 듯 말했다.

"지금 상황에서 이런 말씀드리기는 그렇지만, 안 집사님의 가족 분들과 보기로 했던 날이 바로 오늘입니다. 예정대로 진행할까요?"

마음이 편한 것은 아니지만, 그렇다고 해야 할 일은 미루고 언제까지 축 늘어져 있을 수는 없는 일이다.

"그게 오늘이었군. 장소는?"

"종로에 있는 한정식 집으로 잡았습니다."

"잘했어. 양식보다는 한식이 더 입에 맞으실 테니까. 시간이랑 장소를 강 기사에게 알려주고 김 비서도 이따가 그리로 오도록 해."

"알겠습니다."

"아 참! 그리고 내가 줄 게 있는데."

"……?"

자리에서 일어나 탁자의 서랍을 열었다. 그곳에는 잘 포장되어 있는 상자가 하나 있었다.

그 안에는 미도파 백화점의 총괄 지배인이었던 김태훈에게 말해서 어렵사리 구한 물건이 들어 있었다.

"자, 받아. 선물이야."

"선물이요?"

"지난 며칠 동안 날 위해 여러모로 고생해줬잖아. 그에 대한 작은 답례라고나 할까?"

"지금 풀어 봐도 될까요?"

고개를 끄덕이자 김 비서가 조심스레 상자의 포장을 풀기 시작했다.

"아!"

그리고 이어지는 작은 탄식. 상자 안에서 모습을 보인 것은 블루 사파이어가 박힌 목걸이였다.

당장이라도 사람의 영혼을 빨아들일 것처럼 영롱한 빛을 뿜어내는 블루 사피어어의 모습은 단숨에 김 비서의 마음을 사로잡았다.

'자고로 보석을 싫어하는 여자는 없지.'

그것도 점점 마음이 끌리기 시작하는 남자가 주는 선물

이라면, 더욱 말이다.

"너무 예뻐요. 이거 진짜 저한테 주는 거 맞으세요?"

"여기에 김 비서 말고 또 누가 있다고. 아, 음…… 그리고 괜찮다면 내가 지금……."

벌컥!

막 말을 하려던 찰나, 방문이 벌컥 열렸다.

"회장님, 잠시 드릴 말씀이…… 김 비서가 계셨네요. 요새 참 자주 오십니다. 회장님과도 친해 보이시고요. 그러다 두 사람이 정분이라도 났다고 주변 사람들이 오해하겠어요?"

노크도 없이 방안으로 들어온 사람은 다름 아닌 한윤화였다. 그녀의 얼굴은 마치 며칠 동안 잠을 자지 못한 것처럼 눈이 퀭하고 턱 밑까지 다크 서클이 내려와 있었다.

"집사장님이 그런 것까지 신경 쓰실 필요는 없을 것 같네요. 그보다 노크도 없이 이렇게 방문을 열다니, 그 정도 예의도 없는 분인 줄은 몰랐습니다."

표정이 굳어진 김 비서가 일어나서 그녀를 향해 말했다.

그러자 한윤화가 김 비서를 표독스럽게 쳐다보더니 콧방귀를 뀌었다.

"흥."

"집사장님, 지금 그 행동은 뭐죠?"

"회장님, 제가 좋은 시간을 방해한 것 같지만 긴히 드릴 말씀이 있습니다."

한윤화의 시선이 잠시 김 비서가 들고 있는 목걸이로 향했다가 날 향했다.

그녀의 그런 행동은 약 10일 동안 내가 처음 보는 것이었다.

'조급해 하고 있는 것 같은데? 왜지? 게다가 몸에서 뿜어져 나오는 색도 붉은 색이야.'

한윤화의 태도에서 내가 느낄 수 있는 감정은 불안함과 조급함이었다. 또한, 말을 할 때마다 계속해서 붉은 기운이 넘실거렸다.

지금 하는 말이 모두 거짓들이라는 것이었다. 그녀를 바라보는 내 머릿속에 왜라는 물음표가 가득 치밀어 올랐다.

"회장님 드릴 말씀이 있다고 했습니다."

"나중에 듣지."

"회장님!"

"아니면, 지금 이 자리에서 하던가."

"이 자리에는 김 비서가…….'

"꼭 나만 들어야 하는 중요한 얘기라면, 기다려. 지금은 별로 듣고 싶지 않으니까."

빠득!

'이것 봐라?'

분명히 들렸다. 한윤화의 이가 갈리는 소리 말이다. 이거 좀 더 긁어보면 뭔가 반응이 오지 않을까?

"……알겠습니다. 그럼, 오늘 저녁에 시간 괜찮으십니까?

저녁을 먹으면서 말씀드리죠."

"저녁에는 안 집사님과 선약이 있어. 그리고 내일도 무슨 약속이 있던 것 같은데. 뭐였지?"

슬쩍 고개를 돌려 김 비서를 쳐다봤다. 다행히 눈치 빠른 김 비서는 내가 지금 무엇을 원하는지 늦지 않게 알아차렸다.

"……사업장의 사장님들과 식사 약속이 계십니다. 그리고 그 뒤로는 앞으로 진행하실 신규 사업에 대해서 보고를 받으실 게 있습니다."

"그렇다네? 아무래도 집사장의 얘기는 내일 모레 듣거나, 지금 들어야 할 것 같은데. 그 얘기 그냥 지금 여기서 하지 그래? 김 비서도 우리 아버지 때부터 가족 같이 지내온 사람인데 굳이 자리를 피할 이유는 없잖아?"

"……계속 회장님을 모셔온 접니다. 그런데 잠깐 얘기를 들어줄 시간도 내주지 못하시겠다는 말씀이십니까? 아니면, 회장님. 혹시 지금 저를 피하시려는 겁니까?"

"으음."

이제 말을 하는 한윤화의 목소리에는 은은한 분노마저 있었다.

'설마 여기서 이런 식으로 가면이 벗겨지는 건가?'

찰나의 순간 고민이 들었다. 지금 이 자리에서 김 비서가 조사한 내용을 가지고 그녀를 추궁할까하고 말이다.

'아직은 아니야, 조금 더 결정적인 한 방이 필요해.'

27

씨익.

입가에 미소를 짓고는 한윤화의 어깨를 두드렸다.

"에이, 아줌마 뭘 그렇게 예민하게 받아 들여? 미리 선약이 있어서 그렇잖아. 나한테 아줌마가 어떤 사람인데 피하기는 무슨. 바쁜 일이 정리되면, 천천히 좋은 음식이랑 술이랑 해서 먹으면서 듣자고. 아니면, 정말 중요한 일이야? 그냥 일정 다 취소하고 김 비서 내보내고 지금 들을까?"

물론, 마지막 말은 그저 예의상 한 말이었다.

"……아닙니다. 바쁘신데, 제가 눈치 없이 괜히 시간만 빼앗은 것 같습니다. 오늘은 이만 물러가겠습니다."

나와 김 비서를 번갈아 쳐다본 한윤화는 말을 마치기 무섭게 인사도 없이 그대로 몸을 돌려 방을 벗어났다.

"의외인데요. 집사장이 저런 반응을 보이는 건 처음 봐요."

한윤화가 사라지자 김 비서 역시 놀랐다는 듯 나를 향해 말했다.

"나 역시 마찬가지야. 얼핏 보기에도 굉장히 조급해 보였는데, 대체 무슨 일이지?"

"무슨 일인지는 모르겠지만, 아무래도 조심하는 게 좋을 것 같아요. 지금 행동을 보면, 어쩌면 제가 자신에 대해 조사를 했다는 것을 알아차린 건지도 몰라요."

"으음."

"만약 그런 것이라면, 이미 회장님이 자신에 대한 비밀을

다 알고 있다고 생각할 테니. 만약의 상황을 대비해서 항상 조심하셔야 합니다. 궁지에 몰린 쥐는 고양이도 문다고 그러잖아요."

"그렇기는 하지만, 아직 내가 직접적으로 그녀를 궁지로 몰아세운 적은 없어서 말이지. 그런 상황에서 그녀가 내 목을 물어뜯으려고 할까? 실패하는 순간 말 그대로 모든 게 끝날 텐데?"

사실이었다. 그녀를 궁지에 몰아세우는 건 내가 이곳에서 임무를 달성하기 전, 마지막으로 진행할 일이었다.

비록 기억을 하지 못해서 남영호 침몰사건에는 아무런 힘을 쓸 수가 없었지만, 본래의 목적대로 미래의 나를 위한 재물을 준비했고 송지철과 김 비서 사이에 있던 오해도 풀었다.

또한, 그의 주변에 있던 인물들에 대한 신뢰도 얻었으니 100%의 동기화를 달성하지 못한다고 해도 이번 여행은 나름 베풀고 얻은 것이 있는 여행이라 할 수 있었다.

그리고 마지막으로 유종의 미를 거두는 것은 바로 한윤화의 죄를 밝혀 낸 현 시점에서 송지철에게 가장 위험한 적을 제거해주는 것이다.

"너무 그렇게 낙관하지 마시고요. 어쩌면 저희가 아무렇지도 않게 생각했던 행동들이 그녀를 궁지에 몬 것일 수도 있어요. 생각 없이 던진 돌멩이에 개구리가 맞아 죽을 수도 있다고요."

"알았어. 그리고 내 걱정도 좋지만, 김 비서도 조심해. 집사장의 눈에는 나만큼 김 비서도 눈엣가시처럼 보일 수 있으니까."

"명심할게요."

김 비서가 고개를 끄덕였다.

"좋아. 아! 나는 안 집사님 가족들과 만날 때 줄 선물을 사러 잠깐 나가볼 생각인데, 김 비서도 같이 갈래?"

"저는 아직 처리할 일이 남아 있어서요. 죄송하지만, 이번에는 동행하지 못할 것 같습니다."

아쉽긴 했지만, 김 비서가 지금 진행하는 일은 대부분은 내가 지시한 것이니 뭐라 하기도 애매했다.

"뭐, 어쩔 수 없지. 그럼 저녁에 약속 장소에서 보지."

그렇게 김 비서를 돌려보내고 안 집사님의 가족들에게 살 선물을 고르기 위해 곧장 외출 준비를 했다.

TIME
ROULETTE
타임룰렛

Chapter 38. 끝을 향해서

　'100억 정도는 손에 쥘 수 있을까?'

　미도파 백화점으로 향하는 차 안. 펜을 들어 메모지에 100이라는 숫자를 적었다. 이 숫자는 안 집사님을 통해 스위스에 개설한 비밀 계좌를 통해 미래의 내가 얻을 수 있는 금액의 최저치였다.

　왜 최저치냐면, 초기 계좌를 개설하고 100억을 보관했다는 보고를 받은 뒤부터는 따로 신경을 쓰지 않았기 때문이다.

　하지만 김 비서가 내실이 튼튼한 사업들은 제외하고 다른 사업들을 정리하며, 자금으로 전환하고 있으니 모르긴 몰라도 안 집사님을 통해 계좌에 입금된 금액은 100억보다는 더 많을 가능성이 높았다.

31

'한화가 아니라 달러니까 40년이 지난다고 해도 가치에 대해서 크게 걱정할 필요는 없을 테고. 문제는 돌아가면, 그 돈을 찾아 앞으로 어떻게 사용하느냐는 건데.'

메모지에다가 다시 사용이라는 글자와 숫자1을 적었다.

'우선은 아버지의 치료.'

첫 번째는 두말할 것 없이 아버지의 치료였다. 사고를 낸 당사자는 아무런 상처가 없음에도 돈이 많다는 이유로 특실에 입원했는데, 정작 억울하게 피해를 입은 아버지는 산소 호흡기에 의지한 채 중환자실에 누워 계신다.

돈이 생긴다면, 그 돈을 아버지가 최고의 의료시설에서 치료를 받을 수 있도록 아낌없이 투자할 것이다.

'그리고 두 번째⋯⋯.'

다시 메모지에 2라는 숫자를 적었다. 그리고 이어서 적은 글자는 복수였다.

'차라리 용서를 빌었으면 몰랐을까, 절대 그냥 넘어가지 않는다.'

정신질환이 있는 환자가 지금까지 멀쩡하게 운전을 하고 다니고, 국회의원과 친목을 다지며 지역 유지로 활동 했다는 것 자체가 말도 안 되는 소리였다.

더욱이 윤철환 경위는 내가 합의금을 받고 모른 체 넘어가기를 종용했지만, 그건 아무런 힘이 없었을 때의 얘기였다.

여행이 끝나고 다시 돌아가면, 나에게는 지금까지와는 비교할 수 없을 정도의 막대한 재물이 생긴다.

그리고 그 돈을 이용한다면, 양손찬의 거짓말을 밝혀내는 것은 결코 어려운 일이 아니다.

'돈으로는 귀신도 부릴 수 있다. 게다가 돈을 어떻게 쓰는 것인지는 이 녀석의 기억과 김 비서의 수완으로 확실히 배웠으니까.'

지금까지의 정착자들은 각자의 사연과 독특한 능력을 지니고는 있었지만, 부자는 없었다.

그나마 약간의 재물이 있는 정착자는 비도크였지만, 그가 지닌 재물은 그저 생활하기에 여유로울 정도였지 엄청나다는 말이 어울릴 정도는 아니었다. 버는 족족 탕진해 버리는 그의 습관 때문이었다.

하지만 송지철은 다르다. 송지철이 지닌 자산은 흥청망청 쓰는 동안에 지출한 비용보다 더 많은 수입이 들어오는, 그야말로 압도적인 부였다.

'증거를 찾는데 현상금을 건다. 그것도 압도적인 액수로 말이야.'

오백만 원? 천만 원? 이 정도의 액수에 목숨을 걸고 달려들 사람은 많지 않을 것이다.

하지만 그 액수가 억을 넘어가면 어떨까? 결정적인 증인이나 증거를 제보해 줄 경우 십억을 준다고 하면?

경찰이 아니라 경찰 아버지도 입증하지 못했던 증거를

만들어서 가져올 사람들이 분명 있을 것이다. 세상은 넓고 능력자는 많으며, 돈의 힘은 위대한 법이니까.

'그리고 세 번째는······.'

조금 늦기는 했지만, 남영호의 침몰사건이 있고 그 유족들에게 필요한 것을 최대한 지원하라고 김 비서에게 지시를 하고 나서야 떠오르는 게 있었다.

바로 KV 백화점 사고로 소중한 사람을 잃은 유족들이었다. 유족들 중에는 분명 그때의 사고로 집안을 이끌던 가장을 잃거나 혹은 그에 준하는 피해로 생활고에 시달리는 이들이 있을 것이다.

김주훈 대통령의 지시 하에 정부 차원에서 위로금을 지급했지만, KV 그룹 쪽에서는 시간을 끌며 위로금 지급을 차일피일 미루고 있었기 때문이었다.

따라서 이번에 여행을 끝나고 복귀하면, 내가 얻은 재물을 이용해서 그들을 도울 생각이었다.

"회장님, 도착했습니다."

머릿속의 생각이 어느 정도 정리될 무렵, 강 기사가 미도파 백화점에 도착했음을 알렸다.

"아이고, 회장님. 이렇게 또 찾아주셔서 감사합니다."

미도파 백화점의 문을 열고 들어서자 어떻게 알았는지 총괄지배인 김태훈이 달려 나오며, 허리를 90도로 숙였다. 핸드폰이 있어 미리 연락을 받은 것도 아닐 텐데 이리 알고 나오는 것을 보면 참으로 신기하기 짝이 없었다.

"잘 지내셨습니까?"

"그럼요. 남영호 사건으로 인해 분위기가 어수선해서 백화점을 찾는 사람들이 줄기는 했지만, 그 이전에 회장님께서 매상을 팍팍 올려주시는 바람에 아직은 이리 건재하답니다."

김태훈이 입가에 쓴 웃음을 지으며 말했다. 하긴 시국이 뒤숭숭하면, 국민들의 소비 경향도 줄어들어 열리려던 지갑도 다시 닫히기 마련이었다.

"그래서 회장님 오늘은 어떤 물건을 보시러 오셨습니까? 미리 언질은 주시면, 제가 그 쪽으로 안내해드리겠습니다."

김태훈은 이전처럼 백화점의 신상품으로 안내하기 보다는 내 의중을 먼저 파악해서 물었다.

"저번에 나랑 같이 왔던 분 기억 하십니까?"

"음…… 안 집사라고 하셨던 분 맞으시죠?"

"기억력이 좋으시네요."

"하하! 과찬이십니다. 그저 사람들을 자주 만나다보니 생긴 작은 재주일 뿐이죠."

"그 분께 선물을 하려고 합니다. 그 가족들에게도 하나씩 할 생각이고요."

"가족들을 위한 선물이라, 알겠습니다. 제가 어울리는 것들로 준비해서 보여드리겠습니다. 이리 가시죠."

이해했다는 듯 김태훈이 고개를 끄덕거리며, 앞장서 걷기 시작했다. 그런 그의 뒤를 나와 강 기사가 뒤따라 걸었다.

＊ ＊ ＊

　종로 안일각.

　전직 청와대 조리장이 운영하는 식당으로, 문을 연 지 5
년이 채 안 됐지만 그 고즈넉한 분위기와 뛰어난 맛 때문에
유명 인사들의 발걸음이 끊이지 않는 한정식 집이었다.

　"회장님, 오셨어요?"

　입구에는 김 비서가 미리 와서 대기를 하고 있었다.

　"일찍 왔네. 안 집사님은?"

　"안에서 가족 분들과 같이 기다리십니다."

　"그래, 그럼 잠깐 이것…… 어?"

　막 시선을 돌리려는 순간 김 비서의 목에 걸린 목걸이가
눈에 들어왔다. 오전에 내가 선물했던 바로 그 목걸이었다.

　"목걸이 하고 왔네. 보기 좋다."

　"……잘 어울리나요?"

　"엄청!"

　엄지를 치켜 올려주자 김 비서가 지금까지 봤던 그 어떤
미소보다 환한 표정을 지었다.

　"그렇게 웃으니까 얼마나 좋아. 참, 안 집사님 가족을 위
해서 선물을 조금 사왔는데 그것 좀 꺼내고."

　차의 트렁크에 미리 실어놨던 쇼핑백을 꺼내고는 김 비
서와 함께 안 집사가 기다리는 방을 향해 걸어갔다.

　드르륵!

꽃 실이라고 팻말이 적힌 문을 김 비서가 열자 그 안에 앉아 있는 안 집사님과 가족들이 보였다.

"아, 회장님 오셨습니까?"

제일 먼저 나를 발견한 안 집사님이 자리에서 몸을 일으켰다. 그와 함께 안 집사님의 가족들도 서둘러 자리에서 일어나 내게 고개를 숙였다.

"제가 좀 늦었죠? 죄송합니다."

"아닙니다. 늦기는요. 저희가 조금 빨리 왔을 뿐입니다. 그나저나 이렇게 제 자식 놈들을 불러 자리를 만들어 주시고, 정말 뭐라 감사의 말씀을 전할 길이 없습니다."

거의 울먹거리는 것 같은 안 집사님의 모습에 도리어 내 가슴마저 찡해졌다.

"그렇게 서 있지 말고 다들 앉으세요. 김 비서도 여기 앉고."

"고, 고마워요."

김 비서가 앉을 의자를 내가 빼주자 주변의 눈치를 살짝 보던 김 비서는 이내 자리에 앉았다.

"이렇게 안 집사님의 가족들을 보는 건 처음인 것 같네요. 황금 그룹의 회장 송지철이라고 합니다."

내가 먼저 소개를 하자 안 집사의 옆에 앉아 있던 사내가 살짝 긴장 어린 표정으로 입을 열었다.

"아들인 안재선이라고 합니다. 그리고 이쪽은 저의 내자 되는 홍은별이라고 합니다."

이미 김 비서가 올린 보고를 통해 두 사람의 이름은 알고 있었다. 살짝 눈시울이 붉어져 있는 안 집사님을 한 번 본 뒤 안재선을 향해 입을 열었다.

"아무래도 식사는 편하게 하는 게 좋으니까 사업적인 얘기부터 할게요. 김 비서에게 투자 건에 대한 얘기는 들으셨을 겁니다."

"네, 갑작스러운 제안이라 놀랐습니다. 하지만 회장님, 만약 이번 투자가 아버지 때문에 결정하신 것이라면 전 회장님의 제안을 거절하겠습니다."

"재선아!"

옆에 있던 안 집사님이 놀란 얼굴로 아들의 이름을 불렀다. 그리고 그런 그의 거절은 나 역시 의외였다.

"어째서죠?"

"오늘 이 자리에 나온 것은 계약을 위해서라기보다는 저의 아버지가 매일 같이 칭찬하시던 그 분이 어떤 분인지 궁금했기 때문이지 다른 이유는 없습니다."

"김 비서에게 듣기로는 지금 사업이 꽤 힘들다고 하던데요?"

"네, 그건 사실입니다. 하지만 이미 저를 위해서 평생을 일하신 아버지에게 또 다시 기댈 만큼은 아닙니다. 아버지께서는 이미 저에게 많은 것을 해주셨습니다. 전 그것으로 충분합니다."

안재선의 몸에서 뿜어져 나오는 짙은 파란색이 보였다.

지금의 말은 전부 진실이라는 소리였다.

'아버지만큼이나 아들도 멋진 분이네.'

분명 어려운 상황이라는 것을 알고 있다. 그럼에도 혹시 아버지에게 누가 될까봐 거절하는 안재선의 모습을 보고 있자니 많은 생각이 들었다.

옆에 있는 안 집사님과 부인되는 사람 또한 그런 아들과 남편을 뿌듯하게 바라보고 있었다.

'나 역시 아버지한테 이런 자랑스러운 아들일까?'

누구나 한 번쯤은 생각해봤을 고민이다. 과연, 나는 내 부모님에게 자랑스러운 자식일까?

아니면, 그저 천륜으로 이어진 것이 전부인 부모와 자식일 뿐일까?

"그러니 이번 회장님의 제안은 그저 마음만……."

"뭔가 착각하시는 게 있습니다."

"네?"

"첫째! 이번 투자는 절대 안 집사님을 보고 해드리는 게 아닙니다. 안 집사님이 제게 있어 분명 소중하신 분이기는 하지만, 공은 공이고 사는 사입니다. 아, 물론 안 집사님이 직접 부탁을 하셨다면 예외겠지만 이번 일은 전적으로 제 결정이었으니까요."

"……."

"둘째! 저는 지금 안재선 씨를 안 집사님의 아들로 보고 있지 않습니다. 사업 파트너로 보고 있을 뿐이죠. 알고 계시

느지 모르겠지만, 황금 그룹은 현재 국내에 있는 사업들 중에서 비전이 없는 부분들은 정리 중입니다. 쉽게 말해 가지치기죠. 그렇게 정리된 사업들을 통해 만들어진 자금은 해외의 가능성 있는 기업에게 투자를 할 생각입니다. 그러다가 여기 계신 안재선 씨의 회사가 우연히 저희 투자 팀의 눈에 들어오게 된 것이지요."

말을 마치고 내 앞에 놓인 물을 들이키며 슬쩍 옆의 김 비서를 쳐다봤다. 김 비서가 알았다는 듯 말을 이었다.

"회장님의 말씀대로입니다. 안 사장님의 회사는 저희 내부에서 검토한 결과 충분한 투자 가치가 있었습니다. 그렇기 때문에 저희가 보고를 드렸고 회장님께서 투자를 결정하신 겁니다."

"저, 정말이십니까?"

안재선의 되물음에 고개를 끄덕였다.

"그러니까 아버지를 생각해서 거절하실 이유는 없습니다. 오히려 저에게 투자 받았다는 사실을 자랑스러워 하셔야 하지 않을까요? 안 집사님, 이렇게 훌륭한 아드님이 계시는 줄 알았다면 저희가 진작 손을 내밀어 투자를 할 걸 그랬습니다."

마지막 말은 안 집사님을 위한 약간의 포장이었다.

"그, 그렇게까지 말씀하신다면 투자 제안을 받아들이겠습니다."

"좋아요. 일단 오늘은 구두 계약 뿐이지만, 내일은 여기 있는 김 비서를 통해 정식으로 계약서 작성을 진행할 겁니다. 자, 그럼 사업에 관련한 얘기는 그만하고 배도 고픈데 식사를 하면서 서로 가볍게 수다나 떨어보도록 할까요?"

분위기는 아주 좋았다.

안 집사님의 가족들은 내가 준비해 온 선물을 모두 마음에 들어 했고 음식도 입에 맞아 화기애애한 분위기가 이어져 갔다.

여기에 술을 몇 잔 마신 안 집사님은 김 비서와 내가 그렇게 잘 어울린다는 말을 남겨, 김 비서의 얼굴을 붉게 만드는 1등 공신이 되셨다.

의미가 있던 것은 김 비서가 얼굴만 붉어졌을 뿐, 특별히 안 집사님의 말에 거부의 반응을 보이지 않았다는 것이다.

'이로써 송지철과 김 비서의 오해는 다 풀렸고. 이제 적당한 계기만 있으면 연인 상태로 발전하는 데도 무리 없을 거야.'

이제 여행까지 남은 시간은 대략 이틀. 한윤화의 죄를 추궁해서 벌을 받게 만들고 한창 잘 이어나가고 있는 김 비서와 연인 관계를 만들기에는 충분한 시간이었다.

'살생부에 적힌 내용이 궁금하기는 하지만, 애초에 뇌물이나 정치 비리에 대한 내용들이라면 미래의 내게는 그다지 쓸모가 없을 테니까.'

70년대의 어떤 큰 비밀이 됐든 2016년이면 되면 이미 공소시효가 지난 뒤다. 설령 패륜이나 살인이라고 해도, 그때가 되면 범죄를 저지른 사람은 이미 고령의 노인.

인터넷을 통해 여론 몰이를 할 수 있을지는 몰라도 직접적으로 처벌하는 것은 불가능에 가까울 것이다. 단지 어떤 형식상의 의미만 있을 뿐.

"시간이 많이 늦었는데, 오늘은 이만 자리를 파하는 게 어떨까요?"

시계를 보고 시간을 확인하던 김 비서가 의견을 내놓았다. 그녀의 말에 따라 시간을 확인했을 때는 벌써 오후 10시였다. 뒤늦게 다른 사람들도 시간을 확인하더니, 김 비서의 의견에 동의한다는 듯 고개를 끄덕였다.

"정말 얼마 만에 이렇게 웃고 떠든 것인지 모르겠습니다. 회장님, 오늘 이런 자리를 만들어주셔서 정말 감사합니다."

"저 역시 아버님과 이렇게 식사를 할 수 있어 정말 즐거웠습니다."

"평소 이이가 사업 때문에 항상 일이 바빠 아버님에 대한 걱정이 이만 저만이 아니었는데, 회장님의 배려로 한시름 덜었어요. 정말 감사합니다."

세 사람이 쉼 없이 감사의 인사를 전하자 괜스레 내가 민망한 마음이 들었다. 이렇게 고맙다는 말을 들을 정도로 특별한 일을 한 것도 아니었기 때문이었다.

"인사는 그 정도만 하셔도 충분합니다. 자, 이렇게 또 인사를 나누다 보면, 이곳에서 밤을 새워야 할지도 모릅니다. 자, 얘기가 또 길어진 것 같은데 이제는 진짜 일어나도록 하시죠."

이럴 때는 누군가 한 사람이 나서서 상황을 정리해야 할 필요가 있다. 그리고 지금 이 자리에서 그런 행동을 하기에 가장 적합한 사람은 바로 나였다.

스윽!

내가 먼저 자리에서 일어서자 뒤따라 김 비서와 안 집사님을 포함한 그의 가족들도 자리에서 일어섰다. 밖으로 걸어 나가니 기다리고 있던 강 기사가 곧장 달려 나왔다.

"식사는 맛있게 하셨습니까?"

"네, 강 기사도 식사 하셨죠?"

"하하, 회장님께서 신경 써주신 덕분에 오랜만에 포식했습니다. 아주 배가 터지도록 먹었습니다. 감사합니다."

나를 위해 고생하는 사람을 굶기면서 일을 시키는 사람은 정말 최악의 사람이다.

일이란 것 자체가 일단 기본적으로 먹고 살기 위해서 하는 것이지 않은가?

그 때문에 강 기사 또한 따로 식사를 할 수 있도록 자리를 만들어 두었다.

"그럼, 이제 각자 집으로 돌아가야 할 텐데. 안 집사님, 혹시 차량 가져 오셨습니까?"

"허허, 저희는 그냥 택시 타고 가면 됩니다."

"음, 시간도 많이 늦었는데."

1970년은 2016년과는 다르게 부르기만 하면 10분 이내로 오는 콜택시가 있는 것도 아니고 늦은 시간까지 운행하는 택시가 많은 시기도 아니었다.

잠시 고민을 하고 있자니 김 비서가 옆으로 다가와 적당한 방안을 제시해줬다.

"이렇게 하시죠. 강 기사님이 안 집사님과 가족 분들을 집에 바래다주시고, 회장님은 제가 제 차로 댁까지 모셔다드리겠습니다. 이 자리에서 술을 마시지 않은 사람은 저와 강 기사님뿐이니까요."

그러고 보니 그녀의 말대로 이 자리에서 술을 마시지 않은 사람은 김 비서와 강 기사뿐이었다.

"회장님, 그렇게 하시죠. 다른 사람이라면 몰라도 김 비서님 운전 실력은 상당합니다."

"그래요?"

하긴 그러고 보면 김 비서는 나를 보러 올 때 단 한 번도 운전기사를 대동한 적이 없었다.

'대단하네. 이 시기에 여자가 혼자서 운전을 하고 다니는 건 드문 일인데.'

시간이 흘러 여자들이 다양한 분야에서 두각을 나타내기 시작했지만, 불과 몇 십 년 전만 해도 사회에 뿌리 박혀 있는 고지식한 편견으로 여성들이 설 수 있는 자리는 그리 많지 않았다. 이는 운전 또한 마찬가지였다.

"음, 그럼 강 기사님이 안 집사님과 가족 분들을 집으로 모셔다 주세요. 저는 김 비서랑 함께 돌아가도록 하겠습니다."

"아, 아닙니다. 회장님. 그렇게까지 신경 써주시지 않아도 됩니다."

"아버님의 말씀대로 저희는 택시를 타고 가면 됩니다. 지금까지도 많은 배려를 해주셨는데……."

"아까도 말씀 드렸지만, 이건 단지 안 집사님의 가족이셔서 해드리는 배려가 아닙니다. 이제부터 저와 사업 파트너인 안재선 씨에 대한 호의입니다. 그러니 거절하지 마세요."

"……그렇게까지 말씀하신다면 부담 없이 받도록 하겠습니다."

"잘 생각하셨습니다."

빙긋 웃고는 강 기사에게 눈짓을 보냈다. 강 기사는 내가 안 집사님의 가족들에게 줬던 선물을 트렁크에 싣고는 차량의 문을 열었다.

"자, 얼른 타세요. 안 집사님, 편히 쉬시고 내일 뵙겠습니다."

"예, 회장님. 회장님도 좋은 꿈 꾸시고 편히 주무십시오."

그렇게 안 집사와 가족들이 강 기사가 운전하는 차를 타고 주차장을 빠져 나가자, 내 시선은 김 비서를 향했다.

"우리도 돌아가서 쉬도록 할까?"

"네?"

"뭘, 그렇게 놀래. 집에 가자는 소리인데."

"아, 알아요! 저 아무 생각도 안 했다고요."

입이 삐죽 나온 김 비서가 이내 차량에 탑승하고는 시동을 걸었다. 그 모습에 피식 웃음을 흘리고는 보조석의 문을 열었다.

"그럼, 안전 운전 부탁해."

TIME Roulette
타임룰렛

Chapter 39. 위험한 거래와 여행의 끝.

김 비서의 차가 출발하고 얼마의 시간이 흘렀을까? 차량은 도심을 벗어나 한적한 길로 접어들었다. 늦은 시간이기 때문인지 도로를 오가는 차량은 극히 드물었다.

"하암."

"조금만 참으세요. 이제 곧 도착하니까요."

"괜히 나 때문에 김 비서가 고생하네."

"……이런 고생은 고생도 아니거든요."

"그럼, 어떤 고생이…… 김 비서, 잠깐만."

졸음도 쫓을 겸 김 비서에게 장난이라도 쳐볼까 하는 생각을 할 무렵. 백미러를 통해 이상한 화물차 하나가 보였다.

"왜 그러세요?"

"혹시 이 근방에 공장 같은 게 있어?"

"아니요."

"그럼, 커다란 화물차가 물건을 실어 날라야 할 정도로 규모 있는 업체는?"

잠시 생각을 하던 김 비서가 고개를 저었다.

"이 일대 대부분의 땅은 전대 회장님께서 사들이셨기에 그런 곳은 없을 거예요. 그런데 그건 왜 물으세요?"

"지금 우리 뒤에 이상한 화물차 한 대가 따라 붙었어."

"네?"

반문과 함께 김 비서가 재빨리 백미러를 확인했다. 그와 함께 그녀 역시 자신의 차 뒤를 쫓아오고 있는 화물차를 확인했다.

"일단 차선을 한번 바꿔봐."

"알겠어요."

내 말에 따라 김 비서가 깜박이를 켜고 차선을 변경했다. 그러자 뒤따라오던 화물차 역시 차선을 변경했다.

"확실히 우리를 따라오는 것 같네."

"대체 무슨 목적으로……."

"죽이려는 거겠지. 이 차 안에 타고 있는 사람들을."

"네? 회장님과 저를요?"

놀라 묻는 김 비서를 향해 고개를 흔들었다.

"정확히 말하자면, 노린 것은 김 비서였을 거야. 애초에 내가 이 차에 타기로 했던 것은 예정에 없던 일이잖아?"

"대체 누가⋯⋯."

감을 못 잡는 김 비서를 대신해서 입가의 미소를 지우고 는 입을 열었다.

"한 사람 있잖아. 최근에 김 비서에게 발톱을 엄청 세우 던."

"⋯⋯집사장?"

"지금 상황에서 제일 의심이 가는 인물이지. 그나저나 이거 걱정이네. 김 비서를 이렇게 대놓고 노릴 정도이면, 나 역시 노렸을 가능성이 큰데."

머릿속에 강 기사가 모신 안 집사가 떠올랐다. 만약 한윤 화가 나와 김 비서를 동시에 노리고 일을 꾸몄다면, 그 차 라고 해서 안전할 리가 없다. 아니, 오히려 더 위험할 수도 있었다.

'젠장, 너무 낙관적으로만 생각했나.'

설마하니 한윤화가 이런 식으로 초강수를 둘 것이라고는 생각하지 못했다.

주먹을 쥔 손에 힘이 들어갔다. 하지만 지금 상황에서는 그쪽의 상태를 확인할 방법이 없었다. 김 비서가 계속해서 따라오는 화물차를 백미러로 확인하고는 물었다.

"그럼 앞으로 어떻게 하죠?"

"일단은 운전에 집중해줘. 생각이 좀 필요할 것 같아."

일단은 당장 해결할 수 없는 일은 머릿속에서 지우자.

지금 중요한 것은 이 상황을 벗어나고 난 뒤의 일을 생각해야 한다.

지금의 위기를 어떻게든 벗어난다고 쳐도 이미 일을 저지른 한윤화는 끝까지 나와 김 비서를 노릴 공산이 크다. 다시 말해서 이제는 돌이킬 수 없는 선을 넘은 셈이다.

'하지만 문제는 한윤화, 그녀를 처리한다고 해도 살생부가 있다고 의심하는 사람들이 계속해서 송지철을 노린다는 거야.'

한윤화는 고작해야 하이에나 무리 중에서 가장 말단일 뿐이다. 정작 진짜 대장은 한 발 물러나서 이 사태를 관망만 하고 있는 중이다.

'이제 내게 남은 시간은 이틀. 이 시간 안에 그들을 정리하는 건 절대 무리야. 그렇다고 이대로 내 임무만 달성하고 떠나버리면, 송지철과 김 비서는 살해당할 가능성이 커.'

머리를 싸매고 생각을 해봐도 지금 상황을 벗어나 목을 죄어오는 적들을 일거에 소탕할 마땅한 방법이 없었다. 설령 살생부가 있다고 한들 그걸 제대로 사용하기 위해서는 시간이 필요했다.

"결국은 이 방법뿐이네."

"네?"

"김 비서, 뒤따라오는 차 따돌릴 수 있겠어?"

"그 다음은요? 따돌리고 나서 어떻게 하실 건데요?"

"나 믿지?"

갑작스레 뜬금없는 물음에 김 비서가 눈을 동그랗게 떴다. 하지만 그도 잠시 이내 김 비서가 어이없다는 듯 말했다.

"회장님이라면, 회장님 자신을 믿을 수 있겠어요? 지금까지 사고 친 게 몇 개인데."

"음, 하긴 그런가?"

송지철이 지금까지 저지른 사고를 보면, 김 비서의 말이 틀린 것은 아니다.

"하지만…… 그래도 조금씩 변해가는 회장님의 모습을 보면, 지금은 믿는 게 맞는 것 같네요."

"후유. 믿겠다는 말을 뭘 그렇게 어렵게 해? 가슴이 철렁했잖아."

"지금이라도 취소할까요?"

"천만에. 그럼, 일단은 저 차를 따돌리도록 해."

"그리고는요?"

"중앙정보부장 이정락의 집 어딘지 알지?"

"……!"

김 비서가 고개를 나를 향해 돌리는 게 느껴진다. 하지만 난 그녀의 얼굴을 쳐다보지 않았다. 지금 이 순간 그녀는 분명히 '제 정신이에요?' 라는 표정으로 나를 바라보고 있을 것이다.

"지금 상황을 정리하고 위험에서 벗어날 방법은 하나, 애초에 우리를 노렸던 상대의 우두머리를 만나 결판을 짓는 것뿐이야."

적의 우두머리를 제압하면, 그 밑에 있는 놈들은 자연히 고개를 숙이리라. 고대부터 내려오는 전략의 기본 법칙이었다.

"지금 누가 왔다고?"

눈을 감고 입안의 양주를 음미하던 이정락이 살짝 놀란 표정으로 되물었다.

"황금 그룹의 송지철입니다."

"녀석이 살아 있어?"

"아무래도 한윤화가 일에 실패한 것 같습니다."

이정락이 혀를 차며 손에 들고 있던 양주잔을 테이블에 내려놓았다.

"쯧쯧. 마지막이라고 애걸복걸하기에 적선이나 하는 셈 치고 도와줬더니만, 결국 그 정도밖에 안 되는 여자였나."

"송지철은 어떻게 할까요?"

수하의 물음에 이정락이 잠시 고민할 것도 없이 입을 열었다.

"이 야심한 밤에 찾아왔는데 그냥 돌려보낼 수야 없지. 안으로 모셔."

"알겠습니다."

그리고 시간이 얼마나 흘렀을까? 나는 하이에나의 우두 머리이자 이 일의 시작이라 할 수 있는 이정락을 만날 수 있었다.

"시간이 꽤 늦었고 더군다나 우린 초면인데, 연락도 없 이 여긴 어쩐 일인가?"

이정락은 스스로 초면이라 밝혔지만, 자연스레 하대를 했다. 전형적인 권력자다운 면모였다.

"한윤화, 누구인지 알고 계시리라 생각합니다."

"응? 그게 누군가?"

"저희 집안의 살림을 담당하는 집사장입니다."

"그래? 그런데 그 사람의 이름을 나한테 말하는 의도가 뭔가?"

이정락이 한마디, 한마디 할 때마다 그의 몸에는 붉은 빛 이 넘실거렸다. 죄다 거짓이라는 소리였다.

과거나 현재나 미래나 어떻게 정치인들은 입만 열면 거 짓말 밖에 모를까? 절로 한숨이 흘러나오려는 것을 억지로 참으며 말을 이어나갔다.

"저는 지금 죽을 뻔 했던 위기를 겪고 이곳에 찾아왔습 니다. 오늘 단판을 짓지 못하면, 또 같은 일이 반복될 것을 알고 있기 때문입니다."

"계속 말해보게."

"살생부 찾고 계시죠?"

"살생부라……."

이정락이 술이 담긴 잔을 들어 가볍게 손안에서 굴린다. 그리고는 입가에 비릿한 미소를 지으며, 말했다.

"내가 찾고 있다면 어쩔 텐가? 지금 내놓기라도 할 텐가?"

"살생부는 저한테 없습니다. 아니, 그게 정말 있는지도 모릅니다."

"아무래도 우린 별로 할 얘기가 없을 것 같군. 죽을 위기를 겪고 이곳에 왔다고 했는데, 앞으로는 그런 일이 없길 바라네. 나라를 이끌어갈 창창한 경제인이 벌써 죽으면 되겠나. 여기, 손님 나가시니 잘 배웅해……."

"없는 걸 거짓으로 만들어낼 순 있어도 그건 금방 들통이 나겠지요. 그렇다고 이대로 죽고 싶은 마음도 없기 때문에 저는 한 가지 결정을 내렸습니다."

"……?"

"앞으로 황금 그룹은 전적으로 부장님을 지원해드리겠습니다."

때마침 날 쫓아내기 위해 이정락의 수하가 들어왔다. 이정락이 조용히 손을 올려 그 수하에게 나가보라는 손짓을 보냈다.

"지금 그 말이 무슨 뜻인가?"

"말 그대로입니다. 돌아가신 아버지께서 살생부를 가지고 계셨을지는 몰라도, 현재 그것이 저에게는 없습니다. 없는 것을 거짓으로 부장님께 갖다 바칠 수는 없으니, 그 차선으로 황금 그룹이 가진 재력으로 부장님을 돕겠다는 말입니다. 부장님께서 언제까지 중앙정보부에만 머무르실 수는 없지 않습니까? 더 높은 곳으로 올라가셔야죠."

"더 높은 곳이라."

이정락의 지그시 날 노려봤다. 그리고 난 그 시선을 피하지 않았다.

"……살생부는 각하께서도 관심을 가지고 있는 일이야. 단지 내 선에서 정리할 수는 없는 일이네."

조금 전과는 달리 부드러워진 목소리였다.

'예상대로네.'

이정락이 살생부를 원했던 이유. 그게 정말 이 나라를 위해서였을까? 썩어빠진 정치인들을 물갈이하기 위해서? 초등학생이라도 그게 아니라는 것은 안다.

그가 살생부를 원했던 이유는 단 하나!

이 나라의 최고 권력자가 원했고 그걸 가져다줌으로 자신이 더 높은 위치로 올라갈 수 있기 때문이었다.

"각하께서 원하신다고 해서 없는 것을 만들어낼 수는 없습니다. 하지만 지금부터 다시 만들 수는 있지 않겠습니까?"

"응?"

"이미 한 번 재물을 탐했던 사람이 두 번째라고 해서 거절하겠습니까? 정말 살생부가 필요한 거라면, 다시 만들면 됩니다. 비록 시간이 조금 걸리겠지만, 전보다 더 완벽한 살생부를 만들 수 있을 겁니다."

"다시 만든다. 살생부를 다시 만들어…… 크크. 크하하! 그래, 내가 그건 미처 생각 못했군. 굳이 예전의 것에 얽매일 필요는 없는데 말이야."

스읔!

웃음을 가득 토해낸 이정락이 자신의 앞에 놓여 있던 술잔을 내게 내밀었다.

"그런데 말이야. 나는 아주 욕심이 많은 사람인데, 자네 그걸 감당할 수 있겠나?"

입가에 절로 지어지려는 미소를 억지로 참았다. 원하는 대로 상황이 흘렀지만, 그렇다고 해도 지금은 너무 티를 내서는 안 된다. 아직까지는 연기가 필요하다.

"오히려 그래서 부장님이 좋습니다. 욕심이 있어야 제가 계속 필요하다고 생각하시지 않겠습니까? 그리고 저 또한 욕심이라면 뒤지지 않습니다."

"하하하! 좋아, 자네의 제안을 받아들이지. 하지만 그렇다고 새로운 살생부가 만들어질 때까지 마냥 시간을 줄 수는 없어. 아까도 말했지만, 각하께서 꽤 관심을 가지고 있는 사안이란 말이야."

"알고 있습니다. 하지만 그리 오랜 시간이 걸리지는 않을 겁니다. 의원님께서 살생부에 올릴 명단을 제게 넘겨주실 테니까요."

"이 친구 갈수록 마음에 드는군! 암, 넘겨주고야 말고. 그래야 그놈의 빨갱이 새끼들을 모조리 잡아들일 수 있을 테니까."

이정락의 몸에서 피어오르는 색이 붉은색에서 푸른색으로 바뀌었다.

'됐다.'

비록 거짓으로 약을 치기는 했지만, 계획대로 이정락을 성공적으로 설득함으로써 당장 계획을 세울 시간은 벌었다.

"그런데 부장님 일을 성공적으로 진행하고자 하면 문제가 되는 사람이 있습니다."

"……한윤화, 그녀를 말하는 것인가?"

"네, 이미 그녀가 저를 몇 번이고 해치려 했다는 것을 알고 있습니다. 다만, 그걸 알고서도 그냥 뒀던 것은 그 뒤에 부장님이 계시다는 것을 알고 있었기 때문이었습니다."

"허, 알고 있었다고? 그런데도 지금까지 참아 온 것을 보면 자네도 보통내기는 아니군 그래."

"저야 제가 직접 살생부를 찾아내어 부장님과 담판을 지으려고 했기 때문이죠. 그 편이 훨씬 효과적이었으니까요. 하지만 아무리 찾아도 없는 것을 어떡합니까?"

"흐음."

"아무튼 이렇게 부장님과 한배를 타기로 한 이상, 그녀와 계속 가는 것은 껄끄럽습니다. 이미 주인을 문 개가 다시 물지 말라는 법은 없지 않습니까?"

"무슨 말인지 알겠네. 어차피 이번 일이 끝나면 처리를 하려고 했었네. 능력에 비해 욕심이 너무 많은 여자여서 말이야. 어이, 김 군아."

이정락이 바깥쪽을 향해 목소리를 높였다. 그러자 조금 전 날 집안에서 쫓아내려 했던 사내가 들어왔다.

"어르신, 부르셨습니까?"

"날이 추우니 곰이 굴에 들어갈 때가 된 것 같다. 그간 고생했으니, 이제 그만 편히 자게 해주어라."

"알겠습니다."

김 군이라 불린 사내가 고개를 숙이더니, 이내 물러났다. 굳이 해석을 듣지 않아도 지금 상황에서 곰이 누구를 뜻하는 것인지 눈치 채는 것은 어렵지 않은 일이었다.

"자, 이제 이쯤이면 얘기는 거의 끝난 것 같고. 내 마지막으로 한 가지만 얘기하지. 피하려 하지 않고 굳이 날 만나러 온 정면 돌파의 방법은 아주 좋았네."

"……!"

설마 눈치를 챘단 말인가?

"옛말에도 전쟁에서 불리하면 상대의 우두머리를 치라고 했지. 그럼 그 밑에 있는 이들은 자연스레 흩어진다고 말이야."

확실하다. 이정락은 내가 어떤 목적으로 자신을 찾아 왔는지 알고 있었다.

씨익!

"내가 이런 얘기를 자네에게 하는 이유는 말이야. 지금까지 자네가 내게 했던 얘기가 단지 위기를 벗어나기 위해 이 머리에서 생각나는 대로 지껄인 게 아니었으면 하는 바람에서라네. 크흠, 믿을지 모르겠지만 난 오늘 날 찾아온 자네의 그 두둑한 배짱과 제안이 아주 마음에 들었거든."

"……."

"그러니 오늘은 이만 돌아가서 좋은 소식 기대하고 앞으로는 나와 잘해보도록 하세."

말을 마친 이정락이 오른손을 내밀었다. 그 손을 물끄러미 바라보다가 나 역시 손을 내밀어 악수를 받았다.

"……기대에 어긋나지 않도록 하겠습니다."

"하하! 좋네. 다음에는 느긋하게 만나 술이라도 한 잔 하지. 오늘은 늦었으니 이만 돌아가 보게."

이정락의 손짓에 고개를 끄덕인 뒤 자리에서 일어나 대문을 열고 나섰다.

"푸아."

문을 열고 밖으로 나서자 밤의 차가운 공기가 얼굴을 때렸다. 그와 함께 참았던 한숨이 토해져 나왔다.

"기분은 더럽지만, 그래도 허무하게 죽게 만들 수는 없잖아."

나라고 이정락의 행동이 좋았을 리 없다. 자신의 이익을 위해 남의 인생 따위는 전혀 신경 쓰지 않는 부류니까 말이다.

하지만 그렇다고 내 가치관을 위해서 살릴 수 있는 목숨을 죽음의 길로 내몰 수는 없는 일이지 않는가?

"어떻게 됐어요?"

밖으로 나오자마자 날 맞아준 것은 추운 날씨임에도 불구하고 밖에서 오들오들 떨며, 기다리던 김 비서였다.

"날 죽이겠다는데."

"네?"

"농담이야. 잘 해결됐어. 당분간 시간은 벌었고 한윤화는……."

"……?"

"잘 모르겠네. 그래도 두 번 다시 나와 김 비서를 노리는 일은 없을 거야."

"그럼, 다행이지만……."

"괜찮아. 진짜 잘 해결됐다니까. 그보다 일단 집으로 돌아가자. 안 집사님이 무사한지도 확인해야 하니까."

"아! 알겠어요. 얼른 타세요."

김 비서가 작은 탄성을 흘리고는 곧장 차문을 열고 시동을 걸었다.

그렇게 30분이 지나 집으로 돌아가자 새벽인데도 불구하고 대문부터 시작해서 환하게 밝혀져 있는 집의 모습을 볼 수가 있었다.

"회장님!"

그리고 차에서 내리자마자 볼 수 있는 것은 고령의 나이에도 불구하고, 눈물자국이 가득한 얼굴의 안 집사였다.

"후우, 다행입니다. 무사하셨군요?"

"그 말씀은 혹시 회장님께서도?"

놀라 되묻는 안 집사를 향해 나와 김 비서에게 있었던 일을 간략하게 설명해줬다.

꽈악!

"고맙네. 고마워! 김 비서 자네가 회장님을 살렸구만!"

설명을 듣기 무섭게 안 집사님이 김 비서의 손을 잡으며, 연신 고마움을 표했다.

"그나저나 안 집사님 쪽은 어떻게 된 겁니까?"

"강 기사 덕분에 살았습니다."

안 집사의 말에 따르면, 나와 김 비서와는 달리 두 대의 수상한 차량이 따라 붙었는데 강 기사의 기지로 그 차량에 탑승하고 있던 사람을 제압한 것도 모자라 경찰에 넘겼다고 했다.

"강 기사가 특전사 출신이었어요?"

"네, 청와대 경호실에 있기도 했습니다."

그런 사람이 대체 왜 여기서 운전기사 노릇을 했던 것이지? 의문이 들기는 했지만, 우선은 안 집사님이 무사한 것을 확인했으니 그 다음으로 확인할 일이 있었다.

"집사장은 어디 있습니까?"

"저희가 회장님을 찾고자 집에 도착했을 때는 이미 자취를

감춘 뒤였습니다. 집안사람들에게 물으니, 오후부터 아무런 말없이 자리를 비웠다고 합니다."

혹 일이 잘못됐을 경우를 대비해서 미리 자리를 피했거나, 그게 아니라면 그 다음 수를 준비하기 위해 이동을 했을 것이다.

하지만 여기에 대해서는 이제 걱정할 필요가 없다. 이정락 그자가 나랑 함께 하겠다는 뜻을 확실하게 보이려면, 누가 뭐래도 한윤화 그녀를 잡아야 할 테니까 말이다.

'악은 더 큰 악으로 처단하는 법이지.'

어차피 세상의 악은 사라지지 않는다. 그렇다면, 악으로 하여금 다른 악을 파멸시키는 게 옳다고 생각한다.

[현재 남은 시간 5시간입니다.]

메시지에 떠오르는 음성의 소리에 손에 들고 있던 펜을 놓았다.

"후우, 이 정도면 그래도 이정락과의 일을 준비하는데 도움이 되겠지."

조금 전까지 수첩에 적던 내용을 보며 중얼거렸다. 수첩에는 현재의 대통령이 연임을 해나갈 것이며, 그 뒤에는 어떻게 될 것인지 또 향후 몇 년간 어떤 굵직한 일이 벌어질 것인지에 대한 내용이 적혀 있었다.

혹시 내가 이를 적음으로 그에 대한 고통이 느껴지지 않을까 걱정했는데, 다행히도 직접적으로 관여를 한 것은 아니어서 그런지 아무런 고통도 느껴지지 않았다.

"……내가 가져가는 것에 대한 마지막 선물이다."

이것을 활용해서 더 큰 부를 얻든 혹은 그냥 지금 상태로 만족하든 그건 내가 떠나고 난 뒤 송지철이 결정한 문제였다.

"그럼, 이제 마지막 남은 임무를 달성해볼까."

애초에 진즉 달성할 수도 있었지만, 뒷마무리를 조금 더 확실하게 하기 위해 잠시 미뤘던 것일 뿐. 이제는 이 긴 여행의 종료를 선언할 때였다.

집 밖의 노송.

눈이 쌓인 그곳에는 김 비서가 나무에 기대어 저 멀리 하얗게 쌓인 산을 바라보고 있었다.

"내가 늦은 건 아니지?"

"얼어 죽는 줄 알았어요."

"그럴 줄 알고 이거 가져왔지."

아직 따뜻함이 남아 있는 커피를 건네자 김 비서가 이내 작게 웃음을 터트렸다.

"이런 배려도 할 줄 아시는 분이었어요?"

"그럼, 당연하지. 원래 내가 한 배려한다고."

"그런 분이……."

"어허! 옛날 얘기는 이제 그만. 앞으로는 미래에 대한 얘기만 하는 게 어때?"

"네?"

"뭐, 그러니까 내 말은 우리 둘만의 미래 말이야."

말을 하면서도 전신에 닭살이 돋아났다. 지금의 행동은 순전히 비도크의 기억에 의지해서 하는 것이다.

애초에 나 역시 제대로 된 연애는 해본 경험이 없으니까 말이다. 그나저나 이런 말을 아무렇지도 않게 했던 비도크는 정말 대단하다.

"그, 그게 무슨 말씀이세요?"

"이런 말이라고나 할까?"

예상했던 대답이 김 비서에게 흘러나오자 재빨리 주머니에 준비했던 반지를······

"어, 이거 어디 갔어?"

분명 주머니에 챙겨두었던 반지가 없다.

"뭐가요?"

"아니, 내가 분명히 주머니에 반지를 넣었는데. 귀신이 곡할 노릇이네. 구멍이 뚫린 것도 아닌데, 대체 어디로 간 거야?"

미도파 백화점의 김태훈에게 특별히, 아주 특별히 요청해서 준비했던 반지였다.

이 반지 한 방으로 이번 임무를 성사시키겠다는 마음으로 말이다. 그런데 분명히 챙겼던 반지가 주머니에 없는 것이다.

"설마 장난치시는 건 아니죠?"

"아니야! 분명히 챙겼단 말이야. 이럴 리가 없는데."

김 비서가 지그시 날 바라본다. 그리고는 진지한 표정으로 말했다.

"그럼 내 얼굴을 똑바로 보고 말해보세요."

"응?"

"사랑한다고 말해 봐요."

"……!"

"못하겠죠?"

김 비서의 얼굴이 굳어간다. 그 순간 내 머릿속에는 아무런 생각이 들지 않았다. 단순한 느낌만이 든 것이 아니다. 순간적으로 몸의 지배권이 내게서 벗어났다.

"사랑해, 새미야."

"……!"

"지금에서야 말해서 미안해. 하지만, 나 너 사랑한다. 이건 진심이야."

"그, 그게 그러니까……."

쪽!

순간 송지철의 입술이 김 비서, 김 새미의 입술에게 닿았다. 물론 내 의지와는 전혀 상관없이 말이다.

'이거 대체 어떻게 된 거야? 아직 시간이 남아 있는데 왜 몸의 주도권을 빼앗긴 건데? 동기화도 100%가 아닌데?'

다수의 물음이 연달아 떠오를 무렵.

갑자기 머릿속을 울리는 목소리가 있었다.

[고맙다. 이름이 한정훈 맞지? 네 덕분에 소중한 사랑을 찾을 수 있었어. 물론 그간 내 몸을 가지고 멋대로 한 건 화가 나지만, 그래도 이 모든 게 다 네 덕분이야.]

처음 듣는 목소리이지만, 알 수 있었다. 이 목소리의 주인이 바로 이 몸의 원래 주인인 송지철이란 것을 말이다. 그리고 바로 그 순간 기다리고 기다리던 메시지가 떠올랐다.

[〈신뢰를 얻어라.〉 김새미의 신뢰를 얻으셨습니다.]
[임무를 달성했습니다.]
[즐거운 여행이 되셨나요? 여행 시간이 종료되었습니다.]
[지금부터 여행자의 업적을 평가하기 위해 정산의 방으로 이동합니다.]

그리고 언제나 그랬듯 환한 빛이 사라지고 백색의 공간이 날 맞이해주었다.

TIME ROULETTE
타임룰렛

Chapter 40장. UB 은행

"여행자님, 여행은 즐거우셨나요?"

중심부에 서 있던 준이 앞으로 걸어 나오며 날 맞아주었다. 그런 준을 향해 타임 포켓에 들어있던 동전을 꺼내 던졌다.

슈악!

"이런, 갑자기 이런 걸 던지시면 위험합니다."

보통 사람이라면, 뭔가 날아온다는 것 자체에 놀라서 허둥댔겠지만 준은 아무렇지도 않다는 듯 날아오는 동전을 한 손으로 잡아챘다.

"너 알고 있었지?"

"저는 도통 무슨 소리인지 모르겠군요."

"내가 이번 여행에서 어떤 능력을 얻을지 말이야. 그래서 그 물건을 굳이 대출까지 해서 팔기로 했던 것 아니야?"

"이런, 저를 너무 과대평가 하시는 것 같습니다. 제가 좀 뛰어나긴 하지만, 그 정도의 능력은 없습니다."

아쉽게도 지금의 나는 준의 말이 진실인지 거짓인지 판별할 능력이 없다. 여행이 끝남과 동시에 가지고 있던 특성 또한 사라졌기 때문이다.

"자, 그럼 정산을 시작해볼까요? 이곳에서는 그게 가장 중요한 일이니까요."

딱!

준이 손가락을 튕기자 반투명한 홀로그램 창이 나타났다. 이제는 몇 번 봤다고 그리 낯설지도 않았다.

"그럼, 시작하겠습니다."

말이 끝남과 동시에 홀로그램 창의 중앙에 박혀 있던 숫자들이 빠르게 회전하기 시작했다.

'이번 여행에서 임무는 성공했지만, 동기화의 수치는 크게 올리지 못했어. 많은 포인트를 올리기는 어렵겠지.'

대강 추측하건대 지난번과 같이 높은 점수를 얻지는 못할 것이다.

촤르륵!

0에서 9까지의 숫자가 홀로그램 창에서 연달아 돌기 시작하더니, 이내 8,500점이라는 숫자를 만들었다.

"이거 애매한 점수네요. 높지도 낮지도 않은 점수라고나 할까? 그래도 처음 여행에서 얻으신 350점에 비하면 아주 높은 점수시네요."

'생각보다 꽤 점수가 높네.'

임무는 성공했지만, 동기화의 점수는 그리 높지 않았는데 생각보다 만족스러운 점수가 나왔다.

"그런데 이번에는 안 물어보시네요?"

"무슨 소리야?"

"이번 여행의 만점은 몇 점인지, 또 여행자님이 떠나고 그 정착자가 어떻게 됐는지 말이에요. 이번에는 적당한 포인트를 지불하면, 알려드릴 의향이 있는데. 어떻게 말해드릴까요?"

내가 떠나고 난 뒤의 송지철의 삶이라. 이정락의 마수에서 벗어났을까? 한윤화는 또 어떻게 됐을까? 김 비서와 결혼은 했을까? 궁금증이 남지 않는다면, 그것 거짓일 것이다.

"이제 와서 안다고 해서 뭐가 달라지겠어."

"네?"

이번에는 준이 반문했다. 그런 준을 보며 말했다.

"해줄 수 있는 만큼은 해줬고 그만한 대가는 충분히 받았어. 그 이후에 일이 잘 되었든 잘 되지 않았든 그건 전적으로 자신의 삶을 살아가는 사람이 책임질 부분 아니겠어?"

묵묵히 얘기를 듣던 준의 입가에 슬며시 미소가 피어났다.

그 미소는 지금까지 내가 보던 가식적인 웃음과는 조금 다른 종류의 것이었다.

"······좋네요. 확실히 한정훈 여행자님은 계속해서 성장해나가고 있어요."

"그런 의미에서 대출은 없는 걸로 하는 게 어때?"

"그럴 순 없지요. 받을 건 받고 줄 건 주는 게 이 머천트 준의 철학이니까요."

딱!

준이 손가락을 가볍게 튕겼다.

[1,500 포인트가 차감됐습니다.]

획득했던 8,500 포인트에서 여행을 시작하기 전에 대출했던 1,500 포인트가 줄어들었다. 남은 포인트는 이제 7,000 포인트였다.

"자, 그럼 이제 상품을 구매하시겠어요? 아니면 원래 세상으로 보내 드릴까요?"

"상품 구매."

[특성] [장비] [소모품] [스킬]

상품 구매를 선택하자 눈앞에 홀로그램 창이 떠올랐다.

'분명 있겠지?'

애초에 구입을 염두에 뒀던 것은 하나뿐이었다. 두근거리는 마음을 진정시키고 목록의 스킬을 선택했다.

"있다!"

〈진실과 거짓〉

고유: Passive

등급: A

설명: 태어나서부터 자산이 가진 돈을 노리고 접근하던 사람들로 인해 숱한 배신을 당하고 끊임없이 주변의 사람을 의심해야 했던 송지철의 고유 특기입니다.

효과: 상대의 말에 집중하고 있을 경우 진실과 거짓을 구분할 수 있습니다. 대상이 하는 말이 진실일 경우에는 몸에서 파란색의 기운이 거짓일 경우에는 붉은색의 기운이 흘러나옵니다.

TP: 5,000

"5,000 포인트?"

C 등급의 고속 판단의 가격이 500 포인트였다. 그에 비해 A 등급인 진실과 거짓은 5,000 포인트니, 차이가 무려 10배나 되었다.

'그렇다고 이대로 포기하기에는 효과가 너무 아깝지.'

앞으로 쓰일 곳을 생각한다면, 5,000 포인트가 아니라 5만 포인트가 되더라도 구매하는 게 맞았다. 눈을 질끈 감고 입을 열었다.

"스킬 진실과 거짓을 구매할게."

"다른 것은 필요하지 않으신가요?"

"스킬만 살 거야."

"알겠습니다, 그럼."

딱!

[5,000 포인트가 차감 됐습니다.]

[스킬 진실과 거짓을 획득하셨습니다.]

[한정훈]

준비된 시간 여행자 LV. 2

근력: 12(2)

민첩: 6

체력: 10(2)

지력: 13

특성: 용기

스킬: 고속판단, 격투술, 직감, 진실과 거짓

보유TP: 2,000

"민첩 수치가 너무 낮기는 한데."

10을 넘는 다른 능력에 비해 유독 민첩만 수치가 떨어졌다. 잠시 고민을 하다가 이내 고개를 흔들었다.

'일단 지금은 참자. 다음 여행을 시작할 때 또 준비해야 할 물건이 생길 수도 있으니까.'

물론 그때에도 지금과 같이 준에게 쓸데없는 물건을 구입할 수도 있지만, 그래도 여유 포인트가 있다면 대출로 인해 포인트를 날리는 일은 최소화 할 수 있을 것이다.

"더 구매하실 건가요?"

"아니, 그만 살 거야."

"그럼, 저한테 물건을 파는 건 어떠세요?"

"물건을 팔아?

준이 뒤로 몇 걸음 물러서더니 말을 이었다.

"잊으신 것 같은데 이 머천트 준은 상인입니다. 다시 말해 물건을 팔기도 하지만 사기도 한다는 말씀이시지요."

"하지만 내가 팔 만한 물건이 있을······!"

말을 하는 도중에 머릿속에 하나의 물건이 떠올랐다. 설마 하는 생각으로 시선을 돌리니, 실실 웃고 있는 준의 모습이 보였다.

"너 설마?"

"어차피 이제 한정훈 여행자님에게는 쓸모없는 물건 아니신가요? 음, 지금 저에게 팔면 500 포인트 드릴게요. 어떠세요?"

"이 사기꾼이!"

"사기꾼이라니요. 이미 중고인 물건을 제값 모두 주고 살 수는 없지 않습니까? 그래도 여행자님과의 인연을 생각해서 500 포인트나 쳐드리는 겁니다."

"웃기고 있네. 쓸데없는 소리는 그만하고 빨리 원래 세상으로 돌려보내주기나 해."

"후후, 이거 아쉽네요. 알겠습니다. 그럼, 오늘 만남은 여기서 끝내도록 하죠."

고개를 끄덕인 준이 손가락을 튕기기 위한 준비 자세를 잡았다.

"하지만 여행자님. 진짜 위기는 아직 시작도 되지 않았습니다. 지금의 일상을 지키고 싶다면, 좀 더 분발하셔야 될 겁니다."

순간, 준의 몸에서 지금까지 보지 못했던 강렬하고 짙은 푸른빛이 흘러 나왔다.

"그게 무슨 소리야? 위기라니?"

"때가 되면 알게 되실 겁니다."

딱!

[정산의 방을 이용해주셔서 감사합니다.]

[그럼, 다음 여행까지 여행자님의 무운을 기원하겠습니다.]

번쩍!

동시에 익숙한 목소리가 귓가를 울리며, 눈앞에서 보이던 백색의 공간이 사라졌다.

스읍!

숨을 들이키자 특유의 집 냄새가 코끝을 타고 들어왔다.

"······돌아 왔네."

호흡 이후에는 감았던 눈을 슬며시 뜨며, 집안을 둘러봤다.

비록 룰렛을 돌리고 이곳의 시간은 흐르지 않았겠지만, 내가 겪은 시간은 무려 2주였다.

"그런데 위기라니, 대체 그게 무슨 말이지?"

정산을 끝나고 돌아오기 직전 준이 남겼던 마지막 한마디. 그때 피어 오른 푸른색의 빛깔은 준의 말이 진실이라는 것을 뜻했다.

"말을 하려면, 끝까지 하든가. 아무튼 이제는 계획대로 움직이자."

재빨리 PC를 켜고 인터넷을 이용해 검색을 시작했다.

"……이름이 바뀌었네?"

검색을 시작하자 기존에 비밀 계좌를 개설했던 스위스의 은행이 다른 기업들과 합병을 통해 UB 글로벌 투자 은행으로 변경됐다는 사실을 확인할 수 있었다.

잠시 철렁거렸던 가슴을 진정하고 한국어 번역 시스템을 제공하지 않았기 때문에 홈페이지에서 제공하는 번역 시스템을 이용해서 언어를 영어로 바꾸었다.

"후, 첫 국제 전화를 이렇게 사용하게 될 줄은 몰랐네."

홈페이지에 적힌 내용을 쭉 훑어보니 하단에 전화번호가 적혀 있었다.

뚜우-

몇 번의 신호음이 갔을까?

수화기 저편에서 알 수 없는 언어가 흘러나왔다. 스위스어로 짐작하고 영어를 활용해서 말을 건네자 상대 역시 영어로 답변을 하기 시작했다.

"UB 은행의 마일린입니다. 저희가 무엇을 도와드릴까요?"

"회원 코드를 말씀 드리겠습니다."

"네? 회원 코드라니 그게 무슨 말씀이신가요?"

"……."

상대방이 전혀 모르겠다는 듯 반문하자 등 언저리를 타고 땀방울이 흘러내렸다.

하지만 이런 돌발 상황은 여행을 하면서 수도 없이 겪은 나였다.

"혹시 거기에서 오래 근무하신 분 있습니까? 그 분에게 회원 코드를 말하는 손님이 있다고 전해 주시겠습니까?"

"음…… 알겠습니다. 잠시만 기다려주세요."

잠시 기다려달라는 소리에 안도의 한숨이 흘러나왔다.

'후, 다행이네. 확인도 안 하고 헛소리 하지 말라고 할까 봐 걱정했는데.'

그렇게 얼마의 시간이 흘렀을까? 수화기 너머로 다시 마일린의 목소리가 흘러나왔다.

"고객님 오래 기다리셨습니다. 지금 담당자에게 전화를 돌려드리려고 하는데, 괜찮으신가요?"

"네, 알겠습니다."

"잠시만 기다려주세요."

뚜-

잠깐의 신호음이 이어지더니 이내 수화기 너머로 남성의 목소리가 흘러나왔다.

"안녕하십니까? 고객님. UB 은행 VIP 담당 덴 제일러입니다. 회원 코드를 문의하신 고객님 맞으신가요?"

"네, 맞습니다."

"네, 고객님. 절차에 따라 회원 코드를 말씀해주시겠습니까?"

요청에 따라 기억에 있는 회원 코드를 대답했다.

"X-000097입니다."

"……."

"여보세요?"

"아, 죄송합니다. 제가 입사하고 X 넘버는 처음이어서요."

이해는 갔다. 무려 40년 전의 코드이니까 말이다. 그렇게 얼마의 시간이 흘렀을까? 덴 제일러가 난감한 목소리로 말했다.

"고객님, 죄송합니다만. 말씀해주신 X 넘버는 40년 전에 사용하던 것으로 확인했습니다. 현재 저희가 전산으로 확인 가능한 것은 30년까지의 코드로 확인 됐습니다."

"설마 소멸되었다는 소리는 아니겠죠?"

"아닙니다. 다만, 이번 같은 경우에는 저희 직원이 직접 수동으로 관련된 문건을 확인을 해야 해서 시간이 조금 걸릴 것 같습니다. 괜찮으시다면, 현재 거주 중이신 곳과 연락처를 알려주실 수 있으시겠습니까? 저희가 확인 후에 연락을 드리도록 하겠습니다."

가슴을 쓸어내리며, 덴 제일러가 요청한 정보를 알려줬다.

"감사합니다. 빠르게 확인하고 연락드리도록 하겠습니다."

"네, 수고하세요."

전화 통화를 마무리하고 통화 시간을 확인해보니, 11분 정도였다.

"이거 요금 엄청나오겠네."

앞으로 얼마만큼의 돈이 내 손에 들어올지 모르겠지만, 어찌됐든 지금 내가 손에 쥔 돈은 없으니 요금이 걱정 되는 것은 당연했다.

"집안 청소나 좀 하고 아버지 뵈러가자."

아버지가 사고를 당하시고 며칠 청소를 안했다고 집안 곳곳에 쌓인 먼지가 눈에 잡혔다.

그렇게 팔을 걷어 부치고 본격적으로 청소에 몰두할 무렵, 대한민국의 반대편인 스위스의 UB 은행에서는 때 아닌 X 코드의 등장으로 VIP 담당 소속 직원들이 전원 회의실로 호출 되었다.

"현재 시각으로 30분 전, X 코드의 회원 넘버를 확인해 달라는 전화가 한 통 들어왔다."

회의실의 가장 상석에 앉아 있던 UB 은행 VIP 팀장 가르비어가 자리에 앉아 있는 팀원들을 바라보며, 말했다. X 코드라는 소리에 8명의 팀원 들이 눈을 깜박거리며 중얼거렸다.

"X 코드?"

"그런 코드도 있었나?"

"있으니까 팀장님이 우릴 모두 불렀겠지."

자리에 모인 이들이 한 마디씩 하기 시작하자 조용했던 회의실은 금방 시장 통처럼 시끌벅적해졌다. 가르비어가 인상을 찌푸리며 회의실의 책상을 손가락으로 두들겼다.

탁!

"수다나 떨라고 이 자리에 모이라고들 한 게 아니네. 아까 고객의 전화를 받은 사람이 덴 자네였지?"

덴 제일러가 자세를 바로하고 고개를 끄덕였다.

"그렇습니다. 고객의 전화를 받고 즉각 관련된 내용을 확인해보니, 현재 전산 상으로 확인 가능한 것은 30년 전까지였습니다. 다만 추가적으로 자료를 찾아보니, X 코드는 40년 전에 저희가 발행한 코드가 맞았습니다. 특히 제로로 시작하는 숫자 코드는 100명이라는 제한된 인원에게만 발급된 특수 코드였습니다."

그의 설명을 들은 팀원들의 눈빛에 놀라움이 떠올랐다.

"40년 전?"

"게다가 특수 코드면 대체 누구지? 케네디나 월가 쪽의 사람인가?"

탁!

다시금 손가락으로 탁자를 두드린 가르비어가 말을 이었다.

"설명하느라 수고했네. 자. 모두 들었겠지만 고객께서 문의하신 코드는 실제로 존재하는 코드다. 그럼, 이제 우리는 어떻게 해야 되지?"

"그야 관련된 사항 확인해서 고객님이 보관하신 물건을 내어드리면 되는 것 아닙니까?"

대답을 한 사람은 입사 2년차인 제이나였다. 제이나의 대답에 가르비어가 고개를 절레절레 흔들며 자신의 팀원들을 바라봤다.

"다들 제이나의 생각과 같나?"

"……."

"후우. 한심하긴. 전 세계의 VIP들을 담당한다는 직원들의 사고가 이리 단순하다니. 덴!"

가르비어에게 호출당한 덴 제일러가 즉각 대답했다.

"네, 팀장님."

"자네에게 전화를 건 고객은 당시 100명에게밖에 발급되지 않은 특수 코드를 문의한 사람이다. 그리고 현재 우리 UB 은행은 과거처럼 단순하게 VIP들의 투자가 있을 때까지 기다리는 게 아니라, 직접 전 세계의 VIP들을 찾아 투자를 이끌어내는 공격적인 태도를 취하고 있다. 허면 이제 우리가 어떤 선택을 취해야겠나?"

"……직접 가서 그 고객을 만나보라는 말씀이십니까?"

설마 하는 표정으로 덴 제일러가 물었다. 또한 그의 머릿속에는 전화를 걸었던 고객의 거주지가 대한민국이었다는 사실도 함께 떠올랐다.

"당장은 아니지. 일단은 그 코드가 정말 존재하는 것인지 보다 정밀한 확인이 필요하니까."

"저기 그런데, 그 아까 전산으로 30년까지만 확인 가능하다고 하지 않으셨어요? 그럼 어떻게……."

제이나가 불안한 표정으로 가르비어를 쳐다봤다. 다른 팀원들이라고 그녀의 표정과 별반 다르지 않았다.

그들의 머릿속에는 연달아 설마라는 단어가 계속 떠오르고 있었다. 그런 그들의 생각을 아는지 모르는지 가르비어는 입가 만면에 미소를 짓고 말을 이었다.

"이가 없다면 잇몸으로 때워야지. 게다가 내가 입사했을 때는 원래 이 발로 뛰고 손으로 찾으면서 일했네. 자네들이라고 못할 것 없지 않은가?"

동, 서양을 막론하고 언제나 불안한 느낌은 항상 들어맞는 법이었다.

드륵!

풀 죽은 팀원들을 뒤로하고 가르비어가 자리에서 일어나서 박수를 쳤다.

"자, 이러고 있을 시간이 어디 있나. 지금 이 시간에도 고객은 우리의 전화를 기다리실 테니, 서둘러 움직이게."

UB 은행에서 다시 연락이 온 것은 처음 연락을 취한 지 삼일이 지난 뒤에서였다.

그쪽 담당자는 내가 40년 전에 정해놓은 패턴에 따라 몇 가지 질문을 했고, 기록되어 있는 대답과 이상이 없다는 것을 확인하고 난 뒤 직접 대한민국을 방문하겠다는 의사를 밝혔다.

처음에는 굳이 그럴 필요까지 없다고 말했지만, 덴 제일러는 은행의 방침상 직접 만나지 않으면 곤란하다는 말을 남겼다.

그는 자신의 방문이 정 껄끄럽다면, 내가 직접 스위스의 UB 은행 본사를 방문해야 한다고 말했기에 결국 내가 선택할 수 있는 방법은 덴 제일러가 날 찾아오는 것을 허락하는 수밖에 없었다.

아버지가 병원에게 입원해 있는 상황에 스위스까지 가서 시간을 소비할 수는 없기 때문이었다.

그렇게 또 다시 하루가 흘러, 연락을 취한 지 4일이 지나서야 난 서울 종로에 있는 UB 투자 증권에서 덴 제일러를 만날 수 있었다.

UB 투자 증권 VVIP실.

"생각보다 젊은 분이셨군요. 이렇게 만나 뵙게 돼서 영광입니다. 전 UB 은행 VIP 글로벌 담당 팀에서 나온 덴 제일러라고 합니다."

"한정훈입니다."

"자, 앉으시죠."

덴 제일러의 권유에 따라 소파에 앉자 푹신한 감촉이 전신에 느껴졌다.

앞에 놓인 커피 잔을 들어 커피를 가볍게 한 모금 마신 덴 제일러가 말을 이었다.

"그럼, 절차에 따라 마지막으로 한 가지만을 더 확인하고 물건은 내어드리도록 하겠습니다. 동의하십니까?"

"동의합니다."

"그럼, 마지막 키워드를 여기에 적어주시겠습니까?"

덴 제일러가 자신의 앞에 놓인 패드를 내게 내밀었다. 패드를 받아든 뒤 스마트 펜으로 財神(재신)이라는 글자를 적어 내밀었다.

"확인되었습니다. 그럼, 지금부터 물건을 인계하도록 하
겠습니다."

삑—

테이블 위에 벨을 누른 지 5분 정도 지났을까? 두 명의
여성이 작은 상자가 담긴 손수레를 끌고 들어왔다. 덴 제일
러가 손수레 위의 상자를 내 앞 테이블 위에 올려놓고는 말
했다.

"안에 있는 물건을 확인하시고 벨을 눌러 주시면 그때
다시 들어오겠습니다. 그럼."

규정상 고객이 맡긴 물건이 무엇인지는 오로지 고객 본
인만이 확인할 수 있었다.

덴 제일러 또한 당시 단 100명에게밖에 발급되지 않았다
는 X 넘버의 제로 코드가 궁금하기는 했지만, 그래도 한 번
의 호기심을 확인하고자 힘들게 들어온 직장을 잃을 생각
은 없었다.

"후우."

모두가 밖으로 나가자 가볍게 숨을 고르고는 나무 궤짝
으로 만들어진 상자를 조심스레 열었다.

끼이익!

시간이 많이 흐르고 기름칠 한 번 하지 않았기 때문인지,
상자는 삐걱거리는 소리를 내며 그 속을 힘겹게 공개했다.

"어?"

내용물을 확인한 순간 낮은 탄성이 흘러 나왔다. 상자 안에는 색이 누렇게 변한 편지 봉투와 양장으로 이뤄진 두 권의 책이 놓여 있었다.

조심스레 손을 뻗어 우선 누렇게 변한 봉투에 들어 있는 내용물부터 확인했다.

"……이건 무기명 채권이잖아?"

봉투 안에 들은 것은 다름 아닌 무기명 채권이었다. 그것도 무려 1억 달러 무기명 채권이 5장이나 들어 있었다. 한화로 치면 대략 5천억쯤 되는 어마어마한 액수였다.

꽈악!

힘껏 주먹을 말아 쥐며 입으로 작게 탄성을 내질렀다.

"좋았어."

애초에 예상했던 보다 훨씬 많은 금액이었다. 이 돈이라면, 앞으로 무슨 일을 하더라도 돈에 구애받거나 고민하는 일은 없을 것이다.

"그런데 이 책들은 뭐지?"

들고 있던 봉투를 내려놓으며, 이번에는 두 권의 양장 중에서 검은 표지로 되어 있는 책을 들어 내용을 살폈다.

"10월 8일 섬전공업 문일중 이천만 원, 11월 4일 장태호 의원 천만 원…… 1월 2일 대진 그룹…… 잠깐만. 설마 이거?"

머릿속에 번개처럼 스쳐 지나가는 단어가 있었다.

살생부.

황금 그룹의 송무송이 정, 재계의 인물들에게 뇌물로 줬던 기록이 적혀 있는 장부. 이번 여행에서 송지철의 목숨을 계속 죄어오던 바로 그 물건이 내 눈앞에 있는 것이다.

"이게 대체 왜 여기 있는 거야?"

분명, 여행에서는 찾으려고 해도 그 흔적조차 찾을 수 없던 물건이 바로 살생부였다. 그런데 대체 어떤 연유로 이 물건이 이 상자에 들어 있는 것인지 도무지 이해가 가지 않았다.

"……그럼, 이건 또 뭐야?"

손에 쥐고 있던 살생부를 내려놓고 상자에 남은 갈색 빛깔의 양장본을 집어 들었다.

그리고 그 양장본의 첫 페이지를 여는 순간. 지금까지의 그 어떤 순간보다 놀라움 감정이 전신을 뒤흔들었다.

"이, 이게 뭐야?"

[나 황금 그룹의 회장 송지철은 언제가 이 물건을 찾으러 올 한정훈에게 지금과 같은 글을 남긴다.]

Chapter 42. 그 사람이 남긴 것

한 줄기 벼락이 머릿속을 관통하는 것 같은 느낌이었다. 떨리는 몸을 애써 진정시키고 양장본에 적힌 내용을 마저 읽어 나갔다.

[이 글을 읽는 이가 한정훈…… 귀인이 맞는다면 나는 우선 고맙다는 말을 하고 싶소. 당신이 아니었다면, 나는 소중한 사람이 곁에 있음을 알지 못하고 탐욕스러운 이들의 개가 되어 한평생을 살아갔을 것이오. 신이 나를 불쌍히 여겨 귀인을 보낸 것인지 혹은 하늘에 있는 내 아버지가 나를 안타깝게 여겨 보낸 것인지는 알 수 없지만, 그대께서 잠시 동안 내 몸에 들어와 살아가고 나 송지철이 그것을 지켜볼

수 있던 것은 이 못난 사람에게 찾아왔던 마지막 기회였다
고 난 생각하오.]

"……."

[살아생전 누군가에게 이 신비로운 경험에 대한 얘기를
하고 싶었으나, 쉽게 믿을 수 없는 얘기이기에 꽤 오랫동안
마음속에 담아 두었다가 이리 글을 남기고 이곳에 보관합
니다. 그 이유는 귀인께서 이곳에 재물을 보관하고자 했던
이유가 먼 훗날 이것을 찾을 사람이 있기 때문에 그리 한
것이 아닐까 이 늙은이는 짐작하기 때문이라오. 혹 귀인이
미래에서 과거로 온 사람은 아닐까라는 생각도 종종 하곤
했소이다. 미래에는 이 늙은이가 상상하지 못할 만큼 기술
이 발전되어 있을 테니, 그 타임머신이란 게 만들어졌을 수
도 있지 않겠소? 이런, 쓸데없는 글이 너무 길었구려. 늙으
면, 글이나 말이 이유 없이 길어진다고 하더니.]

"……."

[귀인이여, 내 이리 글을 남긴 이유는 하나입니다. 귀인
의 행동으로 나는 후회하지 않는 인생을 살 수 있었소. 정
말 고맙소이다. 그러니 여기 있는 재물은 아무런 죄책감도
가질 필요 없이 귀인의 뜻을 펼치는데 사용하시오. 또한,

귀인께서 내게 힘이 되어줄 사람을 만들어 줬듯 이 늙은이 또한 보탬이 되고자 약소한 준비를 했습니다. 만약 여기 있는 재물이 가치마저 퇴색될 정도로 시간이 흘렀다면 소용없겠으나, 아직 이 재물의 가치가 살아 있는 시대라면 분명 귀인께 많은 도움이 될 것입니다. 그러니, 부디 아무런 부담 가지시지 마시고 귀인께서 하고자 하는 일에 사용하길 바랍니다. 그리고 다시 말씀 드리지만, 정말 고마웠습니다.]

차르륵!

양장본의 마지막 장.

주소로 보이는 메모와 함께 금빛 명함이 한 장 끼워져 있었다.

"나는 그저 나를 위해서 그리 했을 뿐인데."

가슴 한구석이 욱신거렸다.

송지철은 감사의 인사를 전하면서 귀인이라고 표현했다. 하지만 나는 오로지 나를 위해서 움직였고 행동했을 뿐이다.

그저 불합리한 세상과 싸울 수 있는 힘이 필요했으니까.

'돈이 가진 힘.'

송지철이 가진 엄청난 재물에는 그 힘이 있었다. 최선을 다한 이유는 바로 그것이다.

만약 재물이 없었다면 내가 그리 열심히 했을까?

답은 쉽게 내릴 수 없다.

그런데도 그는 내게 감사의 인사를 전하고자 이렇게 메시지를 남겼다.

"후우."

가볍게 숨을 내뱉었다.

펼쳤던 양장본은 어느새 접혀 있었다.

미안한 마음이 들기는 했지만, 그렇다고 이제 와서 진실을 말한들 무슨 소용이 있겠는가?

그가 걸어왔던 세상과 내가 걸어가야 하는 현실은 다르다.

"……사양하지 않겠습니다. 필요하다면, 여기 있는 것들은 제 뜻을 펼치는 데 아낌없이 사용할 겁니다."

애초에 부귀영화를 누리고자 탐냈던 재물은 아니다. 그저 올바르지 못한 것을 옳은 길로 만들기 위한 발판.

가장 빠르게 얻을 수 있는 것이 재물이었을 뿐이다.

그리고 그 생각은 지금도 변함이 없다.

삐익—

물건을 정리함과 동시에 벨을 눌렀다. 그러자 오래지 않아 문이 열리며 덴 제일러가 들어왔다.

"확인은 모두 끝나셨습니까?"

"네."

"저, 고객님. 알고 계시는 부분이겠지만, 저희 US 은행은 세계적인 은행답게 다양한 분야에 투자를 하고 있습니다."

"……?"

미안하지만 난 전혀 모르는 부분이다. 대한민국 은행에 대해서도 제대로 알지 못하니까.

무슨 소리냐는 표정으로 덴 제일러를 바라봤다. 그가 살짝 당황한 표정을 짓더니 이내 머쓱한 얼굴로 말했다.

"아, 그저 앞으로도 좋은 인연을 이어 갔으면 해서 드리는 말씀입니다. 그러니 부담 가지실 필요는 없으십니다. 아니면, 혹시 은행 업무 관련해서 문의하고 싶으신 게 있으시면 언제든 여기 적혀 있는 번호로 연락주시기 바랍니다. 세계 어디든, US 은행이 있는 곳이라면 신속하게 처리될 수 있도록 제가 도와드리겠습니다. 여기 제 명함 드리겠습니다."

덴 제일러가 능숙한 동작으로 품속에서 명함을 꺼냈다. 송지철이 남긴 명함과 비교할 수준은 아니었다. 하지만 일반 명함과는 확실히 비교되는 재질의 고급 명함이었다.

"알겠습니다. 혹 필요한 일이 있으면, 연락드리겠습니다."

"감사합니다."

"그럼, 수고하세요."

말 한마디로 천 냥 빚을 갚는다고 했다. 지금은 필요 없다고 해도 나중은 모를 일이다. 또 대놓고 면전에서 거절하는 것은 예의가 아니었다.

덴 제일러와는 가볍게 얘기를 마무리하고 VVIP실을

나섰다. 힘이 담긴 원석을 구했으니, 이제는 그 원석을 가공할 차례였다.

"이런, 젠장! 멍청한 자식! 으아아아!"

한정훈이 VVIP실을 벗어난 직후.

덴 제일러가 한심하다는 표정으로 자신의 머리카락을 쥐어뜯었다.

"은행 업무 문의를 하고 싶으면 연락을 달라고? 이 답답한 놈아! 고작 그 따위 말이나 하려고 스위스에서 여기까지 왔냐? 으, 가르비어가 이 사실을 알면 날 가만두지 않을 텐데. 해고되면 내 대출금은……."

덴 제일러의 머릿속에 팀장 가르비어의 얼굴이 떠올랐다. 한국으로 출국하기 전 자신의 어깨를 유독 강하게 두드리며 웃는 모습이 아직도 선명했다.

어깨에는 여전히 그 욱신거림이 남아 있었다.

"……애초에 X 넘버의 주인이 저렇게 젊은 사람일 거라고는 생각지도 못했는데."

당연하지만, 한국으로 올 때 덴 제일러 역시 아무런 준비를 하지 않은 것은 아니었다.

상대는 X넘버의 VVIP.

나이에 따라 관심 있는 항목들을 준비했고 그에 따른 다양한 계획을 세웠다.

하지만 단 하나의 이유로 모든 게 물거품이 됐다. 생각보다 한정훈의 나이가 너무 어렸던 것이다.

"가르비어도 가르비어지만, 이대로 본사로 들어가기에는 내 자존심도 있으니깐. 후우, 일단은 다시 계획을 세워서 접촉을 시도해봐야겠네."

까끌까끌하게 자란 턱수염을 손끝으로 매만지던 덴 제일러가 품속에서 휴대폰을 꺼내 어디론가 전화를 걸었다.

"오, 수영! 오랜만이야. 나? 나야 아주 잘 지내지. 다름이 아니라 한국 남자에 대해서 궁금하게 있는데, 한국의 20대는 뭘 좋아해?"

5억 달러는 엄청난 규모다.

아니, 천문학적인 액수라는 표현이 맞을 것이다.

단순하게 한화로 계산하면 5천억 원. 이 돈을 은행에 예금해 놓는 것만으로도, 1년에 이자로만 100억 원에 가까운 돈을 벌 수 있었다.

하지만 지금의 내게는 무기명 채권에 관한 지식이 부족했다.

물론 송지철의 경험을 통해 무기명 채권에 관한 지식이 조금 있기는 했다. 하지만 그건 어디까지나 소규모 금액의 채권에 대한 처리 방식이었다.

5억 달러나 되는 무기명 채권을 현금으로 변경하려고

했다가는 자칫 온갖 어중이떠중이들이 내게 꼬일 위험이 높았다. 뿐만 아니라 이 정도의 금액이라면, 당연히 금융감독원에 신고가 될 것이다.

불과 몇 달 전까지만 해도 특별한 것 없던 대학생이 수천억이나 되는 무기명 채권의 주인이라고 하면 과연 누가 순순히 믿어줄까?

어디 야심한 곳으로 끌려가서 고문이라도 당할지 모른다. 민주주의라고는 하지만 빛이 있으면, 어둠이 있다.

어느 시대에나 그림자는 있는 법이니까.

"물론 아예 방법이 없는 것은 아니지."

단숨에 5억 달러나 되는 금액을 처리할 수는 없다. 하지만 금액을 세분화하고 일정 수준의 손해를 감수한다면, 방법은 몇 가지가 생긴다.

하나는 기업에 투자를 하고 그것을 회수하는 방법.

또는 사채시장의 큰손들과의 거래. 이외에도 수수료를 감안하고 무기명 채권의 지식이 뛰어난 대리인을 구해서 해결하는 방법 등이다.

으득.

"군자의 복수는 십 년이 걸려도 늦지 않아. 아니, 십 년이나 걸릴 일도 아니지. 반드시 갚아주고 잘못에 대해 후회하게 만들어준다."

머릿속에서 양송찬의 얼굴이 떠오르자 절로 이가 갈렸다. 지금 이 시간에도 그는 죄를 짓고도 호의호식하고 있을 것이다.

그 모습만 상상하면 온몸이 떨린다.

당장이라도 그의 두 팔과 두 다리를 부러트려 아버지께 끌고 가서 죄를 빌게 하고 싶다.

하지만 그렇게 하는 것은 복수가 아니다. 복수란, 상대방이 가장 자신 있어 하는 것을 두 번 다시 회생할 수 없게끔 철저하고 무자비하게 무너트리는 것이 복수다.

그것을 위해 지금의 나는 참고 기다릴 수 있다.

"그나저나 대체 무엇을 남겨놨다는 걸까?"

인터넷으로 확인해본 결과. 송지철이 남긴 양장본의 마지막 페이지에 적힌 주소는 서울 삼성동에 위치한 빌딩이었다.

30층 높이의 이 건물은 현재 D.K(Dark Knight)라는 이름의 외국계 IT 기업이 사용하고 있었다. 흥미로운 것은 이 회사가 해외 유명 소셜인 나이트북을 개발한 스냅의 모회사라는 사실이었다.

그 밖에도 인터넷을 통해 다양한 정보를 얻을 수 있었다. 하지만 한 가지 이상한 것은 황금 그룹 또는 송지철과 연관된 정보는 하나도 찾을 수가 없었다는 것이다. 마치 처음부터 존재하지 않았던 것처럼 말이다.

하지만 그럴 리 없다. 그렇다면, 그의 메시지가 내게 전달되지도 않았을 것이다.

"분명 뭔가 내막이 있을 거야. 그리고 그 진실은 그곳을 찾아가면, 알 수 있겠지."

시선을 내려 손에 든 명함을 쳐다봤다.

입을 벌린 황금 사자를 향해 검을 겨누고 있는 기사의 그림.

놀랍게도 황금빛 명함에 박혀 있는 문양과 D.K 그룹이 사용하는 로고의 그림이 일치했다. 그리고 이 일치는 결국 날 삼성동에 있는 D.K 그룹이 있는 빌딩으로 이끌게 되었다.

대한민국, 서울 삼성동.

국내에서 순위를 다투는 기업들이 터전을 잡은 동네다. 그 덕분인지 도심의 모습은 마치 잘 끼워 맞춰놓은 블록을 보는 것 같았다.

그 중에서도 D.K 그룹이 자리 잡은 빌딩은 삼성동의 테헤란로에 위치해 있었다.

"안녕하십니까? 무엇을 도와드릴까요."

빌딩 안은 직장인으로 보이는 이들이 바쁘게 움직이고 있었다. 주변을 둘러보다가 안내 데스크로 향했다. 자리에 앉아 있던 여직원이 자리에서 일어서더니 친절한 미소로 물어왔다.

비록 지금의 내 옷 차림이 평범한 청바지에 티셔츠였음에도 말이다.

'그러고 보니 IT회사라서 그런가? 오히려 정장을 입은 사람들이 별로 안 보이네.'

1층 로비를 지나다니는 사람들 대부분이 가벼운 캐주얼 차림이었다.

그나마 격식 있는 차림으로 보이는 사람은 지금 내 앞에 있는 안내 데스크의 직원. 그리고 경호원으로 보이는 이들뿐이었다.

"저기요?"

"아, 죄송합니다. 그러니까 사람을 만나러 왔습니다."

"아, 네. 부서랑 성함을 불러 주시겠어요? 약속이 되어 있는지 확인해드리겠습니다."

안타깝게도 양장본의 마지막 페이지에는 내가 누굴 만나야 하는지가 적혀 있지 않았다.

하지만 이는 당연한 것이다.

내가 언제 그것을 확인할 것인지 송지철로서는 알 수 없었을 테니까. 하지만 그럼에도 나는 누구를 만나야 하는지 알고 있다.

적어도 이곳의 꼭대기.

머리가 아니라면, 송지철이 단순하게 이곳의 위치를 메시지로 남기고 나에게 찾아가서 만나라고 하지 않았을 것이다.

"이 회사에서 가장 높은 사람이요."

"……?"

여직원이 눈썹이 가늘어졌다. 동시에 그녀의 손이 슬며시 데스크 아래로 향했다. 시선은 로비를 순찰하고 있는 경호원을 향해 움직여졌다.

'내가 테러리스트라도 된다고 생각하는 건가?'

그녀의 입장에서는 내가 눈치 채지 못했다고 생각하겠지만, 그건 착각이다.

지금의 내게는 그녀의 행동이 훤히 보였다. 나 역시 경호원인 마이클의 기억을 가지고 있기 때문이다.

"이후의 일이 어떤 식으로 전개 될지는 모르겠지만, 전 그런 사람이 아닙니다."

"네?"

"좀 더 정확하게 말씀드리면, 나는 이 명함을 가지고 이곳에서 가장 높은 사람을 만나러 왔습니다."

품안에서 양장본의 마지막 페이지에 꽂혀 있던 황금 명함을 꺼내 직원에게 내밀었다.

이 직원이 이것을 못 알아보더라도 그녀의 잘못은 아니다. 정작 따지자면, 송지철이 내가 찾아가게 안배해 둔 인물이 준비를 제대로 하지 못한 것이라고나 할까?

또한 그리 되더라도 크게 상관은 없다.

'송지철이 나를 위해 조력자를 준비해 둔 것은 애초에 내가 계획했던 것에 없던 것. 여기서 이 명함을 알아보지 못하면, 난 내가 처음부터 계획했던 대로 움직이면 그 뿐이다.'

서로와 서로의 인연이 그저 여기까지.

실망할 것도 아쉬워 할 것도 없는 그저 그뿐인 것이다.

"이 명함은…… 잠시만요."

잠시만이란 단어는 여직원이 내게 말한 것이 아니다. 이미 내 뒤로 접근한 경호원을 향해 한 말이었다. 이미 내 뒤에는 옆구리에 손을 올린 경호원이 다가와 있었다.

"저 죄송하지만, 잠시만 기다려주시겠습니까? 제가 아직 이곳을 맡은 지가 얼마 안 되어서 선배께 물어봐야 할 것 같아서요."

여직원이 처음보다 한결 조심스러워진 얼굴로 말문을 열었다.

"편히 하세요."

"아, 감사합니다. 그럼."

가볍게 숨을 토해낸 여직원이 안내데스크에 위치한 수화기를 들어 올렸다.

"여보세요? 네, 선배. 그…… 잠깐, 1층에 오셔서 한 가지 확인 좀 해주시면 안 될까요? 제가 연수원에 교육 받을 때 들었던 그것 같은데 잘 기억이 안 나서요. 커피요? 아, 알았어요. 살게요."

스윽.

수화기를 내려놓은 여직원이 슬쩍 내 눈치를 살폈다. 그 모습에 가벼운 미소를 지어줬다.

"지현 씨. 그렇게 긴장할 필요 없습니다. 얼굴 보면 알겠지만, 저 나쁜 사람 아니에요."

"네?"

"이렇게 바보 같이 생긴 얼굴로 나쁜 짓을 할 리 없잖아요."

"아, 아니에요! 잘 생기셨는데…… 아니, 그게 그러니까…… 제 이름은 어떻게?"

슥.

자연스레 손가락이 왼쪽 가슴에 달린 명찰을 가리켰다.

"일부러 보려고 한 건 아닌데, 이름이 예뻐서요."

"가, 감사합니다."

"아니에요. 자세히 보니 이름만 예쁘신 것도 아니네요."

"네?"

화악!

순간적으로 이지현이라는 이름을 가진 여직원의 얼굴이 붉게 달아올랐다. 보고 있자니 새빨간 사과가 떠오른다.

"참, 제가 다리가 아파서 그런데 잠깐 옆……."

꾹!

순간 힘을 줘 입술을 꽉 깨물었다. 동시에 비릿한 피 맛이 살짝 느껴지며, 정신이 번쩍 들었다.

'방금 뭐였지? 왜 갑자기 내가 비도크 흉내를…….'

분명 의도하지도 생각하지도 않았다. 그런데 자연스레 비도크의 행동과 말투가 내 몸을 통해서 재현되었다. 뭔가 이상함을 느낄 찰나, 안내 데스크를 향해 다가오는 구두 소리가 들렸다.

또각또각.

"으이그, 우리 막둥이. 오늘은 이 언니를 안 찾나 싶더니. 또 무슨 일이야? 얼굴은 또 왜 그렇게 빨개?"

"아, 아무것도 아니에요. 그보다 선배, 그러니까 이 분이 이 명함을 주셨는데요."

얼굴이 빨갛다는 말에 이지현이 재빨리 자신이 선배라 칭한 여성에게 명함을 건넸다.

"우아. 이 명함 진짜 금이야? 그런데 문양이 우리 회사 로고랑 똑…… 아!"

명함을 받아든 여성이 시선이 멈칫한 곳은 정면에 박힌 그림이었다.

"지현 씨, 이거 누가 가져오셨어?"

"저기 저 남성분이요."

이지현이 손을 뻗어 날 가리켰다. 빠른 속도로 내 모습을 훑은 그녀가 이지현을 향해 속삭였다.

"잘했어. 겉모습만 보고 돌려보냈으면, 큰일 치를 뻔 했다. 커피는 내가 사야겠는걸."

"네?"

반문하는 이지현을 두고 그녀가 옷매무새를 바로 했다.

"안녕하세요. D.K 그룹 비서실 소속의 김민경입니다. 이 명함을 가지고 오신 분이신가요?"

"그렇습니다."

"괜찮으시면, 지금부터 제가 안내해드려도 되겠습니까?"

고개를 끄덕이자 김민경이 앞서 걸음을 옮겼다. 그녀를 따라 간 곳은 안내데스크에서 멀리 떨어지지 않은 곳에 위치한 엘리베이터였다.

맨 위에는 정지라는 불이 들어와 있었다. 하지만 그도 잠시에 불과했다. 김민경이 목에 걸린 ID 카드를 가져다 대자 운행이란 글씨로 바뀌었다.

"제가 안내해드릴 수 있는 곳은 여기까지입니다."

"……?"

무슨 소리인가 하고 보니 엘리베이터 안에는 아무런 버튼도 존재하지 않았다.

다만, 내가 가진 명함을 갖다 댈 수 있는 그림이 그려진 공간이 하나 있을 뿐.

명함의 그림을 엘리베이터의 새겨져 있는 그림과 방향이 맞도록 갖다 대자 '덜컹' 거리는 기계음이 들려왔다.

"그럼, 실례하겠습니다."

밝은 미소와 함께 김민경이 허리를 90도로 숙였다. 동시에 기다렸다는 듯 엘리베이터의 문이 닫혔다.

"후아."

엘리베이터의 문이 닫히자 김민경이 방긋 웃던 미소를 지우고는 크게 한숨을 토했다. 어느새 그녀의 이마에는 땀방울들이 송골송골 맺혀 있었다.

"선배, 저 명함 그거 맞죠?"

김민경의 곁으로 다가온 이지현이 그녀의 옷깃을 잡아끌며 말했다.

"흐음. 그거가 뭘까나?"

"장난치시지 마시고요. 저 연수 받을 때 선배가 직접 나와서 알려주셨잖아요. 저 문양이 그려진 명함을 가지고 있는 사람이 에이션트 원이라고요."

"어머, 내가 그랬니?"

"선배!"

이지현이 입술을 쭉 내밀자 김민경이 피식 웃었다.

"이 녀석아 그냥 그 정도만 알아두고. 자세한 관심은 끊는 게 우리한테는 도움 되는 거야. 어차피 내가 알려줄 수 있는 건 그날 전부 알려줬으니까."

"그게 무슨 소리에요?"

"예쁜 후배님, 쓸데없는 것을 많이 알아봐야 아무런 도움이 되지 않는다는 말입니다."

"……?"

그제야 이지현은 자신이 너무 캐묻고 있다는 사실을 깨달았다. 비서를 꿈꾸는 입장에서는 가장 금기시해야 할 행동을 한 것이다. 김민경이 괜찮다는 듯 이지현의 어깨를 두드려줬다.

"그래도 오늘 굉장히 잘해주기는 했어. 모르긴 몰라도 회사 차원에서 성과급이나 진급 심사 때 상당히 가산점이 될 거야. 정말 운이 좋으면, 다음 발령 때 동기들 중에서 처음으로 비서실에 갈 수 있을지도 모를걸?"

"그, 그게 정말이에요?"

D.K 그룹의 비서실은 특이한 전통이 하나 있다. 일반 회사 같은 경우 비서는 채용이 됨과 동시에 비서실 소속이 된다. 하지만 D.K 그룹에서는 비서로 채용을 했음에도 일정 기간 안내데스크에서 근무를 하게 했다.

이는 안내데스크 직원이 사람을 가장 많이 만나는 직업임과 동시에 회사에서 그 사람의 인성을 판단할 수 있는 자료가 되기 때문이었다.

비서라는 직업은 직업이 갖는 특수성만큼 상황에 따라서 회사의 기밀 및 간부의 사생활에도 접근할 수 있었다.

따라서 무엇보다도 그 사람의 됨됨이와 인성이 중요하다는 것이 D.K 그룹의 방침이었다.

"저기 그런데 저는 아무것도 한 게 없는데요?"

"흐응."

함박웃음을 짓던 이지현이 이해가 안 간다는 얼굴로 되물었다. 그럴 것이 자신이 생각하기에도 특별히 대단한 것을 한 적이 없기 때문이었다.

그런 이지현을 보며 김민경이 피식 웃었다.

회사의 자세한 사정을 모르는 사람이 보자면, 이게 무슨 대단한 일인가 할 수 있을 것이다. 아는 것이 없기 때문에 볼 수 있는 크기 역시 작은 것이다.

그러나 그 사정에 일부분이라도 알고 있는 김민경은

이번 일로 인해 회사에서 어떠한 보상이 있을 것이라는 것을 확신할 수 있었다.

'왠지 널 처음 보는 순간 복덩이 같은 느낌이 들었다니깐.'

연수 교육 때부터 아꼈던 싹싹하고 미소가 예쁜 후배여서 여러 도움을 주긴 했다. 그래도 지금처럼 자신에게도 이득이 되는 상황을 만들어 주리라고는 생각하지 못했다.

그런데 이렇게 큰 대어를 낚아다 주는 낚싯대가 되어줄 줄이야.

'올해는 왠지 좋은 일만 있을 것 같은 기분이야.'

스윽.

김민경이 이지현의 어깨에 팔을 올리고는 윙크를 했다.

"서, 선배?"

"오늘 퇴근 몇 시야?"

"그야 7시쯤에 하지 않을까요?"

안내 데스크 업무답게 특별한 상황이 아닌 이상 당직은 있을지언정 야근은 없었다.

김민경이 기분 좋은 미소를 지으며 말했다.

"좋아! 후배님, 기분이다. 오늘 퇴근하고 이 선배가 양곱창 쏜다. 그러니까 퇴근하고 딱 기다려. 알았지?"

993년 고려.

대전에는 관복을 갖춰 입은 신하들이 모여 있었다.

그 신하들의 숫자만 수십.

짧게는 몇 년, 길게는 수십 년 동안 고려라는 나라의 기둥을 맡고 있는 이들이었다.

"으음."

신하들을 내려다보며 성종이 지끈거리는 관자놀이를 양손으로 눌렀다.

"경들도 소식을 들었을 것이오. 거란의 소손녕이란 자가 80만의 대군을 이끌고 우리에게 청천강을 건너와 항복할 것을 요구하고 있소이다. 이미 앞선 전투에서 패해 병사들의 사기 또한 크게 떨어졌거늘. 경들의 그 자의 제안을 어떻게 생각하시오?"

성종의 물음에 대신들이 서로 눈치를 보다가 조심스레 입을 열었다.

"전하, 현재 고려의 국력으로는 80만이나 되는 거란의 대군을 감당할 수 없사옵니다. 송구하오나 거란의 총사령관인 소손녕은 황제의 사위가 되는 자로 그 권세가 막강하다고 들었사옵니다. 설령 이번 위기를 넘긴다 해도 또 다시 대군을 이끌고 이 고려를 침공할 것이옵니다. 그러니 그의 말을 따르는 것이 선조들로부터 물려받은 이 국토와 백성들을 지킬 수 있는 유일한 길이라 사료되옵니다."

"신 또한 그리 생각하옵니다."

"전하 부디 이 고려와 백성들을 지키시옵소서."

성종이 인상을 찌푸리며 대답을 올린 대신들을 바라봤다. 대답을 한 이들은 투항론에 뜻을 모은 자들이었다. 이들은 소손녕이 80만 대군을 이끌고 온다는 소식을 접하기 무섭게 무조건 항복을 해야 한다고 상소를 올렸었다.

"……그대들은 정녕 그것이 답이란 생각한단 말인가? 짐이 아니 이 고려가 항복을 해야 한다?"

"전하, 아니 되옵니다! 태조 대왕께서 세우신 이 나라를 저런 야만인들한테 넘기다니요! 이는 천부당만부당 하옵니다. 비록 저들의 기세가 거세다고는 하나 이 고려의 힘이 하나로 뭉치면 상대하지 못할 정도는 아니옵니다. 그러니 우선 서경 이북의 땅을 떼어 주고 화해를 하는 척하면서, 힘을 기르는 것이 옳다고 보입니다. 고려의 힘이 하나로 모이면 저들에게 내주었던 땅은 언제든 되찾을 수 있사옵니다."

"소신 역시 수내사령의 말이 옳다고 생각하옵니다. 항복이라니요, 이는 결코 당치 않은 얘기입니다. 사직을 굳건히 지키셔야 합니다."

"전하! 부디 수내사령의 말을 굽어 살피오소서."

"굽어 살피오소서."

성종이 다시금 시선을 돌렸다. 투항론에 반대편에 서 있는 신하들이 입을 모아 서경 이북의 땅을 떼어주자고 하고 있었다.

그들은 할지론에 속한 신하들이었다.

"후우. 이를 어찌한단 말인가……"

성종 역시 대대로 선조들에게 물려받은 이 땅을 거란에게 주는 것이 마음에 들 리 없었다.

하지만 적은 무려 80만 대군이었다.

더욱이 이미 앞선 전투에서 패배를 한 상황. 수내사령의 말 대로 서경 이북의 땅을 내주어주는 것으로 화해를 하는 것이 최선의 방책이라는 생각이 들었다.

빼앗긴 땅은 국력을 회복하면, 다시 찾을 수 있을 테니 말이다.

성종의 마음이 서서히 기울기 시작했다.

"……그렇다면 서경 이북에 있는 백성들이 이리로 피신

할 수 있는 시간이라도 벌어야 하지 않겠는가? 힘이 없어 땅을 내어줄 지라도 어찌 백성들까지 그들 손에 들어가게 한단 말인가."

서경 이북의 땅을 거란에 넘기면, 그곳을 터전으로 삼고 살아가던 백성들의 삶이 어찌될지는 불 보듯 뻔했다.

성종이 서경 이북의 백성들을 걱정할 찰나였다.

"항복도! 땅도! 내어주어서는 안 됩니다."

중후한 목소리가 대전에 울려 퍼졌다. 성종과 대신들이 고개를 돌렸다. 끝자락에 서 있던 신하 한 명이 나와 무릎을 꿇었다.

성종이 누군가하고 자세히 쳐다보니 바로 서희였다.

"그대의 말대로 항복도 땅도 내어주어서는 안 된다면 다른 계책이 있는 가?"

"한 번 땅을 떼어 주게 되면, 저들은 계속 달라 할 것이고, 이에 응하다보면 결국 우리 국토를 모두 저놈들에게 주어야 할 것입니다. 저들이 80만 대군이라고는 하지만, 이는 그저 소문이 부풀려진 것. 실로 그만한 대군이 있음을 본 자는 아무도 없사옵니다. 앞서 패한 군사 또한 예기치 못한 기습에 당한 것이 아니옵니까? 그러니 우리 고려의 강군으로 그들과 싸워본 뒤에 다시 의논해도 늦지 않사옵니다."

"전하, 아니옵니다. 그리하면 애꿎은 피만 흘리고 저들의 심기만 크게 불편하게 할 뿐이옵니다. 그리 되면, 서경 이북이 아니라 이 서경 전체를 내주어야 할지도 모르옵니다."

서희의 말에 성종이 고민하는 표정을 짓자 그 옆에 있던 신하가 급히 나서서 읍을 해보이며 말했다. 그런 신하를 보며 서희가 노한 표정을 지었다.

"저들의 심기를 거스르는 게 무서워 칼 한 번 뽑아보지 않고 태조 대왕 때부터 지켜온 이 땅을 그냥 내주자는 것이오! 자신이 살던 터전을 버리고 떠나야 하는 서경 이북의 백성들의 눈에서 흐를 피눈물은 애꿎은 피가 아니란 말이오! 그대는 어찌 위로는 폐하를 모시고 아래로는 백성을 굽어 살펴야 할 자가 그런 말을 한단 말인가!"

"그, 그건⋯⋯."

신하가 더듬거리며 말을 제대로 잇지 못하고는 물러났다. 성종의 머릿속에 여러 가지 생각이 들었다. 듣고 보니 서희의 말에도 일리가 있었다.

비록 앞서 전투에서 몇 차례 패배하기는 했지만, 아직 군사와 군량이 부족한 것은 아니었다. 무엇보다 자신의 대에서 이런 치욕스러운 수모를 당하고 싶지 않았다.

이내 결심을 굳힌 표정의 성종이 옥좌에서 일어섰다.

"모두 들어라! 서희의 말이 맞다. 앞서 전투에서 몇 번의 패배가 있기는 했지만, 그렇다고 해도 고려 전체가 패한 것은 아니다. 하물며 이 땅은 태조 대왕께서 수많은 피를 흘리며 지켜낸 땅이고 이곳에 살고 있는 모든 백성들은 짐의 자식이니라. 헌데 이 나라의 어버이로 어찌 쉽게 이 모든 것을 저 거란 놈들에게 준단 말이냐! 설령 적이 80만이라

해도, 전쟁은 병사의 숫자로만 하는 것이 아님을 짐도 알고 있다. 또한 고려의 병사와 무장들의 실력을 의심하지 않는 바. 거란을 어찌 상대할 것인지는 향후 있을 전투를 보고 판단할 것이다. 그리 알고 경들은 만반의 준비를 다하라!"

거란과의 일전을 불사하겠다는 성종의 발표가 있은 지 얼마 되지 않아 고려의 조정에는 기쁜 소식이 전해져 왔다.

"전하! 안융진 전투에서 아군이 승리했다는 전갈이옵니다."

신하의 보고에 체통도 잊고 뛰어나간 성종이 크게 기뻐하며 물었다.

"그게 정말이더냐?"

"그러하옵니다. 대도수 장군께서 이끄는 병사들에 의해 소손녕이 아주 대패를 했다고 합니다."

"대도수! 대도수! 그대가 이 고려를 위기에서 구했구려."

"또한, 이 때문인지는 알 수 없으나 거란의 총사령관인 소손녕이 항복을 독촉하며 조정과의 회담을 요구하고 있습니다."

"회담이라고?"

성종이 반문하자 그 옆에 마침 같이 있던 서희가 곧장 말을 이었다.

"신이 가겠습니다."

"경께서요?"

"네, 신이 나가 소손녕 그자와 담판을 짓고 오겠습니다."

"으음."

서희의 제안에 성종은 곧장 대답하지 못했다. 평소 서희의 성정을 알고 있기 때문이었다.

자칫 일이 잘못 풀리면, 소손녕에 의해 서희의 목이 달아날 것이다. 그 뿐인가? 기껏 전투의 승리로 인해 거란에서 고려로 넘어 온 흐름이 바뀔 수도 있는 노릇이었다.

"전하."

서희 역시 이러한 사실을 모르지 않았던 것일까? 굳게 결심 어린 표정으로 서희가 말했다.

"만약 신이 이 고려에 누가 될 것 같으면, 그 자리에서 머리를 박고 죽겠나이다. 그러니 신을 보내주시옵소서."

"……그대의 뜻이 그리 확고하다면야."

서희는 고려를 위해 목숨을 걸 각오가 되어 있었다. 그가 이리 나서자 성종 또한 그의 말을 들어주지 않을 수 없었다.

"좋소이다. 내 그대를 믿겠소이다."

결국, 성종은 서희의 뜻에 따라 소손녕이 제안한 회담 장소에 그를 보내기로 결정했다.

거란의 군영.

거만한 자세로 앉아 있던 소손녕이 맞은편에 있는 서희를 보며 앞에 놓인 잔을 권했다.

"기개가 대쪽 같아 범과 같이 생긴 줄 알았는데, 이리 보니 그 또한 아니구려. 자, 우리 거란의 전사들은 회담 전에 술 한 잔 씩을 나누고 얘기를 하는 법이오. 내 특별히 그대를 위해 고려의 명주로 준비했으니, 한 잔 하시오."

"난 이 자리에 술을 먹기 위해 온 것이 아니다."

서희의 말에는 날이 서 있었다. 그러나 소손녕은 굳이 그 것을 개의치 않았다. 그 또한 서희가 이곳을 찾기 전 그에 관한 여러 소문을 들었기 때문이었다.

"그럼, 항복을 하겠다는 고려왕의 친서를 가져 왔소? 크으."

소손녕이 피식 웃으며 자신의 앞에 놓인 잔을 단숨에 비웠다. 그러면서 괜히 자신의 옆구리에 매여 있는 검을 만지작거렸다.

"일전에 사신들의 얘기를 들어보면, 식견이 낮아 그런지 이 몸의 말을 못 알아먹던데 부디 그대는 다르길 바라오."

"경청하겠소."

"솔직히 말해서 고려의 땅을 우리에게 모두 바치라는 것은 아니오. 우리의 황제께서는 고려를 그리 미워하지 않소이다. 다만, 귀국은 신라 땅에서 일어났고 고구려는 우리의 소유인데 귀국이 이를 침범하고 있소. 또 우리와 국경을 마주

하고 있는데도 바다 건너 송을 섬기고 있으니, 황제폐하께서 크게 노여워 하셔서 군대를 일으킨 것이오. 만일 서경 이북의 땅을 바치고 국교를 맺으면 화를 피할 수 있을 것이오. 어떻소, 이 제안을 받아들이겠소?"

"하하."

애기를 듣던 서희가 가볍게 웃음을 흘렸다. 그 모습에 소손녕이 눈살을 찌푸렸다.

"어찌 웃으시오?"

"사령관께서는 지금부터 내 말을 잘 들으시오. 고구려의 후계자는 거란이 아니라 바로 우리 고려이외다. 그런 까닭에 나라 이름도 고려라 하였고 평양을 수도로 정한 것이오. 따라서 땅의 경계로 논한다면 귀국의 동경조차 모두 우리 영토에 속하니 어찌 우리가 침범했다고 하는 것이오?"

"크흠. 거 말이 지나치시구려."

"또한 압록강 안팎도 역시 우리의 영토인데, 지금 여진이 그 지역을 차지하고 있소. 그들은 교활하고 간사한 수를 써서 길을 막고 통하지 못하게 하여 바다를 건너는 것보다 더 어렵게 되었소이다. 해서 거란과 우리 고려가 국교를 맺지 못하는 것은 송이 아니라 바로 이 여진 때문이오. 만일 여진을 내쫓고 우리 옛 영토를 회복하여 성을 쌓고 길을 통하게 한다면 어찌 거란과 고려가 국교를 맺지 않겠소?"

"……그 말은 우리가 송과 싸움을 하더라도 고려는 끼어들지 않겠다는 것이오?"

소손녕 또한 수만의 군사를 이끄는 장수였다. 그의 머리가 평범할 수는 있으나 바보는 아니었다. 서희의 말뜻을 알아차린 그가 은근슬쩍 물어봤다.

"물론이오. 화친의 대가로 선물을 보내는 것은 물론이며, 고려는 어떠한 경우에도 송과 거란의 싸움에 개입하지 않겠소이다. 단! 이를 행하고자 하면 고려와 거란 사이에 있는 주인 없는 땅을 개척하는데 장군의 힘이 필요할 것입니다."

소손녕이 지그시 눈을 감았다. 그 모습에 서희는 속으로 미소를 지었다.

조정의 대신들은 잘 모르고 있으나, 서희는 현재 거란의 정세에 대해 잘 알고 있었다. 그들이 진정 원하는 것은 고려의 작은 땅이 아니었다.

진정 원하는 것은 대국. 송이 가지고 있는 커다란 땅이다. 또한, 이번에 군사를 일으킨 것은 자신들이 그 땅을 치려할 때 고려가 뒤통수를 치지 않을까하는 두려움 때문이었다.

그들 또한 고려가 땅이 크지 않고 병사의 숫자는 많지 않지만, 그 용맹함만큼은 가히 대단하다는 것을 잘 알고 있었다.

그렇기에 후방을 안정시키고 본격적으로 송나라와 전쟁을 하려 했던 것이다.

"후후!"

"장군께서는 어찌 웃으십니까?

소손녕이 갑자기 웃음을 흘리자 서희가 고개를 갸웃거렸다. 소손녕이 서희를 물끄러미 보며 말했다.

"……원래대로라면 소손녕은 여기서 그대의 말에 따라 약조를 하고 군을 물렸겠지."

"……?"

나직한 소손녕의 중얼거림에 서희가 다시 고개를 갸웃거렸다. 목소리는 분명 소손녕의 것이나 그의 어투가 바뀐 것을 서희는 단숨에 눈치 챈 것이다.

"그대에게 악감정은 없습니다. 아니, 오히려 존경을 하고 있습니다. 이 작은 나라에 그대와 같은 인물들이 계속해서 나오지 않았다면, 우린 진즉 이곳을 터전으로 삼아 더 큰 곳을 향해 나아갈 수 있었을 테니 말입니다."

드륵!

자리에서 일어난 서희가 놀란 표정으로 소손녕을 손가락으로 가리켰다.

"너는 소손녕이 아니구나!"

순간, 소손녕의 얼굴에 싸늘한 미소가 생겼다. 동시에 그의 손이 허리춤에 매여 있는 검 집에서 단숨에 검을 뽑았다.

스르릉!

그리고 소손녕의 손에 들린 검이 서희의 목을 향해 휘둘러 질 때까지 걸린 시간은 불과 수초.

말 그대로 서희가 몇 번의 눈 깜박임을 할 수 있는 시간에 불과했다.

그렇게 소손녕의 손에 들린 검이 서희의 목을 향해 그어지려는 순간이었다.

슈아악!

서희가 서 있는 뒤쪽의 천막을 뚫고 화살 한 대가 그대로 소손녕의 머리를 뚫고 지나갔다.

"크헉!"

픽!

말 그대로 수박이 터지는 소리가 단발의 신음과 함께 막 사에 울려 퍼졌다. 동시에 소손녕의 몸이 검을 휘두르려던 자세 그대로 넘어졌다.

털썩.

"이, 이게 대체……."

찰나의 순간 저승문턱이 보였다. 아니, 자신으로 인해 고려가 잘못되지 않을까 걱정하던 서희였다. 그가 이해가 되지 않는 얼굴로 이미 숨이 끊어진 소손녕의 시신을 쳐다봤다.

"……."

산전수전을 겪은 그조차도 지금 상황은 혼란스럽기 그지 없었다.

"허……."

과연 지금의 상황을 뭐라 변명해야 한단 말인가? 갑자기 소손녕이 자신을 죽이려 했고 어디선가 날아온 화살에 머리가 꿰뚫렸다?

거란이 아닌 고려의 사람들조차 자신의 말을 믿지 않을 것이다. 그만큼 그의 눈앞에 벌어진 지금의 일은 기사라 부를만한 믿기 힘든 것이었다.

휘익.

서희가 이렇듯 당황할 무렵. 천막의 문이 열리며, 한 사내가 걸어 들어왔다. 놀란 서희가 뒷걸음 치려하자 사내가 입술로 손가락을 가져다 대었다.

"쉿."

"……?"

"서희님 맞으시죠?"

"그, 그렇소만. 그대는 고려인이오? 아니, 그것보다 조금 전의 화살은 그대가 날린 것이오?"

서희의 추측은 당연했다. 사내의 손에는 활이 그리고 어깨에는 다수의 화살이 담긴 화살 통이 걸려 있었기 때문이었다.

"맞습니다. 저 화살은 제가 날렸습니다."

"지금 제정신이오? 이 자가 누군지 알고 대체 이런 무모한 짓을 벌였단 말이오!"

"안 그랬으면 서희님께서 저자의 칼에 죽으셨겠지요."

"……."

"애초에 서희님을 상대했던 자는 소손녕이 아니었습니다."

"그건 또 무슨……."

반문을 하려던 서희가 입을 다물었다. 확실히 마지막 순간 소손녕이 보인 모습은 수상쩍은 것이 한두 가지가 아니었다.

"우선 이곳을 벗어나시지요. 밖에 제 동료가 있으니, 그들을 따르시면 안전하게 벗어나실 수 있을 겁니다."

"당신은 어쩔 생각이시오?"

서희의 물음에 사내가 가볍게 웃었다.

"누군가는 책임을 져야 하지 않겠습니까? 이대로 이곳에 아무도 없다면 분명 고려에 큰 해가 미칠 것입니다. 저들로 써도 화풀이 할 대상은 필요한 법이지요."

"그러면 이 몸이……."

사내가 고개를 저었다.

"서희님은 아직 이 나라를 위해 할 일이 많으신 분입니다. 여기서 헛되이 목숨을 버리게 하실 수야 없지요. 여기서 서희님께서 죽기라도 하신다면, 이미 꼬인 역사가 더 꼬여 버릴 테니까요."

"역사가 꼬인다? 그게 무슨 말이오?"

"더는 말할 수 없음을 용서하십시오. 그리고 이렇게나마 존경하던 분을 뵙게 되어 영광이었습니다."

사내가 공손한 표정으로 허리를 숙였다. 서희가 뭐라 말을 더하려던 찰나 밖에서 웅성거림이 들려왔다.

그 소리에 사내가 다급한 눈빛을 보냈고 결국 서희는 천막의 문을 열고 밖으로 나갔다.

"후우."

서희가 밖으로 나서자 사내가 그제야 참았던 한숨을 내쉬었다. 탈출은 걱정하지 않는다.

이 순간을 대비해 현 시점에서 최고라 불리는 인물들을 구해서 미리 잠복해 있었으니까.

다만 화가 나는 것은 미리 대비를 했음에도 불구하고 끝내는 마지막 순간이 되어서야 서희를 죽이려는 사람이 누구인지를 찾았다는 것이다.

"설마 소손녕이었을 줄이야. 자칫하면 고려 이후에 역사가 사라질 뻔 했군."

서희가 죽어버렸다는 사실이 공표되면, 고려 조정은 혼란에 빠질 것이다. 그리고 소손녕으로 위장했던 이자는 그대로 군대를 이끌고 남하했을 것이다.

물론 그로 인해 고려가 멸망하지는 않았겠지만, 그렇다해도 훗날 큰 인물의 조상 격이 될 수 있는 이들이 죽어버린다면 역사는 수습할 수 없을 정도로 꼬여버리게 된다.

"네놈들이 무슨 생각으로 계속해서 이 짓거리를 이어나가는지는 대강 알겠지만, 역사란 그렇게 쉽게 바꿀 수 있는게 아니다. 이 개놈의 자식들아."

콰직!

사내가 분노어린 표정으로 자신의 화살에 맞아 숨을 거둔 소손녕을 쳐다보더니, 이내 그의 가슴을 자신이 신고 있던 짚신으로 내리 밟았다.

"후우. 어쨌든 이번으로 내가 개입한 숫자가 11번. 그렇다면 나 역시 앞으로 많아야 세 번 혹은 네 번이겠군. 그 이상은…… 제길. 그 전에 빨리 뒤를 이어줄 사람을 찾아야 할텐데, 가능하려나 모르겠네. 죽을 줄 알면서 이런 미친 짓을 상습적으로 해줄 녀석이 나 같은 놈 말고도 또 있을지."

❖ ❖ ❖

엘리베이터 안은 철저하게 외부와 통제되어 있었다. 일반인이라면 지금 엘리베이터가 위로 올라가고 있는지 아니면 내려가고 있는지조차 구분하기 어려울 것이다.

하지만 발달된 내 감각은 현재 나를 태운 엘리베이터가 아래로 내려가고 있음을 어렵지 않게 알아차렸다.

'뭐가 기다리고 있으려나.'

두렵거나 무섭다는 생각보다는 오히려 호기심이 들었다. 적지 않은 세월 준비된 것이 무엇인가 궁금증이 치밀어 올랐다.

쿠웅.

약간의 소음과 함께 엘리베이터가 멈추자 기다렸다는 문이 열렸다.

"으음."

엘리베이터가 열린 공간.

그곳에서 날 맞이하는 것은 은은한 조명 빛과 함께 펼쳐진 복도였다.

저벅저벅!

복도의 끝을 향해 한걸음씩 발걸음을 내딛자 귓가로 발울림소리가 들려왔다.

그렇게 한 번, 두 번 몇 번의 소리가 들려왔을까? 복도가 끝이 나고 나타난 것은 커다란 유리로 둘러싸여 있는 하나의 방이었다.

방 안에는 흡사 안마의자같이 보이는 의자만이 있을 뿐, 그 어떤 것도 놓여 있지 않았다.

"이게 뭐야?"

거창한 것을 기대한 것은 아니었다. 그래도 이리 썰렁한 풍경이라니. 살짝 미간을 찌푸리고 유리에 둘러싸인 방을 향해 걸어갔다.

방의 입구로 보이는 곳에는 엘리베이터와 마찬가지로 황금 사자를 향해 검을 내지르는 기사의 문양이 그려진 직사각형의 홈이 있었다.

이번에도 좀 전과 마찬가지로 그 홈에 가지고 있던 명험을 끼워 넣었다.

놀라운 일은 바로 그 뒤에 일어났다.

[에이션트 원의 KEY를 확인했습니다.]
[지금부터 사용자 인식을 시작합니다.]

"……?"

느닷없이 들려오는 목소리.

급히 주변을 둘러보고 감각을 집중했다. 하지만 이 공간에 나를 제외한 다른 사람은 없었다.

설령 있다면, 나보다 더 뛰어난 능력을 갖춘 사람일 것이다. 하지만 상대가 여행자가 아니라면 그건 불가능에 가까운 일이었다.

지식은 몰라도 적어도 육체적으로 현재의 이 몸은 특수부대원 서넛과 싸워도 제압할 수 있는 수준이니까 말이다.

위잉.

목소리가 사라지고 얼마 되지 않아 이내 작은 진동음과 함께 동그란 고리로 이뤄진 띠가 내 몸을 위아래로 훑고 지나갔다.

신기함에 손을 뻗어보려 하자 다시 목소리가 들려왔다.

[사용자를 인식 중입니다.]
[현재 위치에서 대기해주세요.]

"인공지능, 뭐 그런 건가?"

광고나 해외 채널을 통해서 몇 번 보기는 했다. 비록 영화에서 등장하는 수준은 아니더라도 사용자의 목소리를 인식해서 명령을 수행하는 인공지능 기기를 말이다.

실제로 내가 지닌 휴대폰만 해도 간단한 검색은 목소리를 통해 진행할 수 있는 인공지능이 탑재되어 있었다.

[인공지능, 뭐 그런 건가? 가 아니라 제 이름은 나이트입니다.]

"나이트?"

하지만 반문도 잠시였다. 이내 스스로를 나이트로 소개한 이 인공지능은 내 황당함을 극도로 끌어 올렸다.

[대한민국 출생, 이름 한정훈을 에이션트 원으로 등록합니다.]

"……이봐, 인공지능. 너 내 이름을 어떻게 안 거야?"

[조금 전에 스캔한 에이션트 원의 신체 정보를 바탕으로 인터넷과 대한민국 CCTV에 남겨져 있는 정보를 비교. 가장 정확도 높은 인물을 판별했습니다. 오차 범위는 0.00001%입니다. 이를 확신하는 근거로는 에이션트 원의 한국대학교 입학 정보입니다.]

조금 전의 생각을 수정해야 할 것 같다. SF영화에서나 볼 법한 장면이 내 눈앞에서 벌어졌다. 소름이 돋지 않는다면, 단연 거짓말일 것이다. 온갖 사건으로 단련된 내 강심장도 지금 상황에서는 마치 새가슴처럼 쿵쾅거리고 있으니 말이다.

"설마 그 영화에 나오는 쥬비스 같은 인공지능이라는 거야?"

[현재 말씀하신 영화의 쥬비스와 같은 역할은 70% 정도 수행 가능합니다. 오차 범위는 5%입니다.]

세상이 빠르게 변하는 것은 알고 있다. 보이지 않는 곳에서는 상상도 할 수 없는 일이 벌어진다는 것 역시 모르지는 않는다. 그래도 영화에서나 보던 기술이 현실이 되어 앞에 나타난 순간은 언제나 놀랍기 마련이었다.

"정말 대단하네."

하지만 이미 여러 황당한 일을 겪었기 때문인지 평정심을 찾는 데는 그리 오랜 시간이 걸리지 않았다.

"좋아. 나이트라고 그랬지? 아무래도 지금 상황을 내가 이해가 갈 수 있도록 좀 더 자세한 설명을 해줘야 할 것 같은데."

[에이션트 원 앞으로 연락이 1통 있습니다. 연락을 미루고 질문에 대답할까요?]

"연락이 있다고? 일단 그 연락이라는 것부터."

궁금한 것은 많았다. 하지만 일단 연락이 와있다는 것은 내가 지금 이 자리에서 어떤 상황을 겪고 있는지를 아는 인물이 있다는 말이 되었다.

[의자에 앉으시면, 연결하도록 하겠습니다.]

인공지능 나이트의 안내에 따라 방안에 유일하게 마련되어 있는 물건으로 향했다. 단순히 의자라기보다는 안마의자에 가까운 그것에 자리하자 눈앞의 홀로그램 하나가 떠올랐다.

"에이션트 원! 이렇게 만나게 되어서 반갑습니다."

홀로그램에서 튀어 나온 인물은 한국인. 대략 40살 정도로 추정되는, 꽃 중년이라는 말이 딱 들어맞는 남자였다.

"누구시죠?"

"이런, 소개가 늦었습니다. 제 이름은 안성우. 앞으로는 편하게 안 집사나 또는 안 비서라고 부르시면 됩니다."

"안…… 집사님? 안주철?"

찰나의 순간이었다. 송지철의 몸이 되었을 때 봤던 안 집사님의 얼굴이 머릿속에 스쳐 지나갔다.

그 얼굴은 지금 내 눈앞의 홀로그램으로 인사를 건네는 사내와 묘하게 닮아 있었다.

분명 연령의 차이는 있었지만, 만약 안 집사님이 좀 더 젊었다면 이 사내와 비슷했을 것이라는 생각이 들었다.

"에이션트 원께서 저희 할아버님을 아십니까?"

"할아버님이라고요?"

"네, 방금 말씀하신 안 주자에 철자의 이름을 쓰신 분이 제 친할아버지십니다."

"하, 하하……."

기가 막힌 노릇이었다. 설마하니 과거의 인연이 이렇게 이어질 수 있으리라고는 상상도 하지 못했다.

잠시 생각을 정리하고는 이내 지금의 안 집사에게 궁금하던 것을 물었다.

"안 집사님이라고 하셨죠?"

"네, 에이션트 원."

"계속 같은 호칭을 사용하시는데, 대체 그 에이션트 원이 뭡니까?"

계속해서 들었지만, 도무지 익숙해지지 않는 단어. 내 첫 질문은 바로 에이션트 원의 정체였다.

"저희의 머리를 뜻하는 단어입니다. 그리고 그 분이 바로 지금 제 눈앞에 계신 에이션트 원이시고요."

"후우. 제가 알기로 이곳은 외국계 IT기업인 D.K 그룹의 모 회사로 알고 있습니다. 안 집사님의 말에 따르면, 제가 이 회사의 주인이라도 된다는 말씀이십니까?"

"원하신다면 가지시면 됩니다."

"원한다면 가지라고요?"

"네, 에이션트 원께서 원하신다면 얼마든지요."

단순하게 흘려들을 말이 아니었다.

"그 말은 이것 말고도 또 뭔가가 있다는 말입니까?"

"나이트, 에이션트 원에게 자료를 보여줘."

안 집사가 빙그레 웃으며 나이트를 호출했다.

[안성우가 요청한 자료를 화면으로 출력할까요?]

"그래."

나이트의 질문에 곧장 대답했다. 그러자 정면에 있는 홀
로그램을 제외하고도 십여 개의 홀로그램이 떠올랐다. 생
소한 기업의 로고도 있었고 제법 유명한 기업의 이름도 있
었다. 문제는 그 숫자가 십여 개가 넘는다는 것이었다.

"설마 이거……."

"네, 현재 저희 D.K 그룹에서 관여할 수 있는 회사들입
니다. 당연히 에이션트 원께서 취하고자 하면 취할 수 있습
니다. 또한, 다른 것을 취하고자 한다면 준비하도록 하겠습
니다."

최대한 평정심을 유지하려고 했었다. 하지만 이제는 점
점 머리가 아파온다.

아니, 골치가 지끈거린다.

"이유, 이유가 뭡니까? 설마 내가 그 황금 명함을 가지고
왔다는 것 하나만으로 지금 이러는 겁니까? 그 명함을 가
지고 왔기 때문에 저 십여 개의 회사를 마음대로 할 수 있
는 주인, 에인션트 원이라고요?"

"그게 정해진 약속이니까요."

"내가 희대의 살인마라도?"

"희대의 살인마가 아니라 테러리스트라도 상관없습니
다. 제 위치는 그저 에이션트 원을 모시는 것이지, 그분이
선하고 악하고를 판단할 이유는 없습니다."

말을 하는 안성우의 모습에서 과거 안 집사의 모습이 다시 스쳐 지나갔다.

"······이게 모두 황금 그룹의 송지철님의 안배인 겁니까?"

표정에 별다른 변화 없이 대답을 이어나가던 안성우, 안 집사의 얼굴에 처음으로 놀란 표정이 어렸다.

"그것까지 알고 계신다면, 확실히 에이션트 원이 맞으시군요. 황금 그룹이란 이미 세간에서 잊힌 이름이니까요."

"잊혀져? 잠깐, 그러고 보니······."

불과 수 십 년 전까지만 해도 황금 그룹은 대한민국에서 꽤 큰 영향력을 행사하던 기업이었다.

그런데 왜 지금까지 살면서 난 왜 그 그룹의 이름을 한 번도 들어보지 못했을까?

정상적이라면, 그 정도 규모를 가진 그룹의 이름은 한 번쯤은 들어봤어야 하는 데 말이다.

게다가 인터넷으로 찾으려고 해도 송지철과 황금 그룹에 대한 것은 찾을 수 없었다. 마치 이번 여행이 꿈이라고 느껴질 만큼 말이다.

해답은 안 집사에게서 흘러나왔다.

"저희는 선대의 유지에 따라 황금 그룹이란 이름을 역사 속에 묻기로 했습니다. 이 이름이 수면 위로 나오는 것을 별로 좋아하지 않는 분들도 많았기 때문에 그리 어려운 일은 아니었습니다. 그 때문에 이제 그 이름은 각 재계의 어른이 아니라면, 기억하기 어려운 이름입니다. 적어도 평범한 20대가 알 만한 이름은 더더욱 아니지요."

왜 그룹의 이름을 물어야 했는지가 궁금하기는 했으나, 지금은 일단 그것보다 더 중요한 것들이 있었다.

"좋아요. 일단은 대충은 이해하겠어요. 그러니까 이 모든 게 훗날 찾아올 누군가를 위해 송지철, 아니 송지철 회장이 준비했고 안 집사님은 그 언젠가 찾아올 사람을 기다렸다는 건데. 결국, 이 회사부터 해서 좀 전의 보여준 것들은 안 집사님이 만든 거잖아요. 그런데 그런 것을 생전 처음 보는 제게 준다는 게 가능합니까?"

"가능하지 못할 건 뭡니까? 어차피 시작부터 제 것이 아니었던 것들인데요."

길가에 떨어져 있는 십 원짜리 동전을 봐도 이렇게 담담할 수 있을까? 너무나 담담한 안 집사의 말에 오히려 당황스러운 것은 나였다.

안 집사가 미소를 지었다.

"어렵게 생각하실 것 없습니다. 이런 말씀을 드리기는 조금 그렇지만. 그 왜 소설 보면 그런 거 있지 않습니까? 천하제일의 고수가 소년이 건넨 만두 하나에 감동 받아 신공절학을 전수하는. 하하하! 그냥 어쩌다 기연이 찾아 온 것이라고 생각하면 편하지 않을까요?"

예시가 황당하기는 했다. 설마 그룹의 오너가 무협지를 예를 들 줄은 몰랐으니까.

그렇다고 해서 안 집사의 말이 틀린 것은 아니다.

룰렛 또한 어느 순간 갑자기 나에게 찾아온 하나의 기연, 전환점이었다.

지금의 상황 또한 인정해버리면, 그저 하나의 기연으로 치부할 수 있었다.

"좋습니다. 그럼, 앞으로 난 뭘 하면 되는 겁니까?"

사실 내가 생각했던 송지철의 안배는 이런 게 아니었다. 기껏해야 무기명 채권처럼 어느 정도 돈을 더 준비한 정도라고 예상했다. 하지만 송지철은 그런 나의 예상을 가볍게 깨버렸다.

기분이 나쁘기보다는 오히려 황당했다.

"그저 필요한 것을 말씀하시고 요구하시고 취하시면 됩니다."

"그게 어떤 것이라도 말입니까?"

안 집사는 한 치의 망설임도 없이 대답했다.

"네, 설령 불가능하더라도 가능할 때까지 진행할 겁니다."

아직까지는 안 집사의 말이 진심인지 거짓인지 알 수 없다. 비도크의 능력도 이런 홀로그램을 통한 대화에서는 큰 효과를 보기가 어렵다.

하지만 단순하게 생각하면 안 집사의 말은 모두 사실일 것이다. 그룹의 오너가 평범한 대학생을 상대로 이런 일을 벌일 이유 따위는 없으니까.

'한 순간에 신분 상승인가? 평민이 자고 일어나니 갑자기 왕이 된……'

그러다 문득 지금 상황에서 물어보기에 가장 적당한 것이 떠올랐다.

"아까 나이트의 말에 따르면 내 인적 정보를 인터넷과 CCTV를 통해서 찾았다고 하는데, 그럼 혹시 특정 날짜에 일어난 사고와 관련된 영상이나 그 사람의 행적에 관한 것도 찾을 수 있습니까?"

"에이전트 원. 많고 많은 분야 중에서 D.K 그룹이 왜 IT를 향해 손을 뻗은 줄 아십니까? 바로 이 세상 어딘가에 숨겨져 있는 모든 정보를 찾아내기 위해서입니다. 21세기에는 정보를 가지는 자가 곧 이 세상의 주인이 될 수 있는 세상이니까요. 원하시는 정보의 흔적이 이 세상에 존재하는 이상 나이트를 통해 얻으실 수 있을 겁니다. 그리고 저에 대한 궁금증 역시 곧 제가 한국으로 들어감과 동시에 에이전트 원을 찾아 답하도록 하겠습니다."

"지금 외국에 계신 겁니까?"

"네, 영국에 있습니다."

홀로그램을 통해 대화를 할 수밖에 없는 이유가 있었다.

"알겠습니다. 그럼, 조만간 뵙도록 하죠."

어차피 곧 얼굴을 보게 될 것이라면, 굳이 홀로그램을 통해 시시콜콜한 얘기를 길게 할 필요는 없다는 생각이 들었다.

작별을 고하자 안 집사를 보여주던 홀로그램 창이 그대로 사라졌다. 잠시 마음을 추스르고는 곧장 인공지능 나이트를 불렀다.

상황이 이리 됐으니, 어찌됐든 나에게 가장 유리하도록 일을 진행할 것이다.

"나이트, 혹시 이런 상황에 대한 자료도 수집할 수 있을까?"

시간이 조금 흐르긴 했지만, 양송찬과 아버지의 교통사고. 그리고 윤철환 경위에 대한 연관성에 대한 자료 수집을 나이트에게 부탁했다.

'아무래도 수상하단 말이야.'

[저도 정훈 씨 나이에 동생을 뺑소니로 잃고 복수하겠다는 일념 아래에 형사가 되었지만, 결국 경찰이 되고나서도 제가 할 수 있는 건 아무것도 없었습니다. 내가 미친놈처럼 날뛸수록 오히려 힘들어 하는 건 늘 제 주변 사람이었습니다. 정훈 씨, 힘이 없어서 고개를 숙이고 잠시 피하는 건 절대 부끄러운 일이 아닙니다. 정말 부끄러운 건 내 주변을 보지 않고 내 감정을 위해서만 행동하는 겁니다. 그러니까…… 굽힐 때는 굽히세요. 그건 절대 창피한 게 아닙니다.]

윤철환 경위는 날 동생같이 생각하기 때문에 이런 말을 하는 것이라고 했다. 물론 당시 윤철환 경위의 말은 분명 진심이었다. 그것만큼은 사실.

다만, 내가 찜찜한 것은 그가 내게 모든 것을 털어 놓지는 않았을 것이라는 생각이었다.

    그리고 그곳에 숨겨져 있는 진실이 분명 이 사건의 핵심
이 될 것이라는 예감이 들었다.

    [상황을 정리하기 까지는 5분의 시간이 소요됩니다.]

    "상관없어."

    5분이 아니라, 50분 아니 500분이라도 기다릴 수 있다.
그렇게 또 다시 시간이 흘러 5분이 지났을 때쯤. 잠잠하던
나이트의 목소리가 들려왔다.

    [에이전트 원께서 요청하신 자료를 출력하겠습니다.]

TIME ROULETTE
타임룰렛

Chapter 44. 가면 속에 가려진 진실

　나이트가 처음 보여준 것은 하나의 CCTV 혹은 블랙박스로 촬영된 것 같은 영상이었다.

　"소고기 집?"

　영상에서는 고풍스러워 보이는 소고기 집이 등장했다. 잠시 보고 있자니 익숙한 사람이 가게의 문을 열고 나타났다.

　"양송찬 그리고 윤철환?"

　가게의 문을 열고 나온 사람은 양송찬과 윤철환이었다. 문 밖으로 나온 두 사람은 뭐가 그리 만족스러운지 크게 웃고 있었다.

　아쉬운 점은 영상 속에 음성은 들어 있지 않다는 점이었다.

"나이트, 혹시 저 둘이 무슨 대화를 하는지 알 수 있을까?"

나이트는 분명 영화에서 등장하는 쥬비스의 기능은 70% 정도 재현할 수 있다고 했다. 그게 사실이라면, 지금의 요청도 불가능하지는 않을 것이다.

[음성이 녹음되어 있지는 않지만, 입술의 모양을 통해 80% 정도는 의미를 해석할 수 있습니다. 출력할까요?]

"좋았어!"

새삼 기술에 한계는 없다는 것이 절실하게 느껴지는 순간이었다.

"출력해줘."

요청을 함과 동시에 마치 외국 영화를 보듯 영상의 하단에 자막이 떠올랐다.

[그래, 맛은 괜찮았나?]

[물론입니다. 어르신, 덕분에 잘 먹었습니다.]

[이곳이 겉보기에는 허름해 보여도 고기 맛은 아주 일품이거든. 가게 주인의 조상이 백정 출신이라지? 그래서 고기 하나는 아주 기가 막히게 손질한단 말이야. 으하하!]

[……]

[그나저나 자네도 언제까지 경위에 머물러 있을 수는 없지 않은가? 사내로 태어났으면 꼭대기는 아니더라도 그에

준하는 위치까지는 올라가야지?]

　[……죄송합니다. 제가 능력이 부족해서.]

　[자네가 죄송하기는! 다 인재를 못 알아보는 이놈의 나라가 문제지. 그래도 걱정하지 말게. 내 이번에 슬쩍 얘기를 넣었으니, 곧 좋은 소식이 있을 것이네.]

　[어, 어르신 그렇게 하지 않으셔도…….]

　[어허! 이 사람아 내가 언제까지 이 좁은 도시의 유지나 하고 있을 것 같은가? 개처럼 벌어도 그 돈은 정승 같이 쓰라고. 내 큰일을 계획하고 있으니까, 자네는 군말 말고 쭉쭉 위로 올라가기나 하시게. 그래야 날 본격적으로 도울 것 아닌가?]

　[…….]

　[자, 그럼 나는 이만 들어가 보겠네. 참, 내 따로 영양제 하나 집에 보냈으니까 건강 잘 챙기고.]

　[어르신, 오늘은 운전기사도 안 데리고 오지 않으셨습니까? 약주도 하셨는데…….]

　[응? 하하! 이 사람아. 청주에서 감히 누가 날 잡겠나. 괜한 걱정하지 말고 들어가 보게.]

　영상은 양송찬이 차에 오르는 것까지 잡히고서야 종료되었다.

　내 시선이 멈춘 곳은 영상이 촬영된 시간이었다. 아버지가 병원으로 실려 가기 1시간 전의 일이었던 것이다.

　부들부들.

그리고 그것을 보는 사이 꽉 움켜쥔 주먹 사이에서는 핏물이 흘러내리고 있었다.

[에이션트 원, 흥분을 가라앉히시기 바랍니다. 현재 심장 박동 수치가 평균을 훨씬 웃돌고 있습니다. 또한, 출혈이 계속될 경우 체온이 떨어질 수 있습니다. 비상 연락망을 동원해 구급대를 부르시겠습니까?]

"……아니. 그보다 나이트, 방금 전의 영상을 보면 양송찬이란 저 사람은 술을 마셨다는 거네? 내 말이 맞지?"

[입술 모양으로 번역한 자막의 정확도는 80%입니다. 따라서 오역이 됐을 경우도 있습니다. 하지만 전체 문맥을 유추해보면, 에이션트 원의 추측과 같이 양송찬이란 사람이 술을 먹었을 가능성은 98.7%입니다.]

다시 말해서 양송찬은 그날 단순히 지병이 발작되어서 아버지를 친 게 아니었다. 음주운전. 술을 먹고 운전을 하다가 사고를 낸 것이다.
"윤철환 이 개자식이!"
그리고 무엇보다 더욱 화가 나는 것은 한껏 걱정해주는 표정을 짓고서 나와 아버지를 걱정하던 윤철환은 이런 사실을 전부 알고 있었을 것이라는 것이다.

그런데도 그와 관련된 얘기는 감쪽같이 숨겼다.

[에이션트 원, 심장 박동 수치가 계속 올라가고 있습니다. 흥분을 가라앉혀야 합니다.]

"후우, 후우. 나이트, 만약 이 영상을 제출하면 양송찬이 음주운전을 해서 사고를 냈다는 것을 입증할 수 있을까?"

나이트가 보여준 영상에 찍힌 시간은 대략 아버지가 사고를 당하기 1시간 정도 전의 영상이다.

따라서 만약 이 영상으로 양송찬이 음주운전을 했음이 입증된다면, 그에게 법적인 처벌을 묻는 것도 충분히 가능했다.

하지만 나이트에게서 들려온 대답은 내 기대감을 여지없이 무너트렸다.

[불가능합니다. 현재 영상만으로는 양송찬이 음주운전을 통해 교통사고를 냈음을 증명할 수 있는 확률이 5% 미만입니다.]

"그 말은 성공할 가능성도 있다는 거잖아?"

[10%라는 확률은 저희 쪽이 최고의 변호사를 고용하고 저쪽에서 아무런 대응을 하지 못했을 경우의 확률입니다.]

"……."

갑자기 기운이 쭉 빠졌다. 진실을 알았음에도 여전히 변하는 것은 없었다.

"이렇게 되면 윤철환 그 개자식을 돈으로 매수하든 폭력을 쓰든 어떻게든 양송찬의 죄를 토해내게 만들겠어."

양송찬도 양송찬이지만, 윤철환에게도 참을 수 없는 분노가 일었다.

경찰이란 신분을 망각하고 비리를 저질렀다. 뿐만 아니라, 가식적인 행동으로 나와 아버지 모두를 기만한 것이다.

[에이션트 원께서는 양송찬이란 사람이 법적으로 처벌받기를 원하시는 겁니까?]

"방법이 있어?"

[제가 찾은 이 두 가지의 영상이 추가된다면, 그가 처벌받은 확률은 70% 이상으로 추정됩니다.]

나이트의 말이 끝나기 무섭게 영상 하나가 떠올랐다. 앞선 영상 보다 시간이 10분 정도 흐른 뒤의 파일이었다.

[충성! 수고하십니다. 잠시 음주 단속이 있겠습니다.]
[뭐?]

[숨을 크게 들이 마시고 기기에 입을 댄 후 불어주시겠습니까?]

[너 소속이 어디야? 이 새끼가 내가 누구인지 알고!]

[측정을 거부하실 경우 형사처벌의 대상이 되실 수 있습니다. 지금 측정을 거부하시는 겁니까?]

[하, 너 잠깐 기다려.]

신경질적인 표정을 지은 양송찬이 어디론가 전화를 걸었다. 차 안에서 전화를 걸었기 때문인지 영상에서는 정확히 그 내용을 파악하기가 어려웠다.

그리고는 얼마 지나지 않아 자신의 휴대폰을 음주 측정을 권한 경찰에게 내밀었다.

[받아.]

[……전화 바꿨습니다. 서, 서장님? 충, 충성! 네? 아, 하지만…… 아, 아닙니다. 알겠습니다. 추, 충성!]

[어이, 어린 친구. 일을 열심히 하는 건 좋은데. 그것도 사람 얼굴 봐가면서 하는 거야. 청주에서 일하는 거면, 적어도 이 양송찬의 얼굴은 알아야지.]

[…….]

[아무튼 수고들 하고. 이건 동료들이랑 같이 국밥이나 한 그릇해.]

이어서 양송찬은 지갑에서 잡히는 대로 돈 몇 장을 꺼내
창밖으로 던지고는 그대로 차를 출발시켰다.

"하……."

쓰레기는 역시 쓰레기였다.

[다음 보실 영상은 청주 경찰서에 보관되어 있는 블랙박
스 파일입니다.]

"잠깐만. 지금 경찰서를 해킹했다는 거야?"

황당함에 되묻자 오히려 나이트가 태연히 대답을 받았다.

[내키지 않으신다면, 출력하지 않겠습니다. 어차피 저는
기계이니 걸리더라도 파괴되는 일 밖에 없을 테니까요. 물
론 그런 구닥다리 기계들로 저를 찾는 건 불가능하겠지만
말입니다.]

"……미안. 쓸데없는 말은 그만 할 테니까 어서 보여줘."

지지직!

앞선 영상과 다르게 마지막 영상은 화면에 노이즈가 드
리워져 있었다.

하지만 그럼에도 영상에 등장하는 주인공의 얼굴과 목소
리를 알아보지 못할 정도는 아니었다.

[크윽, 제길. 저 인간은 갑자기 어디서 나타난 거야? 하필 사람들도 많은 곳에서…… 젠장.]

머리를 부여잡은 양송찬이 갖은 욕설을 내뱉다가 이내 휴대폰을 꺼내 들고는 어디론가 전화를 걸었다.

[어, 그래. 자네가 좀 도와줄 일이 생겼네. 내가 사람을 하나 쳤는데 말이야. 여기가 사람들도 있고 좀 그래. 그래서 말인데, 이리로 구급차 하나 보내고 자네가 뒷수습 좀 해주면 좋겠네. 응? 죽었냐고? 이 사람아! 지금 내가 다쳤는데 그게 중요하나! 아무튼 자네도 이런 날을 대비해서 내가 정신질환 진단 받아 놓은 거 알지? 혹시 피해자 가족들이 귀찮게 굴면 적당히 그 핑계로 둘러대고. 그래, 위로금은 충분히 줄 테니까. 어찌됐든 수단방법 가리지 말고 돈으로 해결할 수 있는 쪽으로 몰고 가. 나 양송찬이 가진 건 돈밖에 없는 사람 아닌가? 아무튼 난 이대로 정신 잃은 척 하고 있을 테니까 최대한 빨리 오도록 하게.]

영상은 양송찬의 독백에 가까운 통화 내용으로 끝이 났다. 하지만 앞선 영상보다 결정적인 증거는 바로 이 통화 내용이었다.

"잘했어, 나이트! 이거라면 지역 유지가 아니라 재벌 총수라고 해도 못 빠져 나가겠지. 잠깐, 그런데 왜 이 영상이 경찰서에 있던 거지?"

지금까지의 상황을 보면, 양송찬과 청주 경찰서의 전부는 아니겠지만 일부 경찰은 한통속이라고 봐야 했다.

그런데도 이 블랙박스 영상을 지우지 않고 가지고 있었다는 것은 무엇인가 꿍꿍이가 있다는 말밖에 되지 않았다. 그리고 그에 대한 간단한 해답은 나이트를 통해 흘러 나왔다.

[인간은 원래부터 남을 믿지 못하는 동물입니다. 당연히 훗날 그 양송찬이란 사람을 잡을 무기로 준비한 것이겠지요. 옛날 고사를 보면, 탐이란 생물이 이 세상 전부를 먹을 만큼 탐욕스러웠는데 결국 스스로의 몸마저 탐해 자신의 몸을 먹었다고 하지 않습니까?]

"……좋은 가르침이야."

확실히 나이트의 설명대로 경찰의 누군가 자신이 토사구팽 당할 것을 두려워 준비한 무기라는 생각이 들었다. 그 누군가 역시 대충 짐작은 갔다.

"그럼 아까 설명대로 이 자료를 활용하면, 70% 이상은 처벌받게 할 수 있다는 거지?"

[그렇습니다. 다만 에이션트 원께 이 말씀을 드리고 싶습니다. 닭을 잡는데 굳이 보검을 사용하실 필요는 없습니다.]

"이이제이. 오랑캐로 오랑캐를 잡자?"

[……놀랍습니다. 설마 이렇게 바로 알아들으실 줄은 몰랐습니다.]

왠지 만난 지 얼마 되지 않은 것 같지만, 이 녀석 나를 무시하는 것 같다.

하지만 지금까지 나이트가 보여준 능력을 보면, 허투루 넘길 말은 아니었다.

"본론으로 바로 넘어가자."

말이 끝나자 정면에 홀로그램 창이 떠올랐다. 생전 처음 보는 인물의 얼굴이었다. 그리고 그 옆에는 인물의 신상 정보로 보이는 것들이 출력 되어 있었다.

이름 : 황교상

나이 : 59세

직업 : (전) 세화건설 상무, (현) 상주건설 고문

분석 : 아버지가 청주 지검장 출신으로 현업 검사들과 친분이 깊음. 청주 유지인 양송찬과 마찬가지로 지역 유지였으나, 자식의 잦은 사업 실패로 그 재산이 크게 줄어들었음. 현재 여당과 접촉중인 양송찬과 다르게 야당의 공천을 통한 지역구 국회의원 출마를 노리고 있음. 지역의 사람들은 대부분 양송찬의 승리를 점치고 있으며, 이로 인해 양송

찬과는 물과 기름과 같은 사이.

분석에 적힌 내용을 보니 나이트가 어떤 의도로 그런 말을 한 것인지 대충 감이 왔다.

"그러니까 이 사람에게 네가 보여준 양송찬의 정보를 주자? 그럼 당연히 강력한 무기가 될 것이고 굳이 내가 손을 쓰지 않아도 알아서 해결이 될 거다?"

[대략 비슷합니다. 현재까지의 진행 상황을 보면, 양송찬의 국회의원 출마가 무산될 경우 황교상이 될 확률이 높습니다. 제가 찾아본 정보에 의하면, 국회의원이란 좋은 사람을 뽑는 게 아니라 덜 나쁜 사람을 뽑는 것이니까 청주 시민에게도 나쁘지 않은 선택이 될 겁니다. 게다가 황교상으로 하여금 양송찬을 잡는다면, 굳이 에이션트 원의 신분이 노출되지 않아도 됩니다.]

맞는 말이었다. 나이트가 찾아준 자료를 이용해서 양송찬을 고소한다면, 자료들을 어떻게 구했는지에 대한 출처가 필요했다.

앞선 두 자료는 몰라도 적어도 마지막 자료만큼은 문제의 소지가 될 부분이 있었다. 하지만 황교상을 이용하기에는 한 가지 불안한 것이 있었다.

"만약에 그가 다른 마음을 먹고 양송찬이란 사람과 손을 잡는다면?"

[그럴 가능성은 극히 희박하지만, 인간의 변심은 예측하기 어려우니 가능성은 물론 있습니다. 하지만 저희에게는 언론이란 아주 강력한 무기가 있습니다. 국회의원 후보 두 명을 한 번에 보낼 수 있는 무기인데, 언론사에 소속된 기자라면 군침을 흘리지 않을까 생각되는 군요.]

나이트의 설명은 충분히 논리적이었다. 놀라우면서도 한편으로 감탄이 일었다.

"문득 든 생각인데, 너 진짜 인공지능 맞아? 어디에 사람이 숨어서 말하고 있는 거 아니야?"

[칭찬으로 듣겠습니다. 에이션트 원.]

"좋아. 이왕 도움 받는 거니, 이번 일에 대해서는 아낌없이 도움을 받도록 할게. 잘 부탁한다. 나이트."

어떻게 힘을 얻었는지는 중요하지 않다. 어린아이와 노인에게도 어느 순간 갑자기 힘은 생길 수 있다. 중요한 것은 얻게 된 그 힘을 어떻게 쓰는 지다.

창고에 수만 석의 쌀을 쌓아놓고 하루 한 끼의 쌀밥만

먹는다면, 결국 창고의 쌀은 먹기도 전에 모두 썩어 버리게 될 것이다.

반대로 문을 활짝 열고 쌀을 나눠주기 시작한다면, 수만 석이라도 며칠사이에 동이 날 것이다.

자신이 가진 것이 무엇인지 알고 그것을 효과적으로 쓰지 못한다면, 결국 빛 좋은 개살구가 되리라.

내 손안에 들어온 재물과 나이트 역시 마찬가지였다.

나이트를 통해 대략적인 계획을 정리했다. 우선은 영상과 관련된 자료는 나이트가 황교상에게 보내기로 했으며, 만약의 상황을 대비해서 언론사에 뿌릴 준비도 했다.

나이트의 말에 빗대어 볼 때 인간의 변덕은 신조차 예측하기 어려운 면이 있으니까 말이다.

우웅.

지상에 도착한 엘리베이터의 문이 열렸다. 제일 먼저 보인 얼굴은 안내데스크에서 봤던 이지현이란 이름의 여직원이었다.

"아, 안녕하세요."

긴장한 얼굴의 그녀가 인사를 건네자 나 역시 고개를 끄덕여줬다. 그러자 그녀가 품에 들고 있던 서류 봉투를 내게 내밀었다.

"그 나오시면 대표님께서 전해드리라고 하셨습니다."

"대표? 혹시 안 집사?"

"네?"

반문을 하는 이지현의 모습에 내가 머리를 긁적거렸다.

"미안합니다. 혹시 대표님 이름이 안성우씨 맞나요?"

"아, 네 맞습니다."

이제야 이지현이 내미는 봉투가 조금은 이해가 갔다. 봉투를 받아 들고 안에든 내용물이 뭔지를 살펴봤다. 세 가지 물건이 들어 있었다.

검은 색의 카드.

금빛 장식의 엠블럼을 뽐내는 차 키.

마지막은 또 다시 주소가 적힌 종이였다.

"헙."

내가 아무렇게나 봉투에 들어 있는 물건을 꺼낼 때마다 이지현이 헛바람을 삼켰다.

사회인, 그것도 대기업에 다니는 그녀는 단번에 봉투 안에 들어 있는 물건들의 가치를 알아본 것이다. 특히 그녀의 시선이 집중된 것은 바로 검은 색의 카드였다.

"감사합니다. 그럼."

가볍게 이지현을 향해 답례의 의미로 고개를 끄덕이고는 로비를 빠져 나왔다.

그렇게 로비를 지나 몇 걸음 걸었을까?

처음 방문했을 때는 보지 못한 멋들어진 스포츠카 한 대가

로비 앞에 주차 되어 있는 것이 보였다.

흔히 TV나 영화에서 탑 스타들이 구입해서 이슈가 되는, 일반적으로 수억을 호가한다고 알려진 B사의 스포츠카였다.

"혹시……."

설마 하는 생각으로 봉투 안에 들어 있던 차키를 스포츠카를 향해 눌러봤다.

삑!

그러자 기다렸다는 듯 스포츠에 카에 불이 들어왔다. 주변을 지나던 행인들이 갑자기 불이 들어오는 고급 스포츠카의 모습에 본능적으로 주인을 찾고자 주변을 두리번거렸다.

피식.

하지만 그러거나 말거나 나는 가볍게 웃음을 흘렸다. 그리고는 다시 한 번 버튼을 누르고 걸음을 옮겼다.

"안 집사님 선물은 고맙지만, 아직 제가 운전면허가 없답니다."

영국의 수도 런던.

호텔에서 차분히 짐을 챙기던 안성우가 귓가에 들리는 인기척에 고개를 문 쪽으로 돌렸다.

벌컥!

동시에 늘씬한 키와 몸매에 금발머리를 자랑하는 여성이 거침없는 발걸음으로 그에게 걸어왔다.

흡사 모델의 워킹과도 같은 모습이었다. 일반인이라면 바라보는 것만으로도 기가 죽었을 것이다.

하지만 안성우는 약간 곤란한 표정을 지을 뿐이었다. 그가 이내 고개를 돌려 챙기던 짐을 마저 캐리어에 싸기 시작했다.

"레이아, 숙녀가 그렇게 남자의 방을 벌컥 열고 들어오면 어떡해? 그래가지고 시집이나 가겠어?"

"어차피 당신이 아니면 난 다른 남자한테 관심 없으니까 괜찮아요. 아! 이게 아니라, 내가 지금 황당한 소리를 하나 들었는데. 안! 당신이 가진 모든 지분을 알지도 못하는 남자에게 모두 넘겼다는 게 사실이에요?"

"토니가 말했나 보네. 그 친구 그렇게 입 조심하라고 일렀는데."

"안!"

안성우의 중얼거림에 레이아라 불린 금발 여성이 소릴 버럭 질렀다.

안성우가 잘 갠 속옷을 캐리어에 넣으며 말했다.

"내가 예전부터 말했잖아. 지금 내가 가진 것들은 원래 내 것이 아니라 주인이 따로 있다고."

"그게 말이 된다고 생각해요? 내가 당신과 같이 일한 지가

15년이에요. 그간 회사의 규모가 몇 배가 커졌는데, 이게 안의 것이 아니라 다른 사람의 것이라니!"

"아, 물론 레이아와 다른 사람들의 지분은 하나도 건들지 않았어. 그건 오로지 날 믿고 따라준 당신들의 것이니까. 난 다만⋯⋯."

"안! 내가 지금 그깟 돈 때문에 이러는 거라고 생각해요? 여긴 당신이 피와 땀으로 일군⋯⋯ 당신의 삶 그 자체잖아요!"

"⋯⋯."

안성우의 얼굴에 씁쓸함이 잠깐 서렸다가 사라졌다. 안성우가 다시 미소를 지으며, 레이아를 쳐다봤다.

"이제부터 다시 만들면 되지 않을까?"

"뭐라고요?"

"한 번 만들어봤던 삶이니 이번에는 금방 할 수 있을 것 같기도 한데."

"그걸 지금 말이라고 해요?"

"음, 나이가 먹어서 이제 무리겠지?"

안성우가 머리를 긁적거렸다.

"누가 나이를 먹어요! 안은 여전히 잘생기고 멋지다고요!"

"어?"

레이아의 외침에 순간적으로 안성우가 벙 찐 표정을 지었다. 그 모습에 뒤늦게 자신이 무슨 말을 했는지를 깨달은 레이아의 얼굴이 붉게 달아올랐다.

"그, 그게 아니라 내 말은 그러니까…… 좋아요. 나도 따라 가겠어요."

"응?"

척하니 허리에 손을 올린 레이아가 단호한 얼굴로 말했다.

"당신의 동료이자 파트너. 그리고 회사의 부사장으로 이번 당신의 한국행에 나도 함께하겠다고요."

Chapter 45. 계획의 첫 걸음

과거부터 30분의 아침잠을 더 자기 위해 아침밥을 포기하다 보니, 이제는 아침에 밥을 먹지 않아도 배고픔을 느끼기가 어렵다.

또한 자취방에 TV는 아침 시간에는 대부분 켜져 있는데, 이는 아침 알림과 뉴스 채널이 연결되어 정해진 시간이 되면 저절로 켜졌기 때문이었다.

–김 대통령은 이번 미국 방문….

–검찰은 이번 국회의원 비리 사건에 있어 투명하고 공정….

–교육부는 날로 높아지는 사교육비를 줄이기 위해….

-S그룹은 이번 계열사 상장으로 인한….

-삼포세대라는 단어 들어 보셨습니까?

"으아아. 잘 잤다."

귓가에 들리는 뉴스 소리에 침대에서 일어나 양 팔을 하늘로 향해 쭉 뻗자 개운함이 몰려왔다.

정말이지 오랜만에 푹 잔 것 같다. 안성우와 나이트라는 인공지능과의 새로운 인연을 통해 양송찬과 윤철환에게 복수할 방법도 찾았다.

또한, 안성우가 준비해준 블랙 카드 덕분에 무기명 채권을 처리하지 않았음에도 아버지가 입원해 있는 병실을 특실로 옮길 수가 있었다.

이처럼 걱정거리를 덜었기 때문일까? 정말이지 오랜만에 육체와 머리 모두 맑고 개운했다.

"특별한 기삿거리는 없나보네."

사실 지금 틀어져 방송되는 TV에 큰 관심은 없다. 하나의 뉴스에 집중하기에는 그만큼 짧고, 깊이 들어가면 어려운 단어가 많기 때문이다.

그런데도 뉴스를 켜놓는 이유는 마치 영어를 배우듯 귀를 열기 위해서였다.

적어도 뉴스에서 나오는 다양한 사건, 사고들이 머릿속에 남으면 사람과 사람이 만나면서 대화를 유도하거나 어느 상황에서도 가볍게 얘기를 이끌어나갈 수 있기 때문이다.

[오늘 아침 뉴스 봤어? S그룹 비자금 말이야.]

이런 사소한 행동 하나가 주위 사람들의 입술을 타고 또 다른 나를 만들어 줄 것이라고 생각했다.

불과 3년 전까지만 해도 말이다. 하지만 이제는 이런 것이 큰 도움이 되지 않는다는 것을 깨달았다.

정작 진실은 보이지 않는 곳에 숨어 있다. 그리고 그것은 일반인이 쉽게 접할 수 있는 것들이 아니었다.

아무튼 습관적으로 이렇게 뉴스를 틀었는데, 오늘은 유독 관심이 가는 단어가 들려왔다.

[여러분 칠포 세대라는 단어 들어보셨나요?]

"…칠포?"

신기한 단어에 시선을 TV쪽으로 시선을 돌렸다. 꽃무늬 원피스를 입은 아나운서의 외모에 예전이라면, 광대뼈가 실룩거렸겠지만 지금은 별다른 감정이 들지 않았다.

그렇다고 성적인 기능에 문제가 있는 것은 아니었다. 아침마다 하체의 텐트는 그 어느 시절보다 튼튼하게 쳐지고 있으니까.

잠시 화면을 보고 있자니 알 수 없는 도형과 그래프가 나왔다. 전문가라는 사람이 무언가를 설명하기 시작했다. 하지만 화면을 보고 귀로 듣고 있어도 쉽게 이해가 가는 내용들이 아니었다.

이내 시선을 돌리고는 손안에 든 휴대폰으로 칠포 세대를 검색했다.

"칠포 세대."

나이트와 같은 세련됨은 없지만, 이 정도 음성검색 인공지능은 요새 나오는 최신기기에는 모두 탑재되어 있다.

[음성 검색 결과입니다.]

연애, 결혼, 출산을 포기한 삼포에 내 집 마련과 인간관계를 추가로 포기한 오포 세대에 꿈과 희망마저 포기한 세대를 일컫는 시사용어입니다.

"하긴 살기 쉬운 세상은 아니지. 꿈과 희망을 버려 칠포라……."

나 역시 꿈과 희망을 포기할 뻔 했던 적이 있기에 그 마음을 잘 알고 있다.

연애를 안 하고 살 수 있다. 결혼도 마찬가지. 출산, 2세를 가지지 않고 살아갈 수도 있다.

내 집 마련을 포기할 수도 있고 인간관계를 버리고 철저하게 나를 위해 살 수도 있다.

그런데 여기에 꿈과 희망이 없다면, 살아야 될 이유를

찾지 못하게 되는 것이다.

"후우."

[다음 뉴스입니다. 영화에서 보던 미래의 모습이 한 발 가까워졌습니다. 미국의 IT 회사인 아르젠에서 최첨단 인공지능이 탑재된 로봇을 공개했다는 소식인데요. 이번에 외부에 공개한 로봇은 가사 기능이 탑재되어 있다고 합니다. 영상 함께 보시죠.]

영상에 나오는 로봇은 성인의 허리쯤 오는 높이의 키를 지니고 있었다. 사람의 말에 따라 여러 가지 행동을 보이며 가사 일을 돕는 모습이 나왔는데, 꽤 신선한 모습이기는 했다. 물론 이미 나이트라는 어마 무시한 인공지능을 접한 뒤이기 때문에 그리 큰 놀라움은 없었다.

"그러고 보면 세계 어딘가에는 나이트 같은 인공지능이 또 있을 수도 있겠네? 으음. 조금 오싹하기는 한데."

원하기만 한다면, 수분 내로 상대의 신상에 대해 파악할 수 있는 인공지능의 능력. 이는 분명 보통 사람과 다른 힘을 갖춘 나에게도 상당히 위협적인 것이 분명했다.

"……다음에 방문하면, 좀 더 자세히 물어봐야겠네. 어쨌든 이제 슬슬 씻어볼까."

막 휴대폰을 내려놓고 씻기 위해 화장실로 들어서려는 순간이었다.

[다음은 안타까운 소식을 전해드려야 할 것 같습니다. 불과 얼마 전 대한민국을 덮친 KV 백화점 붕괴 사고를 기억하실 겁니다. 아직 많은 분들이 그 아픔에 고통 받고 계신데요. 이번 소식은 해당 사고로 인해 부모를 잃은 학생이 생활고를 비관한 나머지 스스로 목숨을 끊은 안타까운 사연입니다. 김성령 기자.]

멈칫.

순간 화장실로 향하려던 내 걸음은 거짓말 같이 멈추고 시선은 TV로 향했다.

[네, 김성령 기자입니다. 저는 지금 이모 학생이 스스로 목숨을 끊은 다리 위에 나와 있습니다. 학교 내에서도 성실하고 공부 잘하는 아이로 손꼽히던 이모 학생. 꽃길만 걸어갈 것 같던 그녀에게 불행이 찾아온 것은 불과 몇 달 전, 그녀에게 줄 선물을 사고자 KV 백화점을 찾은 부모님이 붕괴 사고에 휘말려 목숨을 잃은 뒤부터 시작됐습니다. 갑작스러운 사고로 부모를 모두 잃은 그녀는 정부의 재난법에 따라 특별 보호 대상자로 선정됐으나, 정부와 KV그룹의 유족 배상에 대한 협상이 지지부진해지면서 아무런 혜택을 받지 못했는데요. 확인 결과 미성년이라는 이유로 보험사에서도 보험료 지급을 미뤘던 것으로 밝혀졌습니다. 결국, 생활고를 견디지 못한 이모 학생은 스스로 목숨을 끊는 선택을 하고

말았습니다. 문제는 그녀뿐만이 아니라, 현재 이런 상황에 처한 이들이 상당하다는 것입니다. 이들은 모두 가정의 생계를 책임지는 이들을 사고로······.]

삑!

보고 있자니 분통이 터질 것 같아서 그대로 TV를 꺼버렸다.

"목숨을 걸고 구했는데······ 산 사람을 죽음으로 몰아넣는 건 아니잖아!"

기가 차는 정도로는 지금의 감정을 표현할 수가 없다. 너무 화가 나면 몸이 절로 떨린다고 하는데, 지금이 딱 그 상황이었다.

급히 침대에 걸터앉아 휴대폰으로 KV 백화점 붕괴에 대한 유족 배상에 대한 내용을 검색해봤다.

[KV 그룹 이 새끼들 매국노 아니냐?]

ㄴ갑자기 그게 무슨 소리임?

ㄴKV 그룹 회장 국적이 일본이라고 함. 그리고 이번에 일본 지진 나서 100억 기부했다고 함.

ㄴ헐, 그거 진짜야? 근데 기부한 게 나쁜 건 아니잖아.

ㄴ그래, 기부하는 게 나쁜 건 아니지. 근데 시발 대한민국에서 번 돈을 왜 일본에다 퍼주는데? 그리고 걔네들 아직까지 백화점 붕괴하고 거기서 희생당한 사람들 유족한테

보상금 지급도 안 했다며?

ㄴ다 같이 소리 질러 개새끼들!

[KV 그룹 물건 불매해야 한다.]

ㄴ이 새끼들 겁나 양아치 새끼들이다. 과자만 해도 한국 과자는 질소 겁나 넣어서 팔아 재끼고 외국에서는 질소 빼고 그만큼 양 채워서 판다. 비양심적인 새끼들.

ㄴ동감. 나도 외국 가서 과자 사먹어 보고 충격.

ㄴ그뿐만이 아님. 심지어 가격도 국내가 더 비쌈. 해외 직구해서 에어컨 샀는데 동일 제품 30만 원 더 절약.

ㄴ이 개자식들은 우리 등골 빨아서 외국에 퍼주고 지들 배만 불리는 넘들이다. 백화점 붕괴도 그래서 일어난 거다. 그러니 무조건 불매해야 한다.

인터넷을 찾아보니 KV 그룹에 대한 악평은 이 뿐만이 아니었다.

[출산 휴가 갔다 오니 제 책상이 화장실 옆으로 옮겨졌어요.]

ㄴ헐, 미친. 법으로 지정한 휴가를 다녀왔는데 그래요? 당장 노동부에 신고하세요!

ㄴ대기업인데 노동부에 신고하면, 저한테 안 좋은 일 있지 않을까요?

ㄴ대기업 ㅇㄷ?

ㄴKV 그룹이요.

ㄴ아……. 거기 원래 악명이 높죠. 제 사촌 언니도 출산 휴가 쓰겠다고 하니 부장 놈이 그만두라고 얼마나 압박을 하던지. 결국, 인신공격 못 참고 그만두셨어요. 거기 무늬만 대기업이지. 완전 쓰레기입니다.

[헐, 님들 그 소식 들음? KV 백화점 붕괴 때 무료로 봉사했던 사람들을 KV 백화점 측에서 오히려 절도죄로 고소했다고 함.]

ㄴ그게 무슨 거지같은 소리임?

ㄴ자세한 기사는 링크 타고 보셈.

ㄴ기사 삭제 됐다고 나오는데?

KV 그룹은 명실상이 대한민국에서 손꼽히는 재계의 거두였다.

그러나 인터넷에 떠도는 글을 보고 있으면, 재계의 거두가 아닌 전형적인 세습과 착취로 일구어낸 세균 덩어리라는 것이 주된 평이었다.

"물론 기업이 깨끗할 수만은 없겠지. 나도 그런 건 믿지도 않아. 하지만 그래도 최소한 할 도리는 해야지. 이건 아무리 그래도 아니잖아. 이 개자식들아!"

분노로 화가 치밀어 오르는 가운데, 머릿속에 5억 달러라는 무기명 채권과 나이트의 존재가 떠올랐다.

막대한 돈과 이 세상의 정보를 움켜쥐고 있는 인공지능. 이 두 가지를 활용하면, 뭘 하더라도 할 수 있지 않을까?

흐릿하게나마 어떠한 계획이 잡히려는 순간이었다. 휴대폰에서 진동이 울리며 모르는 전화번호가 떠올랐다.

"누구지?"

고개를 갸웃거리다가 이내 통화 버튼을 눌렀다.

"여보세요."

[에이전트 원, 잠은 잘 주무셨습니까?]

전화번호의 주인공은 바로 안 집사, 안성우였다.

"네, 그보다 영국은 지금 시간이면 새벽 아닌가요?"

[저 지금 한국에 와 있습니다.]

"네?"

분명, 어제까지만 해도 영국이라고 했는데. 역시나 안성우 역시 피는 못 속이나 보다.

안 집사님 역시 송지철과 관련된 일이 생기면, 노령의 나이에도 불구하고 앞장섰으니 말이다.

[괜찮으시면, 지금 뵐 수 있겠습니까? 제가 차를 보내겠습니다.]

"아니요. 제가 그냥 회사로 찾아가겠습니다. 그리 먼 곳도 아니니까요. 한 시간 후에 뵐까요?"

[알겠습니다. 그럼, 기다리고 있겠습니다.]

약속 시간을 잡은 뒤 가볍게 화장실로 들어가서 세안을

마치고 나왔다.

그리고는 평상시처럼 청바지와 난방을 입으려다가 이내 아버지가 대학 입학 기념으로 사주셨던 정장이 눈에 들어왔다.

대대로 법대의 입학식 전통 복장은 정장이었다. 그 때문에 특별히 구입했던 옷이었다.

"아버지……."

이왕 사는 거 오래 입으라고 아버지가 맞춤으로 사주셨던 게 떠올랐다.

비록 입학식 때 한 번 입고 그 뒤로는 계속 장롱에 보관되어 있었지만, 그 어떤 옷보다 내게는 뜻 깊은 옷이었다.

"그래, 오랜만에 한번 차려 입고 나가보자."

[보고는 받았습니다. 어제 찾은 에이션트 원을 이지현 씨께서 잘 에스코트 하셨다고요? 그분께서 오늘도 절 보기 위해 방문할 예정이니, 이번에도 잘 부탁합니다.]

단순히 위에서 내려온 몇 문장에 불과했다. 하지만 그게 대표의 입을 통해 직접 내려온 것이라면 얘기는 달라진다.

이지현은 당장 주변에서 자신을 보는 시선이 달라졌음을 느꼈다. 그게 부러움이든 설령 질투와 시기의 눈빛이든 말이다.

그렇게 이지현이 긴장 어린 표정으로 오전부터 안내데스크를 지키고 있을 무렵. 그녀가 기다렸던 사람이 로비를 지나 안내데스크를 향해 걸어왔다.

"아, 오셨어요!"

말을 걸지 않았음에도 재빨리 튀어나오는 그녀의 모습에 오히려 내가 한 걸음 뒤로 물러설 뻔했다.

"……오늘은 안성우 대표님을 만나러 왔습니다."

"그렇지 않아도 대표님께서 미리 언질을 주셨습니다. 제가 안내해드리겠습니다."

그녀를 뒤따라 걸으니 어제와는 다르게 다수의 엘리베이터가 대기하고 있는 곳으로 향했다.

그중 유독 한 엘리베이터 앞에만 직원들이 없었다. 이지현은 그곳으로 가서 자신의 목에 걸린 ID 카드를 가져다 대었다.

드륵.

그와 동시에 엘리베이터의 문이 열렸다. 주변에 서 있던 직원들이 호기심 어린 눈으로 나와 이지현을 쳐다봤다.

"이제 타시면 됩니다."

"기다리는 사람이 많은 것 같은데 같이 타면 안 되는 겁니까?"

슬쩍 주변에 있는 직원들을 곁눈질 하고 물었다. 이지현이 당황 어린 표정을 지었다.

"그, 그게 그건 제 권한이 아니어서요."

작게 기어들어가는 그녀의 목소리에 고개를 끄덕였다. 괜한 오지랖으로 그녀를 불편하게 만들 생각은 없었다. 지금은 그저 순수하게 궁금했기 때문에 물어본 것이다.

"그냥 물어본 것이니 개의치 않아도 됩니다. 가시죠."

"네, 감사합니다."

가볍게 가슴을 쓸어내린 이지현이 조심스레 대표실로 가는 층수를 눌렀다.

"그럼, 저는 이만 가보겠습니다."

대표실로 향하는 층에 도착하자 이지현은 가볍게 고개를 숙이고는 뒤로 물러났다.

그럴 수밖에 없는 것이 엘리베이터 문이 열리자 또 다른 사람이 기다리고 있었기 때문이었다.

'외국인?'

기다리고 있던 사람은 모델이라고 해도 믿을 만큼의 늘씬한 몸매와 아름다운 외모를 자랑하는 외국 여성이었다. 가볍게 따라오라는 제스처를 취한 그녀는 이내 눈길도 안 주고 CEO라 써져 있는 방안으로 향했다.

끼익.

묵묵히 그녀를 따라 방안으로 들어서자 홀로그램에서

봤던 안성우의 모습이 보였다.

'실제로 보니 정말 판박이네.'

안성우가 이대로 늙는다면, 정말 안 집사님과 똑같은 얼굴이 될 것 같다는 생각이 들었다.

"에이션트 원, 오셨습니까? 이렇게 만나게 돼서 정말 반갑습니다. 이쪽은 부사장인 레이아라고 합니다. 혹 그녀가 무례한 행동을 보이진 않았습니까?"

안성우가 짐짓 책망하는 얼굴로 레이아를 쳐다봤다. 그모습에 레이아가 콧방귀를 뀌며 말했다.

"안! 대체 이 어린 친구가 에이션트 원이라니, 지금 제정신이에요? 기껏해야 스무 살 밖에 안 되어 보이는데."

내 귓가에는 한국말처럼 들려왔지만, 레이아로 불린 그녀는 지금 프랑스어로 말하고 있었다.

시선을 돌려 레이아를 쳐다봤다.

"레이아, 정확히 봤습니다. 지금 제 나이는 스무 살이니까요."

그녀가 상당히 놀란 표정으로 날쳐다봤다.

"프랑스어를 할 줄 알아? 아니, 이건 그냥 하는 정도의 수준이 아닌데. 혹시 유학생?"

레이아가 곧장 질문을 해왔지만, 그녀의 질문에 계속 대답해줄 생각은 없다. 오늘 이 자리를 내가 찾은 이유는 안성우를 만나기 위해서였다.

"일단 자리에 앉으시겠습니까? 김 비서, 여기 마실 것 좀 부탁해요."

마실 것을 주문한 안성우가 앞에 놓인 소파의 상석으로 날 안내했다.

"안! 왜 그 사람을 상석으로……."

"레이아! 계속 무례함을 보인다면 이 자리에 있게 할 수 없습니다."

"……."

단호한 한 마디. 그러나 효과는 무엇보다 뛰어났다. 안성우의 말에 레이아는 입술을 삐죽 내밀고는 이내 소파의 끝자리에 앉았다.

그 모습에 나 역시 머리를 긁적거렸다.

"이 자리에서 제가 가장 어린 것 같은데, 아무래도 상석은 앉기가 조금 불편하네요."

"안 됩니다."

"네?"

내가 안성우의 맞은편에 앉으려 하자 그는 이번에도 단호히 고개를 저었다.

"저는 에이션트 원을 수행하는 입장입니다. 그런데 어찌 동일한 위치에서 마주보고 앉을 수 있겠습니까? 만약 그곳에 앉으신다면, 전 이곳이 아닌 바닥에 앉겠습니다."

"후우."

과거 어디선가 들었던 말이 떠오른다. 대한민국에서 가장 고집이 센 성씨가 있으니, 안 씨와 강 씨, 최 씨라 했고 그 중에서 안 씨가 으뜸이라는 말이었다.

과연 그 말이 거짓은 아닌 것 같다. 안성우의 고집 또한 과거 안 집사님과 다를 바가 없었다.

결국, 안성우의 말에 따라 가장 상석에 자리하고 나서야 그 또한 의자에 앉았다.

"자, 이제 이렇게 만나게 됐는데. 앞으로 제가 뭘 어떻게 해야 할까요?"

"어제도 말씀드렸지만, 에이션트 원께서 하고 싶은 대로 하시면 됩니다."

"정말입니까?"

"물론입니다."

"송 회장께서 가진 자금이 대단했다고는 하지만, 그래도 지금 가지고 있는 기업의 가치만큼은 아닐 겁니다. 그런데도 단지 그 안배라는 것 때문에 아쉬움 없이 저에게 넘기시겠다고요? 생명의 은인이라고 해도 그 정도는 못해줄 것 같은데요?"

"저도 노년에 생활할 노후 자금쯤은 모아 두었습니다. 혹 퇴직하면 연금도 나올 테니, 그거면 살아가는 데 지장은 없을 것이고. 본디 제가 재물에는 크게 미련이 없습니다."

담담히 말을 잇는 안성우를 뒤로하고 슬쩍 레이아의 표정을 쳐다봤다. 그녀의 볼이 독을 품은 두꺼비마냥 부풀어 올라 있었다.

"마지막으로 말하겠습니다. 이번이 정말 마지막입니다. 이 순간 이후로 더는 묻지도 권하지도 않을 겁니다. 후회하지 않으시겠습니까?"

기연이라면 기연, 천운이라면 천운.

나 역시 지금 기회를 그저 떠나보내고 싶지는 않다. 인공지능 나이트의 능력을 이미 체감했는데 어찌 욕심이 안 나가겠는가?

나이트와 D.K 그룹의 힘이라면, 내가 원하고자 하는 것을 더 빨리 이룰 수 있다.

물론 나 역시 그에 걸 맞는 자격을 갖춰야겠지만 앞선 두 가지의 힘이라면 이 또한 그리 오랜 시간이 걸리지 않을 것이다.

하지만 급하게 먹은 떡은 체하기 마련이었다. 그렇기 때문에 최후의 최후까지 안성우의 마음을 확인하고 싶은 것인지도 몰랐다.

"애초에 유지를 이을 뜻이 없었다면, 굳이 한국에 있지도 않았을 겁니다. 이것으로 물음에 대한 대답이 되었을까요?"

충분한 대답이었기에 고개를 끄덕였다.

"그렇게까지 말씀한다면, 더는 묻지 않겠습니다. 그렇지 않아도 오늘 아침 하고 싶은 일이 하나 생겨서 도움을 받고 싶어졌으니까요."

"……?"

"KV 백화점 붕괴 사건은 알고 계시리라 생각합니다."

안상우가 고개를 끄덕였다.

"물론입니다."

"그럼, 그때 사고 현장에서 사망한 사람들의 유가족들이 아무런 보상도 받지 못했다는 것을 알고 계십니까?"

"으음."

그가 가볍게 신음을 삼켰다. 반응을 보면, 그 또한 미처 생각지 못한 내용일 것이다.

"좀 더 자세한 내용을 설명해주실 수 있으십니까?"

나는 오늘 아침 뉴스에서 들었던 것을 안상우에게 들려줬다.

"영국에 있는 동안 그런 일이 있었군요. KV 그룹이 최근 정부와 척을 세우고 있다는 소식은 들었지만, 설마 유가족들에 대한 배상을 미루고 있을 줄은 몰랐습니다."

"그래서 저는 1차적으로는 그 유가족들을 도울 생각입니다."

안성우가 고개를 끄덕였다. 그 정도는 그리 어려운 일이 아니었다.

세상에서 가장 무서운 게 돈이긴 하지만, 일을 해결하는 데 있어 가장 쉬운 것 또한 바로 돈이었다.

"그리고 이차는."

안성우를 한 번 바라보고는 이어 레이아 역시 쳐다봤다. 그리고는 시선을 바로하고 곧장 말을 이었다.

"죄를 지은 이들을 향한 단죄."

단 한마디였지만, 주변의 공기가 싸늘해졌다. 안성우가 굳은 표정으로 물었다.

"그 말씀은 설마 KV 그룹을 향해 칼을 들이미실 생각이십니까?"

"유족들이 아파하는 만큼 죄를 지은 그들도 벌을 받아야 하지 않겠습니까? 적어도 이 대한민국이 민주주의 국가라면 말입니다."

쾅!

"가만히 듣자듣자 하니까. 헤이, 유 크레이지?"

얘기를 듣던 레이아가 황당하다는 표정으로 자리를 박차고 일어섰다.

"레이아!"

그런 그녀를 향해 안성우가 목소리를 높였다. 하지만 이번에는 레이아 역시 지지 않고 말했다.

"안! 지금 얘기 들었잖아. 다른 곳도 아니고 KV 그룹을 단죄하겠다고? 거기가 무슨 동네 구멍가게야? 우리가 적대적 M&A를 한다고 해도 성공할 가능성이 3할이 되지 않는 그룹이라고. 게다가 한국 정부가 그걸 미쳤다고 지켜보겠어? 여긴 한국! 재벌들의 나라잖아? 이봐요, 에이션트 원. 아직 나이가 어려서 뜨거운 가슴이 있는 것은 알겠는데. 그래도 사리분별은 할 수 있는 나이 아닌가요?"

폭언에 가까운 말이기는 했다. 그러나 레이아의 말이

틀린 것은 아니었다.

그녀가 아니라 다른 누구라도 지금과 같은 반응을 보일 것이다. 겉모습의 나는 그저 현실을 외면하고 이상을 부르짖는 철부지 대학생으로 보일 테니까.

"재벌들의 나라…… 틀린 말은 아니네요. 실제로 이 나라는 민주주의를 표방한 재벌 공화국이니까."

"송구합니다. 이런 모습을 보여드리고자 자리에 모신 것이 아닌데."

레이아의 태도에 자리에서 일어난 안성우가 90도로 허리를 숙이려 했다.

하지만 이번에는 내 행동이 더 빨랐다. 재빨리 자리에서 일어섬과 함께 숙여지려는 안성우의 허리를 바로 세웠다.

"이런 행동은 잘못을 한 사람이나 하는 겁니다. 안 집사님이 잘못하신 건 없으시지 않습니까? 그리고 저 역시 아무런 것도 내놓지 않고 KV 그룹에게 죄를 묻겠다는 것은 아닙니다. 비록 KV 그룹을 상대로 약소할 수는 있지만, 전 이것을 내놓겠습니다."

품속에서 한 장의 봉투를 꺼내 책상에 올려 두었다. 안성우가 그저 봉투를 지켜보고 있자 답답한 듯 레이아가 손을 먼저 뻗었다.

"여기에 뭐가 있다고 해도 현실적으로 말이 되는 소릴…… 왓?"

파르르.

봉투 안의 물건을 거침없이 꺼내 확인하던 레이아의 눈이 경련을 일으켰다.

그리고 그 경련은 이윽고 몸으로 번져 나갔다. 이내 내용물의 확인이 끝난 그녀의 입에서 얼빠진 소리가 흘러나왔다.

"당, 당신 뭐하는 사람이야? 오십 아니 오백만 달러도 아니고 오억 달러 무기명 채권이라니! 안, 혹시 이 사람 재벌 3세인 건가요? 그래서 우리와 합작해서 KV 그룹을 인수하는 그런 시나리오에요?"

"······!"

호들갑을 떠는 레이아의 태도에 놀란 건 안성우 또한 마찬가지였다. 그가 자리에서 일어나 그녀가 들고 있는 물건의 정체를 확인했다.

1억 달러짜리 다섯 장의 무기명 채권. 한화로 환산하면 무려 5천억 원이 넘는 금액.

말이 쉬워 5천억 원이다. 대한민국의 그 어떤 기업도 단기간에 유통할 수 없는 거금이었다. 더욱이 부동산과 같은 자산이 아니라 당장 현금으로 융통시킬 수 있는 자금이라는 점에서 그 가치는 더 크다고 할 수 있었다.

"에이션트 원, 이 돈은 대체······."

어디서 나셨는지라는 질문이 입 밖까지 튀어나오려는 것을 안성우는 애써 눌러 참았다.

그가 물어볼 사안이 아니었기 때문이다.

"이 정도 자금이면 적어도 죄를 지은 그들이 국민 앞에 서서 잘못했다는 말을 하게 만들 수 있지 않을까요?"

어차피 나만을 위해서 쓰고자 준비했던 돈은 아니었다. 저 액수의 백분의 일 아니 천분의 일만 있어도 아버지와 나는 돈에 구애 받지 않고 평생을 행복하게 살 수 있다.

그러니 할 수 있다면 이 돈으로 다른 사람들에게 내가 가질 수 있는 행복을 가지게 하고 싶다.

"……이 정도의 자금이 동원 된다면, 불가능하지는 않아요. 우리가 가진 자금에 이 돈을 합해서 적대적 M&A를 시도한다면 최소 6할. 여기에 결정적으로 먹일 한방만 있다면 성공 못할 이유도 없으니까. 이봐요, 에이션트 원! KV 그룹을 공격하겠다는 말 진심이에요? 만약 성공하게 되면, KV 그룹은 외국계 기업인 우리 D.K의 밑으로 들어오게 되는 건데요? 한국의 언론과 국민이 결코 호의적으로 받아들이지 않을 거예요."

5억 달러의 힘 때문일까? 레이아의 말투가 조금은 부드러워져 있었다.

그녀의 질문에 나는 고개를 저었다.

"공격이 아닙니다. 그들이 지은 죄에 대한 죗값을 물게 하고 싶을 뿐입니다."

"그게 그거잖아요! 언제 한국 재벌들이 순순히 자신이 잘못했다고 하는 거 봤어요? 쥐구멍까지 몰려야 휠체어 타고 잘못했다고 말하는 족속들인데. 그렇게 만들려면 적어도 그들의 전부라 할 수 있는 회사를 빼앗아야죠."

창피하긴 했지만 레이아의 말 또한 거짓은 아니었다. 그게 내가 사는 대한민국의 모습이었으니까.

"에이션트 원, 한 가지 말씀을 드려도 되겠습니까?"

"말하세요."

"단지 유가족들을 향한 동정심에서 이러시는 겁니까?"

"……?"

"만약 KV 백화점 붕괴에 따른 유가족 때문에 그러시는 것이라면, 이 돈은 KV 그룹을 공격하기 보다는 그들을 돕는데 사용하는 것이 더 효과적일 것입니다. 재단을 설립한다면, 그들이 사회에 정착할 수 있을 때까지 충분히 도울 수 있습니다."

"재단이라……."

생각해보지 못한 방법이지만, 확실히 나쁜 수단은 아니었다.

"네, 그리고 한 가지 우려가 되는 것은 만약 저희가 KV 그룹을 공격해서 그들이 죄를 시인하게 만든다면 어떤 형태로든 한국의 경제에는 큰 피해가 있을 겁니다. KV 그룹에 속해 있는 직원들만 해도 수만 명, 그룹이 흔들린다는 것은 그 수만 명과 그 몇 배가 되는 가족. 다시 말해 수십만 명의 명운을 가지고 하는 싸움이기 때문입니다. 어쩌면 그들이 보이는 모습으로 인해 에이션트 원께서는 또 한 번 아픔을 겪게 될지도 모르십니다."

안성우가 무엇을 걱정하는지는 충분히 공감이 갔다. 그는 지금 내가 단순히 동정 심리에 의해서 감정적으로 행동하는 것은 아닌가라는 것을 걱정하고 있었다.

하지만 내가 움직이는 것은 절대 그들을 동정해서가 아니었다.

"동정하지 않습니다. 단지 이 대한민국에서 권력을 갖고 재물이 있는 사람들이 제대로 처벌 받지 그런 모습들에 화가 날 뿐입니다. 민주주의 국가에 재벌 공화국이란 말이 참 안 어울리지 않습니까?"

"하지만……."

"안 집사님이 무엇을 걱정하는지 알고 있습니다. 하지만 자리가 비면, 결국 새로운 사람이 그 자리를 채우기 마련입니다. KV 그룹이 저지른 죄를 입증하고 그 책임자가 자리에서 물러난다고 해서 KV 그룹은 망하지 않습니다. 시간이 흐르면 결국, 그 자리는 다른 누군가가 채워 갈 것이고 그곳을 터전으로 삼은 대부분의 사람들은 그저 회사의 누군가가 바뀌었다는 것만을 기억한 채 평상시처럼 일을 할 겁니다."

"……."

"전 단지 남보다 조금 더 가졌다고 해서 자신들이 저지른 죄를 피하고 숨기려는 그들의 행동이 얼마나 잘못됐는지를 알리고 싶을 뿐입니다."

짝! 짝!

"굿! 멋져요. 에이션트 원! 그게 바로 진정한 민주주의죠. 만인은 평등하니까. 그보다 정말 놀랍네요. 그런 생각을 이제 스무 살인 에이션트 원이 할 수 있다는 게. 혹시 겉은 스무 살인데 그 속에는 늙은이가 들어가 있는 건 아니죠? 그 안이 좋아하는 판타지 소설처럼 말이에요!"

박수를 치며 좋아하는 레이아의 지적에 순간 뜨끔하는 기분이 들었다. 그보다 안성우가 판타지를 좋아한다니 의외였다.

안성우가 한숨을 쉬며 고개를 끄덕였다.

"잘 알겠습니다. 그럼, 곧장 팀을 꾸려 KV 그룹에 대한 조사를 시작하도록 하겠습니다. 하지만 아까 레이아가 말씀 드렸듯 그들의 죄를 심판하기 위해서는 기업이 가지고 있는 잘못과 비리 이외에도 확실한 한 방이 필요합니다. 현 정부에서 국민들의 응원에 힘입어 그들을 향해 칼을 빼어 들었음에도 제대로 휘두르지 못한 것은 수십 년간 그들과 정치권 인물들이 쌓아 온 깊은 관계 때문입니다. 어중간하게 물어뜯으려 했다가는 오히려 그 역풍을 저희가 맞게 될 겁니다."

"그래요. 안의 말대로 대중들은 가십거리에 목말라 있으니까요. 처음에는 KV 그룹의 비리를 폭로하는 우리에게 호의적일 수 있겠지만, 저희가 적대적 M&A를 시도하는 순간 그 이빨이 향하는 곳은 우리가 될 게 분명해요. 실제로 경제를 움직이는 이곳의 중장년층에게 KV 그룹은 대한민국의 기업이지만, 우린 외국계 기업이니까요."

같은 말이 번복되고 있지만, 이는 그만큼 반드시 짚고 넘어가야 하는 일이기 때문이었다.

외국계 기업이 한국의 기업, 그것도 굴지의 재벌을 상대로 칼을 들이민다면 그것을 호의적으로 보고 응원하려는 사람은 극히 적을 것이다.

설령 그 기업이 큰 죄를 지었다고 해도 팔은 항상 안으로 굽는 법이다.

"두 분이 걱정하는 부분들에 대해서는 저도 이해를 합니다. 그 때문에 우선은 KV 백화점 붕괴로 인해 피해를 입은 사람들을 돕는 일부터 시작을 하면서 준비를 하려고 합니다. 아까 안 집사님이 말씀하셨던 재단도 나쁘지 않은 것 같습니다. 그리하면 기업의 이미지도 한층 좋아 질 테니까요. 일을 추진하는 동안에 만약 저들이 잘못을 반성하고 달라진 모습을 보인다면, 제가 말씀드렸던 2차 계획은 진행하지 않을 수도 있습니다."

"흐응. 그렇게 되면, 조금 아쉽겠네요. 굴지의 기업을 상대로 아주 스펙타클한 경험을 할 뻔했는데."

슬쩍 고개를 돌려 쳐다보니 레이아는 정말 아쉽다는 표정을 짓고 있었다. 처음 날 보며 방방 뛰던 모습이 마치 장난처럼 느껴질 정도였다.

"알겠습니다. 그럼, 우선 유가족들을 지원할 구체적인 방법부터 추진하도록 하겠습니다."

"네, 그럼 저는 이만 일어나도 될까요?"

"무슨 급한 일이라도 있으십니까?

안상우가 자리에서 일어서자 레이아 역시 궁금하다는 표정으로 날 쳐다봤다. 마치 심각한 일이 있는 것은 아닌가 하는 그들의 표정에 난 멋쩍은 얼굴로 말했다.

"오늘부터 운전면허 학원에 가야하거든요. 기껏 선물해 주신 차를 계속 주차만 시켜둘 수는 없으니까요."

Chapter 46. 셰프 박지헌

　최근 안전을 위한 이유로 법이 개정되면서 운전면허 취득 시험이 고시 시험만큼 어려워졌다고는 하지만, 전체적인 신체 능력이 평범한 인간을 훨씬 웃도는 내게 있어서는 크게 난이도가 높다는 생각은 들지 않았다.

　물론 주차만큼은 나로서도 꽤 긴장을 해야 했지만 말이다.

　"면허증 나왔습니다."

　합격이라는 평가를 받자 면허증은 당일 시험장에서 발급이 되었다.

　신분증과 같은 크기에 웃고 있는 내 사진을 보니, 괜히 콧잔등이 가려웠다.

　"사진이라도 다시 찍을 걸 그랬나?"

귀찮아서 대학 입학 이전의 사진을 그대로 제출했더니, 지금의 나와는 꽤 차이가 있었다.

"일단은 차를 회수하고 그 다음에 그 메시지에 적힌 주소로 가볼까?"

택시를 타고 삼성동의 D.K 그룹의 본사가 있는 빌딩으로 향했다. 안상우가 선물한 B사의 스포츠카는 여전히 그 자리에 잘 주차되어 있었다.

삑!

차키의 버튼을 누르자 운전석의 문이 하늘을 향해 열렸다. 주변을 거닐던 사람들이 그 모습에 걸음을 멈추고 시선을 차량으로 옮겼다.

호기심, 부러움, 질투, 시기 등등 그들의 표정에는 다양한 감정이 서려 있었다.

스윽.

운전석에 착석하자 일반 자동차와는 다른 쿠션감이 느껴졌다.

뭐라고 표현을 해야 할까? 더운 여름, 샤워를 마친 뒤 집 안의 에어컨을 켜놓고 이불을 뒤집어 쓸 때의 안락함이라고 할까?

버튼으로 시동을 건 뒤에 메시지에 적힌 주소를 네비게이션에 입력했다.

목적지까지는 대략 15km 정도의 거리였다.

"자, 그럼 이곳에는 또 뭐가 있나 가보자."

30분 정도 차를 운전하면서 어째서 사람들이 좋은 차, 외제차를 고집하는지 알 것 같았다.

모세의 기적이란 말이 괜히 있는 게 아니었다. 현재 내가 타고 있는 B사의 스포츠카 가격은 5억 원. 소위 말해서 움직이는 집이라고 할 정도의 가격이었다.

그러다 보니 비싼 차가 자주 보이는 서울 시내에서도 어지간한 차들은 자동으로 안전거리 유지 상태였다.

그렇게 초보 운전임에도 불구하고 친절한 다른 운전자들의 배려로 인해 아무런 사고도 없이 메시지에 적힌 장소에 도착한 순간, 안 집사의 세 번째 선물이 공개 되었다.

"오피스텔이잖아?"

메시지에 적힌 장소는 한눈에 보기에도 고급스러워 보이는 오피스텔이었다.

"음, 이런 곳은 신분이 확인 안 되면 들어가지 못하는 곳 아닌가?"

드라마에서 본 적이 있다. 이런 오피스텔은 주로 고위 공직자나 연예인들이 살기 때문에 오피스텔 입구에서부터 철저하게 신분 검사를 한다고 말이다.

하지만 이런 내 걱정은 그저 무지함에 오는 기우에 불과했다. 오피스텔의 입구에 도착하기 무섭게 자연스레 내려져 있던 차단기가 올라갔다.

이미 차량 자체가 등록이 되어 있던 것이다. 또한, 해당 오피스텔은 철저하게 개인과 개인의 공간으로 구분이 되어 있었다.

쉽게 말하자면, 일반 아파트나 오피스텔 같은 경우는 주차장을 공용으로 사용한다.

하지만 현재 내가 들어선 오피스텔은 1가구당 전용 주차장이 따로 있었다.

"S-5 라는 게 주차장 입구를 뜻하는 거였구나."

이해가 되지 않았던 부분은 금세 풀렸다. 가슴 언저리에 막혀 있던 뭔가가 쑥 하고 내려가는 기분이 들었다.

촤악!

안내 표지판을 따라 주차장으로 진입하자 기다렸다는 듯 천장의 조명이 켜졌다.

그리고 펼쳐진 것은 놀랄 정도로 넓은 공간이었다.

일반적인 승용차만을 주차한다면, 여유 있게 5대는 주차할 수 있을 것 같았다.

"엄청나네."

농담이 아니라 주차장이 이러면, 집의 크기는 얼마나 클까라는 생각이 가장 먼저 들었다.

끼익.

"……좋았어. 깔끔해."

보는 사람도 없지만, 라인에 맞춰 완벽하게 주차를 한 뒤에 차에서 내렸다.

그 뒤에도 라인과 차량의 바퀴 사이의 위치를 눈으로 확인하고 나니 절로 입가에 흡족한 미소가 드리워졌다.

또한, 순간적이지만 어째서 아버지가 유독 주차를 할 때 라인에 그렇게 신경 쓰셨는지 공감이 되었다.

마치 시원한 트림과 함께 꽉 막혔던 가슴속의 뭔가가 뻥 뚫리며 찾아오는 그 느낌이라고나 할까? 일종의 카타르시스였다.

"이건 뭐 그리 놀랍지도 않네. 당연히 있을 거라고 생각했지."

주차창의 한편에는 역시나 전용 엘리베이터가 있었다. 그나마 특이한 것은 일반 엘리베이터가 아니라 번호 키를 눌러야지 작동하는 엘리베이터였다.

메시지에 적혀 있는 6자리 숫자를 입력하자 엘리베이터의 문이 열렸다.

우웅.

그렇게 엘리베이터에 탑승해서 몇 초 정도 올라갔을까?

띵!

익숙한 소리와 함께 문이 열리며 절로 헛바람이 삼켜졌다.

"……여기가 집이야 축구장이야?"

엘리베이터의 문이 열리며 펼쳐진 말 그대로 집이었다. 복도를 통해 현관문을 열어야지 들어갈 수 있는 게 아니라, 단순히 엘리베이터를 타고 올라와서 문이 열리면 집인 것이다.

게다가 그 크기는 가히 축구장이라는 표현이 무색할 정도였다.

바닥은 대리석으로 추정되는 돌이 깔려 있으며, 전체적인 분위기는 깨끗한 화이트 톤이었다.

여기에 다양한 가구와 전자제품들이 눈에 들어왔는데, 그 용도를 짐작하기 어려운 것들도 태반이었다.

"무슨 텔레비전이 나보다 큰데?"

TV만 해도 그렇다. 일반적으로 50인치나 60인치는 가정집에서 많이 사용한다.

하지만 180cm가 넘는 건장한 체구의 사내만한 덩치를 가진 TV를 거실에 놓은 집이 과연 몇 곳이나 있을까?

혹시나 하는 생각으로 TV로 다가가서 브랜드명으로 검색을 해봤다.

"이런 TV는 대체 얼마나…… 1억 3천만 원? TV가 1억 3천이라고? 미친 거 아니야?"

불과 조금 전까지 5억 달러나 되는 무기명 채권을 가지고 있던 사람이 놀라기에는 큰 액수가 아닐 수 있지만, 애초에 무지막지하게 많은 돈은 현실감이 없는 법이다.

그에 비해 늘 보고 접하는 가전제품이 1억이 넘는다는 것은 그야말로 컬처 쇼크에 가까운 충격이었다.

이밖에도 TV의 옆에는 영롱한 빛을 뿜어내는 도자기 하나가 진열 되어 있었는데, 그 모습을 보고 있자니 입 안에서 한 단어가 맴돌았다.

'설마 이거 고려청자인가?'

그저 거실을 한 번 둘러봤을 뿐인데, 벌써 몇 번의 탄성이 흘러 나왔는지 모르겠다.

"여긴 무슨 방이지?"

걸음을 옮겨 다음으로 향한 곳은 집안에서 가장 왼쪽에 위치한 방이었다.

"……드레스 룸이네. 근데 여기가 내 자취방보다 다섯 배는 커 보이는데?"

드레스 룸. 말 그대로 옷을 진열해 놓은 방이다. 물론 이 방에는 옷뿐만 아니라, 남자라면 한 번쯤 상상해봤을 다양한 액세서리들이 즐비해 있었다.

시계, 벨트, 구두부터 시작해서 선글라스와 지갑 향수는 물론 화장품까지.

한 번쯤은 들어봤을 법한 브랜드부터 생전 처음 보는 브랜드 제품까지 백화점 매장에 온 것은 아닐까라는 착각이 들 정도였다.

그 중에서 가장 시선이 가는 것은 다름 아닌 시계였다. 수십 개의 시계가 각을 맞춰 유리 장에 진열되어 있는 모습은 보는 것만으로도 가슴 한 곳이 뿌듯해졌다.

다음으로 이동한 곳은 침실이었다.

침실은 의외로 소박하게 꾸며져 있었다. 공기청정기로 보이는 제품을 비롯해서 중앙에 침대 하나만이 덩그러니 놓여 있었다.

하지만 가볍게 침대의 모서리에 걸터앉는 순간 어째서 이런 배치를 했는지 단숨에 이해가 갔다.

"엄청 푹신푹신하다."

잠시 앉았을 뿐인데, 말 그대로 당장 몸을 뉘어 잠을 자고 싶은 기분이었다.

침실이라는 곳은 말 그대로 잠을 자는 곳. 잡다한 물건이 많으면, 오히려 숙면에 방해가 될 것이라는 생각에 이런 배치를 한 것 같았다.

이어서 집안 곳곳을 돌아보니, 이외에도 방은 3개나 더 있었다.

서재로 이뤄진 방이 하나, 가볍게 운동을 할 수 있도록 운동기구들이 있는 방이 하나, 마지막 방은 최신형 IT 기계들이 가득한 곳이었다.

이외에도 집안에는 화장실이 3개나 있었으며, 가볍게 뜀 박질을 할 수 있을 것 같은 테라스가 앞뒤로 두 개가 존재했다.

"대체 이런 집은 얼마나 하려나."

[해당 건물의 매매가는 현재 69억 원 수준입니다.]

바로 그때 익숙한 목소리가 내 귓가에 들려왔다. 반사적으로 주변을 두리번거리다가 이내 입가에 미소가 걸렸다.

"나이트?"

[인사드립니다. 에이션트 원.]

"네가 어떻게 여기에 있어?"

[그 말씀은 제가 있는 것이 마음에 들지 않는다는 뜻이십니까?]

순간적이지만, 나이트의 말에 가시가 돋았다는 느낌은 나만의 착각일까?

"아니, 그런 건 아니야. 그냥 놀라워서 그런 거지. 혹시 장소와 상관없이 아무 곳에서 이렇게 대화를 하는 게 가능한 거야?"

[그건 아닙니다. 제가 자유롭게 활동할 수 있는 공간은 에이션트 룸입니다. 또한, 서브적인 공간으로 에이션트 원께서 거주하시는 공간에서 활동할 수 있도록 설계되어 있습니다. 현재 설정된 서브 공간은 이곳이며 에이션트 원의 요청에 따라 공간은 변경할 수 있습니다. 다만 그러기 위해서는 몇 가지 장치가 필요합니다. 더불어 말씀드리자면, 이곳에서는 제가 가진 능력의 최대 30%를 발휘할 수가 있습니다.]

"정말 대단하네."

[그걸 이제 아셨다면, 조금 실망입니다. 에이션트 원.]

"응? 난 널 만든 사람이 대단하다는 건데."

[······.]

갑자기 왠지 모를 뿌듯함이 밀려왔다.

우웅.

막 뿌듯함을 음미할 순간, 휴대폰에서 진동이 울렸다.

[박영기]

"응? 영기잖아."

발신인의 주인공은 일전에 폭행 사고로 곤욕을 치를 뻔했던 고등학교 동창 박영기였다.

혹시 예전과 같은 일이 또 생긴 것은 아닌가라는 생각에 급히 전화를 받았다.

"여보세요?"

[어, 정훈아! 잘 지냈어?]

다행스럽게도 목소리를 들어보니, 안 좋은 일로 인해 전화를 한 것은 아닌 것 같았다.

그러기에는 휴대폰 너머로 들려오는 목소리가 한껏 들떠 있었다.

"나야 잘 지내고 있지. 그런데 목소리를 들어보니, 좋은 일이라도 생긴 것 같은데. 무슨 일이야?"

[그게…… 나 이번에 경찰 공무원 시험 합격했다.]

"진짜? 야, 축하한다."

진심이었다. 또한 한편으로는 박영기가 대단하다는 생각마저 들었다.

대학 진학을 포기하고 경찰 공무원 시험에 매달린 것도 그렇고, 그런 일을 겪고도 포기하지 않고 끝내는 꿈을 향한 발걸음을 내딛는데 성공했으니까 말이다.

[너한테는 꼭 말해주고 싶었어. 네가 아니었다면, 이룰 수 없는 꿈이었으니까.]

"내가 뭘 했다고. 다 네가 노력한 결과지."

[아니야. 네가 없었으면…… 참! 정훈아, 급작스럽긴 한데 너 오늘 혹시 시간 있어?]

"합격 턱이라도 쏘려고 그러냐?"

[그것도 그렇긴 한데. 오늘 고등학교 동창들끼리 만나서 술 한 잔 한다는 연락이 왔어. 동창회까지는 아니더라도 그래도 꽤 많이들 나온다고 하더라. 이번에 분위기 괜찮으면, 아무래도 동창회로 이어가려고 하나봐.]

"으음."

[사실 이번 시험 떨어졌으면, 나도 나갈 생각은 없었는데. 그래도 그나마 결과가 나오긴 했으니까 얼굴이라도 비출까 하는데, 정훈이 넌 어때?]

대학생의 신분으로 동창을 만날 때 가장 주목 받는 사람은 누구일까?

첫 번째는 고등학생 때와는 180도 변한 외모를 소유한 사람일 것이며, 두 번째는 한 우물만 파서 명문대에 합격한 사람. 세 번째는 잘난 부모 덕분으로 부유함을 가지고 있는 사람일 것이다.

그리고 이런 것들은 나이가 좀 더 들어감에도 단어만 바뀌지 꾸준히 이어져 간다. 외모가 건강이 되고 명문대가 직업이 되는 것처럼 말이다.

물론 절대적으로 바뀌지 않는 것 역시 존재한다. 바로 부유함이었다.

박영기 역시 이런 것을 알기 때문에 처음에는 연락을 받았음에도 자리에 나가지 않으려 했을 것이다.

아무리 성격이 밝더라도 대학교 진학을 포기하고 공무원 준비를 하는 모습을 누군가에 자랑으로 말할 수는 없을 테니까.

하지만 당당히 경찰 공무원에 합격했다면, 얘기는 달라진다. 대학교를 졸업하고도 취업 전선을 뚫지 못해 주저앉는 사람들이 대한민국에는 수십만이다.

이런 상황에서 안정적인 직업을 쟁취했다는 것은 충분히 자랑스러워 할 일이었다.

[불편하면 그냥 나랑 따로 만나서 소주나 한 잔 할까? 내가 합격 기념으로 삼겹살에 소주 한 잔 정도 살게.]

"아니야. 뭐, 오랜만에 얼굴들 보면 좋지. 그리고 내가 도와준 게 어딘데 삼겹살에 소주로 입을 닦으려고 그래? 최소 소고기는 사야지."

[야! 나 합격은 했지만 아직 고시생이야. 게다가 경찰 월급이 얼마나 박봉인데! 그래도 내가 있는 돈 다 털어서 차돌박이 정도는 사줄 수 있다. 수입산으로.]

박영기의 가벼운 투정에 절로 입가에 미소가 그려졌다.

"됐어. 약속 장소랑 시간만 보내주면, 늦지 않게 그리로 갈게."

[알겠어. 그럼, 애들한테 너도 온다고 말하고 장소랑 시간 바로 보내줄게.]

"그래, 이따 보자."

박영기와의 통화를 끝내고 잠시 기다리자 휴대폰으로 약속 장소와 시간이 적힌 메시지가 도착했다.

"퓨전 레스토랑? 무슨 술을 이런데서 먹어."

약속 장소를 검색해보니 건물의 외관만 봐도 딱 비싼 티가 보였다. 메뉴 역시 가장 저렴한 스테이크가 부가세를 제외하고 58,000원이었다.

"그냥 영기 말대로 삼겹살에 소주만 먹으면 되지. 쯧."

아무래도 모임에 나오는 동창 중에서 어느 정도 재력을 지닌 누군가가 허세를 좀 부린 것 같았다. 순간적으로 떨떠름한 마음이 생겼다.

그렇다고 이미 간다고 했는데 영기에게 다시 못가겠다고 말하는 것도 우스웠다.

"그냥 대충 밥만 먹고 따로 나가서 한 잔 하자고 해야겠네. 아, 그리고 합격 선물이라도 하나 사가지고 갈까."

[드레스 룸에 5번 서랍을 열어 보시면 친구 분에게 드릴
적당한 선물이 있을 겁니다.]

"어?"

[이번 경우에는 제가 설명을 드리는 것보다는 직접 눈으
로 확인하시는 게 이해하기 빠르실 것 같습니다만.]

뭔가 아직까지 조금은 날이 서있는 것 같은 대답이었다.
나이트의 말에 따라 드레스 룸으로 들어가서 5번이란 숫자
가 써져 있는 서랍을 열었다.
그러자 그곳에는 손바닥 정도 되는 크기로 포장 되어 있
는 선물 몇 개가 보였다.
"설마 선물도 미리 준비되어 있어?"

[간혹 예상하지 못한 상황에서 선물을 해야 하는 경우도
있어 안성우님이 준비해 놓은 것입니다. 남자에게 하는 선
물이라면, 푸른색 선물 상자를 추천합니다.]

"안에 뭐가 들었는데?"

[지갑입니다. 직장에 취업한 기념으로 친구에게 줄 만한.]

뭔가 살짝 의심이 되기는 했지만, 그렇다고 이미 잘 포장되어 있는 선물을 뜯어 내용물을 확인하기에도 애매했다. 게다가 어찌됐든 나이트는 내게 도움이 됐으면 됐지, 해가 되는 존재는 아니었다.

"좋아. 그럼, 이걸로 할게."

[그리고 에이션트 원. 복장 또한 같이 입는 것을 추천 드립니다. 동창들과 만나는 자리시니 드레스 룸에 A-4, C-5, R-3, E-5를 추천 드립니다.]

나이트가 말해준 번호에 따라 걸려 있는 옷과 액세서리를 확인했다. 한눈에 보기에도 고풍스러워 느낌이 물씬 풍겼다.

"20대의 대학생이 친구들 만나러 입고 가기에는 좀 그렇지 않아?"

[그럼, 캐쥬얼한 복장을 추천 드리겠습니다. D-3, F-3, Z-11, X-1입니다.]

이번에는 깔끔한 청바지와 셔츠, 그리고 자켓과 무난할 정도로 깔끔한 시계로 이뤄진 조합이었다.

여기에 나이트의 조언대로 신발과 벨트 등을 코디하자 거울 속에 제법 멀끔해 보이는 사내 한 명이 나타났다.

"나쁘지 않네."

[못생긴 남자일수록 거울 속에 비친 자신의 모습을 과대평가하는 경향이 강하다는 연구 결과가 있습니다.]

"……그래, 고맙다."

왠지 모르게 주먹이 부들거렸지만, 이내 가볍게 심호흡을 하며 참았다. 여기서 화를 내면, 난 정말 못생긴 녀석이 되는 거니까.

강남에 위치한 H 레스토랑.

최근 가게 문을 연 이곳은 방송에서 파스타의 대가로 종횡무진의 활약을 보이고 있는 셰프 최혁의 제자가 개업을 한 곳이다.

소문에 의하면, 이곳의 오너 최혁이 가장 아끼는 제자여서 간혹 가게를 방문해 직접 특별 메뉴를 손님에게 대접한다는 얘기도 있었다.

실제로 단순한 소문은 아닌 것인지 가게 곳곳에는 셰프 최혁의 사진이 걸려 있었다. 잘 모르는 외국인이 본다면, 흡사 최혁의 가게로 착각을 할 정도였다.

"살펴가십쇼!"

뒤에서 들리는 우렁찬 목소리에 고개를 돌려 살짝 목례를 했다.

그는 H 레스토랑이 위치한 곳에서 그리 멀리 떨어지지 않은 곳에 있는 유료 주차장의 관리인이었다.

굳이 불편하게 레스토랑의 주차장을 두고 이곳에 차를 맡긴 이유는 괜한 관심을 받기 싫어서였다.

아직 대외적으로 자신은 그저 평범한 대학생에 지나지 않는다. 그런데 갑자기 5억 짜리 차를 끌고 나타나면 주변에서 어떤 반응을 보일까?

악연으로 이어진 콧대 높았던 누군가를 짓누르기 위해서가 아니라면, 굳이 있는 척을 보일 필요는 없다고 생각했다. 괜스레 다른 사람들도 위화감을 가지게 될 테니까 말이다.

"뭐, 그렇다고 계속 숨길 수는 없겠지만."

필요한 때가 된다면, 자연스레 공개하면 된다.

저벅저벅.

H 레스토랑을 향해 걸음을 걷고 있자니 제법 쌀쌀한 바람이 입고 있는 옷매무새를 파고들었다.

"곧 겨울이 오겠네."

2학기 개강을 한 지 얼마 되지도 않은 것 같은데, 곧 1학년 종강이 눈앞에 보이고 있었다.

"……사법 고시는 봐야겠지."

지금 상황에서 굳이 사법 고시를 볼 필요는 없다. 이미 그 이상의 것을 쟁취했으니까. 하지만 사법 고시는 과거의 내가 인생의 목표로 삼아 달려가던 골인 지점이었다.

대학교에서 굳이 법대를 선택했던 이유도 사법고시 때문이었으니까 말이다. 또 내년이면 2학년이 되니, 현행법으로 사법 고시를 볼 수 있는 최소한의 자격을 가질 수 있었다.

"아버지도 내가 사시에 합격하면, 좋아하시겠지."

비록 아직은 정신을 차리지 못하셨지만, 의사의 말에 따르면 상태가 순조롭게 호전되고 있으니 곧 정신을 차릴 것이라고 말했다.

다만 워낙 위중한 상처였기 때문에 깨어나도 한동안은 병원에서 요양을 해야 할 것이라고 말했었다. 그런 상황에서 내가 사시에 합격을 했다는 소식을 전한다면, 아버지에게도 큰 힘이 될 것이다.

"게다가 앞으로 하려는 일에도 사시에 합격 했다는 이력은 분명히 도움이 될 거야."

누군가에게 제대로 털어 놓은 적은 없지만 머릿속에 서서히 그려지고 있는 그림. 그 그림을 위해서도 사법고시는 합격하는 것이 좋았다.

조금 더 욕심을 내본다면, 외무고시와 행정고시에 합격한 타이틀 역시 필요했다.

그렇게 앞으로의 큰 그림에 맞춰 작은 계획 몇 가지를 세우며, 10분 정도를 걷자 H 레스토랑의 간판이 보였다.

"줄이 꽤 기네."

입구를 보니 커플들부터 시작해서 가족들까지 상당히 긴 줄이 늘어져 있었다. 혹시나 하는 생각으로 박영기에게 도착했냐는 문자를 보냈다.

[영기야 도착했냐? 입구에 줄이 상당한데.]

답장은 곧장 날라 왔다.

[어, 애들이랑 같이 안에 있다. 들어와서 11번 테이블로 안내해달라고 하면 될 거야.]

이미 들어와 있다는 말에 가게의 문을 열고 들어가자 종업원이 밝은 미소와 함께 해주셨다.

"어서 오세요. 혹시 일행분이 계신가요?"

"네, 11번 테이블로 안내 받으면 된다고 하던데요."

"아! 제가 안내해드리겠습니다."

11번 테이블이라는 소리에 종업원이 고개를 끄덕이며 앞장서서 걸음을 옮겼다.

"하하! 맞아. 그때 그랬지. 그때 내가 희정이 손 한 번 잡아 보려고 걔만 보이면 앞에서 넘어졌잖아."

"진짜?"

"너 몰랐냐. 그래서 애 별명이…… 어?"

종업원에게 11번 테이블을 안내 받았을 때는 이미 테이블을 가득 채운 사람들끼리 수다가 한창이었다.

내가 걸어가자 일행 중 한명이 뒤늦게 날 발견하고는 엉거주춤한 자세로 의자에서 일어섰다.

"정훈? 한정훈 맞지?"

"그래, 일섭아 반갑다."

엉거주춤하게 자리에서 일어난 녀석의 이름은 정일섭. 내 기억에 의하면, 공부와는 제법 거리가 멀었지만 유복한 환경 때문에 막바지 고액 과외로 인 서울에 골인한 녀석이었다.

"정훈아 왔냐?"

뒤이어 박영기가 일어나서 인사를 건넸다. 가볍게 녀석의 손을 잡아주고 테이블에 앉아 있는 사람들을 훑어보니 자리에 앉아 있는 남녀 모두 기억에 남아 있는 이들이었다.

'하긴 고작해야 졸업한 지 1년 밖에 안 됐으니까. 때로는 여행으로 인해 시간이 몇 년씩 흐른 것 같은 기분이 든단 말이야.'

여행의 부작용이라면 부작용일까?

고등학교 졸업을 한 지는 1년. 하지만 그 안에 내가 여행을 다니고 겪은 시간을 합하자면, 실제 체감이 되는 세월은 1년 보다 길다고 할 수 있을 것이다.

"이야. 미래의 판검사가 오늘 올지 몰랐네. 정훈아, 반갑다."

자리에 두 팔을 벌려 환영하는 제스처를 취하는 녀석의 이름은 원문석.

학창 시절 공부는 물론 운동도 상위권으로 부모님 역시 중소기업을 운영하는 소위 말해 금수저에 가까운 동창이었다.

"오늘 여기 예약한 게 문석이야. 문석이네 삼촌이 여기 부셰프라고 하더라."

"아……."

대강 상황이 이해가 갔다. 학창 시절의 누구나 그렇기는 하겠지만, 원문석은 유독 주변에서 떠받들어주거나 관심 가져 주는 것을 좋아하던 녀석이었다.

그 때문인지 몰라도 학교에 행사가 있으면, 녀석의 이름 으로 간식부터 시작해서 온갖 것들이 배달되었다.

'녀석이 연화대에 붙었을 때는 학교 전체에 피자를 돌렸 었지?'

연화대 또한 한국대학교와 마찬가지로 서울에서 손꼽히 는 명문 중의 명문이었다.

"자, 뭐하고 있어. 거기 서 있지 말고 자리에 앉아."

마침 종업원이 의자를 하나 더 가져오자 원문석이 손짓 을 보냈다.

자리에 앉아 슥 테이블 위의 음식을 보니, 스테이크에 파 스타는 물론 온갖 와인들이 깔려 있었다.

"회비를 꽤 걷어야 하겠는데."

속으로 한다는 말이 나도 모르게 겉으로 튀어나왔다. 그 러자 자리에 모인 이들의 시선이 일제히 원문석에게로 향 했다. 그 시선에 원문석이 뭐가 그리 재미있는지 키득거리 며, 말했다.

"걱정 마라. 지갑 가벼운 대학생 보고 내라고 안 할 테니까. 부족한 거 있으면, 더 시켜. 오늘 여기는 내가 쏜다."

원문석이 기세등등하게 선언하자 자리에 있던 아이들의 시선이 한결 밝아졌다.

'여전하네. 뭐, 그래도 자기가 돈이 많아서 쏜다는데 굳이 그거 가지고 뭐라고 할 필요는 없지.'

여기서 오지랖을 부려 왜 네가 사냐고 할 수도 있는 일이지만, 그렇게 한다면 괜스레 분위기만 나빠질 것이 뻔했다.

지금의 분위기가 싫다면, 적당히 자리에 앉아 있다고 몸을 빼면 그뿐이었다.

"역시 우리 문석이는 배포도 크다니깐. 다들 뭐하고 있어! 박수!"

원문석이 자신이 쏜다고 선포하자 그 옆에 앉아 있던 안창수가 손을 번쩍 들더니 박수를 치는 제스처를 취했다.

그러자 눈치를 보던 사람들 역시 하나 둘 박수를 치기 시작했다. 그 모습에 원문석이 부끄럽다는 듯 손사래를 쳤다.

"아이, 부끄럽게 이게 머냐. 친구끼리 박수는 무슨. 친구가 됐으면, 이렇게 밥 한 끼는 사줄 수 있어야 친구 아니냐?"

"역시 우리의 원문석! 멋있다!"

감동 받은 것 같은 안창수의 모습에 속으로 실소를 삼켰다.

'안창수 너도 여전하구나. 역시 사람은 쉽게 바뀌지 않는 다더니.'

고등학교 때도 늘 원문석의 옆을 붙어 다니면서 지금과

같은 분위기를 만들더니, 대학교에 가서도 그건 변함이 없는 것 같다.

"으, 대체 이걸 무슨 맛으로 먹는 거야."

앞에 놓인 스테이크를 향하 나이프 질을 하던 박영기가 인상을 쓰다가 와인 잔을 입으로 가져갔다. 그러나 그 또한 입에 안 맞는지 곧장 물을 찾았다.

"······이 돈이면 삼겹살에 소주나 먹지."

"그건 있다 나랑 먹자."

내가 말을 건네자 박영기가 내 앞에 손도 대지 않고 그대로 놓인 접시를 보더니 피식 웃었다.

"너도 입에 안 맞지? 하긴 우리 입에 무슨 스테이크냐."

"난 너무 많이 먹다보니 질려서 안 먹는 거다."

"웃기고 있네."

대체 얼마만일까? 이렇게 일상적이면서 평범한 대화를 친구와 하는 게 말이다.

그러고 보면 지난 6개월은 지금까지 살아온 20년 보다 더 길었던 시간들인 것 같다.

평범하지도 그렇다고 쉽게 잊을 수도 없는 그런 시간들 말이다.

"저기······정훈아."

옆에서 들리는 나긋한 목소리에 고개를 돌리니, 갈색 단발머리와 강아지 상의 귀여운 얼굴이 유독 인상적인 여성이 보였다.

내 기억이 맞는다면 이 여성의 이름은 분명.

"최혜진, 오랜만이다."

"내 이름 기억하는구나!"

"고등학교 3년 동안 같은 반이었는데 잊었을 리가 없지."

"헤헤."

"야, 최혜진! 넌 정훈이만 보이고 난 안 보이냐? 아까 몇 번 눈 마주쳤는데 인사도 안 하던데."

박영기가 서운한 감정을 팍팍 실어 최혜진을 향해 말했다. 그러자 최혜진이 어이가 없다는 식으로 말했다.

"그야 당연하지. 너 고등학교 때 나랑 제일 친했던 친구가 누구인지 알아?"

"엉?"

"손보미."

"헉!"

이름이 흘러나옴과 동시에 박영기가 헛바람을 삼켰다. 또 다시 내 기억이 맞는다면 그녀는 분명 박영기의 여자 친구였다.

문제는 그게 과거형이며, 그녀를 찬사람 또한 박영기라는 것이다.

"그리고 나 아직 보미랑도 연락하거든?"

"죄송합니다. 소인이 죽을죄를 지었습니다."

말을 걸어봤자 본전도 찾지 못한 박영기가 고개를 푹 숙였다.

"그나저나 정훈아. 나 궁금하게 있는데 물어봐도 돼?"

"그래."

주변의 시선을 의식한 듯 최혜진이 조심스레 목소리를 낮춰 말했다.

"너 혹시 로또 됐어?"

"푸읍. 뭐?"

뜬금없는 소리에 입으로 가져가던 물을 그대로 뿜을 뻔했다.

최혜진이 여전히 낮은 목소리로 말을 이었다.

"이래 뵈도 내가 건국대 패션과야. 부모님 역시 디자이너 출신이고 나 저번 방학에는 파리 패션쇼도 보고 왔다고. 그런 내가 볼 때!"

그녀의 손가락이 내 머리부터 발끝까지 쭉 훑고 지나갔다.

"오늘 네가 입은 옷은 절대 평범한 디자인의 옷이 아니야. 최소 전문가의 손을 거친 명품 옷이지. 그런데 내가 알기로 정훈이 너희 집이 이런 명품 옷을 사 입을 정도로 부자는 아니었잖아. 그렇다면, 현실적으로 추측할 수 있는 건! 바로 로또가 아닐까?"

그나저나 확실히 최혜진의 안목은 인정해줘야 할 것 같다. 일부러 젤 평범해 보이는 옷들로 정확히는 아니더라도 그 가치를 꿰뚫어 보는 것을 보면 말이다.

"혹시 국문과나 문창과로 전향해 볼 생각은 없어? 너 소설 쓰면 잘 쓰겠다."

"흥, 그렇게 나오시겠다? 하지만 이거는 발뺌하지 못할 걸!"

그녀의 손가락이 이번에는 내 왼손에 채워져 있는 시계를 가리킨다.

"스위스 R사의 한정판 리미티드 시계. 우리 아버지가 어머니 몰래 십 년 가까이 모으신 비자금으로 사신 시계지. 얼마나 자랑을 했는지, 내가 그 모양을 완전 똑똑하게 기억을 하고 있거든. 그 시계는 어떻게 설명할 건데?"

"이미테이션."

"우…… 그걸 믿으라고?"

"거짓말이 아니니까."

최혜진이 입술을 쭉 내밀었다. 그 모습이 귀엽다는 생각이 들긴 했으나, 그렇다고 해서 내가 가진 것들이 진짜라고 말할 생각은 없었다.

"정훈아 너 혹시 진짜 로또 맞은 거야?"

옆에 있던 박영기마저 눈을 동그랗게 뜨고 되물어 왔다. 가볍게 고개를 젓고는 앞에 놓인 물 잔을 입으로 가져갔다.

때마침 아이들은 동창회에 관련해서 얘기를 나누고 있었다. 그리고 그것을 주도하는 사람은 안창수였다.

"자, 이럴 게 아니라 우리 이렇게 매해 만나면서 서로 안부도 묻고 술도 한 잔씩 하는 게 어때? 쉽게 말해서 해매다 동창회를 하자는 거지."

"동창회라."

"나쁘지 않은 생각인데?"

"그래, 다른 학교 애들도 매해 이렇게 동창회를 한다고 하긴 하더라."

"그래? 그럼, 당연히 우리도 해야지."

대부분의 의견은 동창회를 하자는 쪽으로 모아졌다. 분위기가 그리 모아지자 안창수가 미소를 지으며 말했다.

"그럼, 당연히 회장도 뽑아야겠네!"

"회장?"

"그래, 원래 모임이란 구심점이 없으면 흐지부지 돼서 끝나기 마련이니까. 다들 안 그래?"

안창수가 다시 한 번 주변을 둘러보며 사람들의 의견을 묻자 대다수가 고개를 끄덕였다.

씩-

입가에 진득한 미소를 지은 안창수가 다시 말을 이었다.

"그런 의미에서 나는 초대 회장으로 문석이를 추천할게."

사람들의 시선이 일제히 원문석을 향했다. 나와 박영기, 최혜진 역시 마찬가지였다. 원문석이 부끄럽다는 듯 손사래를 쳤다.

"에이, 회장은 무슨. 그러지마."

"문석아 내가 널 좋아해서 회장으로 추천하는 게 아니야. 네가 회장이 되어야지 이 맛있는 스테이크를 공짜로 매년 먹을 거 아니냐? 음하하하! 다들 아니야?"

웃음을 터트린 안창수가 또 다시 주변을 향해 의견을 묻는다.

'저 녀석 저거 정치인 하면 되게 잘하겠는데.'

안창수의 모습을 보고 있자면, 마치 능구렁이 몇 마리를 뱃속에 품은 정치인이 떠올랐다.

애초에 지금 보인 모든 행동은 안창수가 원문석을 동창회의 회장이란 감투를 주기 위한 사전공작에 지나지 않았다. 원문석 또한 그 사실을 모르지 않을 것이다.

"그러니까 이거 뭐야. 말이 좋아 회장이지, 돈만 쓰라는 거 아니야? 이 자식들. 뭐, 좋아. 내가 회장이 되면, 우리가 이렇게 모일 때 나가는 돈은 전부 내가 낸다."

오오오오-!

주변에서 환호성이 터져 나왔다. 동시에 원문석과 안창수의 입가에 미소가 걸린다. 그 모습을 지켜보던 박영기가 작은 기침과 함께 중얼거렸다.

"흠흠, 왜 모습이 꼭 투표에서 당선된 국회의원과 보좌관을 보는 거 같지."

"이번만큼은 나도 동감."

옆에 있던 최혜진 역시 심히 공감한다는 듯 고개를 끄덕였다.

"자, 그럼 우리 모임의 초대 회장은 원문석이 됐음을 선언하며, 초대 회장님 한 말씀 하는 게 어때?"

안창수가 등을 떠밀자 원문석이 슬며시 자리에서 일어났다.

"에, 원래 이런 감투는 별로 좋아하진 않지만. 어찌됐든 회장이 됐으니 열심히 하겠습니다. 그리고 제 입으로 이런 말은 그렇지만, 제가 돈이 좀 많습니다. 그러니 저희 모임에서는 그 돈 팍팍 쓰도록 하겠습니다."

짝짝!

이어지는 안창수의 박수 제스처에 사람들도 하나 둘 박수를 쳤다.

그와 동시에 자리에 앉은 안창수가 종업원을 불러 귓속말로 뭔가를 말했다.

그리고 잠시 후 축! 동창회라는 글자가 적힌 케이크와 함께 셰프 복장을 한 사내가 걸어왔다.

"어? 박지헌 셰프다!"

"미스터 셰프에 나온 그 사람?"

"실제로 보니 더 멋있는 것 같아."

"셰프가 아니라 모델 같은데?"

동창들이 중얼거리는 소리에 나 역시 살펴봤다. 확실히 TV에서 몇 번 본 적이 있는 요리사, 셰프였다.

"저 사람 셰프인데도 패션 감각이 무척 뛰어나서 디자인 프로에도 나오던데. 이곳에서 일하는 분이었구나."

최혜진이 박지헌의 옷차림을 살피더니 중얼거렸다.

"모두 음식은 입에 맞으십니까? 문석이 친구들이 온다고 해서 특별히 신경을 썼는데."

박지헌이 사람 좋은 미소로 묻자 모두 이구동성으로 말했다.

"맛이 끝내줘요!"

"맛있습니다."

"최고에요!"

음식에 대한 칭찬은 언제나 셰프의 어깨를 으쓱하게 만들기 마련이었다.

"삼촌, 오늘 정말 감사합니다. 이렇게 예약까지 잡아 주시고 맛있는 음식까지."

한껏 거만한 표정을 짓고 있던 원문석 역시 자리에서 일어나서 공손한 자세로 박지헌에게 고개를 숙였다.

"됐다. 어차피 공짜로 해주는 것도 아닌데. 부족한 거 있으면 더 말하고 다들 음식들 맛있게 들어요."

가볍게 인사를 건넨 박지헌이 막 자리를 뜨려던 순간이었다. 그의 시선이 날 향했다. 아니, 좀 더 자세히 말하자면 내가 입고 있는 옷이었다.

TIME ROULETTE
타임룰렛

Chapter 47. 인연은 언제나 뜻하지 않게.

지글지글―

불판에 익어가는 고기를 지그시 노려보면서, 마치 마법의 주문처럼 최혜진이 중얼거렸다.

"빨리 익어라. 빨리 익어라!"

"그런다고 빨리 익겠냐?"

"아니거든. 이렇게 하면 빨리 익거든! 말의 힘 몰라?"

"말의 힘은 무슨."

퉁명스럽게 대답을 하면서도 박영기는 고기가 타지 않도록 잽싸게 집게를 움직였다.

"하하! 이것도 먹어보세요. 여긴 동치미가 아주 맛있습니다."

그리고 이어서 그릇 가득 동치미를 담아 서빙 하는 남자는 바로 셰프 박지헌이었다.

'이것 참 어이가 없네.'

같은 테이블에 앉아 있는 세 사람을 보며, 말 그대로 난 어이없는 웃음을 흘렸다.

지금의 조합은 절대 난 한 번도 생각해 본 적이 없는 구성이었다.

사실 이 구성에 발단이라 할 수 있는 것은 별거 없었다. 조카인 원문석을 보기 위해 박지헌이 자리를 찾았고 우연히 오늘 내가 입은 옷을 본 것이다.

여기까지는 어디서든 가볍게 일어날 수 있는 상황.

그러나 문제는 최혜진의 중얼거림에서 알 수 있듯, 박지헌이 요리만큼이나 옷에 미쳐 있는 사람이었다는 것이다.

얼마나 미쳤냐고?

1차 모임이 파하고 원문석의 주도로 동창들이 2차로 와인 바를 간다고 했을 때 나와 박영기는 그만 돌아가 보겠다고 말을 했다.

애초에 우리 둘은 삼겹살이라는 2차 메뉴로 대동단결했기 때문이었다.

여기에 갑자기 끼어든 인물이 지금 앞에서 익어가는 고기를 한 입 먹으며, 행복해 하고 있는 최혜진이었다.

나와 박영기의 대화를 들은 그녀는 1차 모임이 끝나기 무섭게 우리들을 쫓아 이곳으로 온 것이다.

그래, 여기까지는 그나마 이해가 가는 상황이다. 절친의 과거 남자친구가 있음에도 불구하고 따라온 상황 정도는 말이다.

이해가 가지 않는 상황은 바로 박지헌.

오늘 처음 본 그가 우리 모임에 제 발로 찾아 왔다. 좀 더 정확하게 말하자면, 우리가 1차 모임을 끝내고 2차 장소를 가려고하니 따라 붙었다는 게 맞을 것이다.

더불어 삼겹살 또한 자신이 사겠다고 말하면서 말이다.

"그나저나 의외네요. 셰프들은 자기가 직접 음식을 만들어서 먹지 이런 식당은 잘 안 올 것 같았는데."

박영기의 질문에 박지헌이 고개를 저었다.

"저희도 사람인데요. 그리고 요리사라는 게 생각보다 스트레스를 많이 받는 직업이라서 직장 이외에는 요리를 잘하지 않는 편입니다. 속된 말로 돈 주고 사먹는 게 가장 편하니까요."

"아하."

박영기가 고개를 끄덕이자 상추쌈을 크게 싸서 입에 넣은 최혜진이 오물거리며 박지헌을 쳐다봤다.

"그나저나 아저씨는 여기 왜 오셨어요?"

"아, 아저씨?"

당황하는 박지헌을 보며 최혜진이 고개를 끄덕였다.

"저희는 20살. 아저씨는 32살이잖아요. 12살 차이인데, 오빠라고 부르기에는 조금 그렇지 않아요? 삼촌까지는 양보

할 의향이 있지만."

"띠 동갑 차이가 나도 오빠라고 부르는 경우는 많습니다만."

"징그러운데요."

"그, 그럼 아저씨 말고 삼촌으로 부탁하겠습니다."

단호박 같은 최혜진의 대답에 박지헌이 먼저 백기를 들었다.

"그럼, 다시 질문. 삼촌은 여기 왜 왔어요? 문석이 삼촌이니까 그리로 갔어야 하는 게 더 맞지 않아요? 걔네 와인바인가 거기 간다던데. 와인이 무슨 맛인지나 알고 먹는 건지는 모르겠지만."

'잘한다. 최혜진!'

내가 묻고 싶은 질문이 바로 그거였다. 박지헌이 의미심장한 미소로 날 바라보며 말했다.

"좋아합니다. 아니, 사랑합니다."

뜬금없는 박지헌의 선포에 자리에 모인 사람 모두가 순간 얼음이 되었다.

"네?"

"뭐요?"

"설마……."

굳은 얼굴의 우리를 보며 박지헌이 씩 웃었다.

"패션을 말입니다."

대답이 흘러나오자 쿵쾅거리던 심장이 진정되었다. 지금의 상황도 말이 되지 않기에 더 말이 되지 않는 상황을 순간적으로 상상해버렸기 때문이었다.

"혹시 아는 분도 있겠지만, 제가 셰프이면서도 패션을 좋아해서 패션 프로에도 자주 출현을 하고 있습니다. 그런 제가 볼 때 이 친구의 패션은 아주 훌륭해요."

박영기와 최혜진의 시선이 내게로 꽂혔다.

박영기는 알쏭달쏭한 표정을 지었고 최혜진은 공감한다는 듯 고개를 끄덕였다.

"확실히 오늘 정훈이 패션이 훌륭하기는 하죠. 그런데도 본인은 짝퉁이다 이미테이션이다 그러고 있으니. 패션에 대한 제 눈을 무시하면서 말이에요. 크으, 소주 맛 죽인다."

"짝퉁? 저 옷이? 그 무슨 말도 안 되는 소리!"

박지헌이 눈을 부릅뜨고 다시 나를 살핀다. 그러더니 이내 단호한 목소리로 말했다.

"만약 저게 짝퉁이면, 난 오늘부로 식칼을 내려놓겠습니다."

갑작스러운 선언. 다시 세 사람의 시선이 내게로 모였다. 아니, 이 사람들 대체 왜 그러는 거야? 옷이 그렇게 중요하나? 짝퉁이면 어떻고 진짜면 어떻다는 건지.

그렇다고 여기서 계속 우겨서 멀쩡히 잘 살고 있는 사람을 졸지에 백수로 만들고 싶은 마음은 없었다.

머리를 긁적거리다가 이내 앞에 놓인 삼겹살을 입에 집어넣으며 말했다.

"진짜 맞겠죠. 아니, 맞을 겁니다."

내가 인정을 하자 최혜진과 박지헌의 얼굴에 화색이 감돌았다.

"그치? 내 말이 맞지! 아까는 아니라고 빠득빠득 우기더니!"

"32년 패션 인생인 제 눈을 속일 수는 없죠."

저기 32년 셰프 인생 아닌가요?

"그럼, 정훈이 너 정말 로또 맞은 거야?"

로또 얘기는 왜 다시 나오는 걸까? 아무래도 오늘 모임에 괜히 나온 것 같다는 생각이 점점 짙어진다.

우웅

바로 그 순간 휴대폰으로 하나의 문자가 도착했다.

[황교상이 기자들과 접촉.]

발신인에는 나이트라는 이름이 적혀 있었다.

'시작됐네.'

지금 상황에서 황교상이 기자들과 접촉한 이유는 단 하나. 자신이 쥐게 된 카드를 가장 효과적으로 터트리기 위해서일 것이다.

그리고 그 카드가 터지는 순간 자신이 꽃길을 걷고 있다고 생각하는 양송찬은 지옥 길을 걷게 될 것이다.

'자칫 아버지가 입원해 있는 병원으로 기자들이 꼬일 수도 있으니까 병실도 옮기는 좋겠네.'

비록 특실이라고는 하지만 그렇다고 해도 병원에서 기자

들 전체를 통제할 수는 없을 테니까 말이다.

"무슨 생각을 그렇게 해?"

"응? 아무것도."

"너만 잔 비었어. 받아."

박영기가 따라주는 잔을 받고 있자니, 이미 최혜진과 박지헌은 패션에 관해서 열띤 논의를 하고 있었다.

그렇게 얼마나 주거니 받거니 했을까?

"그게 정말이에요? 우리 모두 정이성이 나오는 프로에 초청해주겠다고요?"

갑작스레 하이 톤으로 올라간 최혜진을 바라보니, 이미 그 앞에 있는 박지헌은 술을 얼마나 먹었는지 얼굴이 신호등마냥 붉게 달아오른 상태였다.

"끄윽. 당연하지! 나 박지헌! 여태까지 살면서 한 입으로 두 말 한적 없다고."

"그럼, 저 이거 녹음해요? 나중에 딴 소리 하시면 알죠?"

"녹음? 해라 해!"

박지헌이 호기롭게 말하자 최혜진이 망설임 없이 휴대폰에 내장되어 있는 녹음기를 켜서 기어이 확답을 받아내고야 말았다.

"저 둘이 남매였으면, 아주 볼만 했겠다."

"그랬으면 저렇게 같이 있지도 않았겠지. 아! 맞다."

박영기의 말에 대답을 하고 난 뒤 호주머니에 챙겨두었던 선물 상자를 꺼내 내밀었다.

"응? 이게 뭐냐."

"합격 선물이다."

"정훈아……."

순식간에 박영기의 눈에 그렁그렁한 눈물이 맺혔다. 그 모습에 내가 단호히 말했다.

"남자가 우는 건 질색이다."

"우, 울긴 누가! 이건 지금 고기 굽는 연기 때문에 그런 거야."

"그럼, 다행이고."

"이거 지금 풀어 봐도 되냐?"

"어차피 이제 네 물건인데 그걸 왜 나한테 물어보냐."

대답을 들은 박영기가 조심스레 포장을 풀기 시작했다. 나 역시 팔짱을 끼고 그 모습을 지켜봤는데, 단지 지갑이라는 것만을 알 뿐 정확한 선물의 정체는 몰랐기 때문이었다.

딸칵―

박영기가 조심스레 포장을 벗기고 뚜껑을 열자 한 눈에 보기에도 고급스러워 보이는 갈색의 지갑이 그 모습을 보였다.

"지갑이잖아! 그렇지 않아도 마침 지갑을 바꾸려던 생각이었는데. 색도 딱 내 스타일이고. 정훈아, 고맙다."

내용물을 확인한 박영기가 함박웃음을 지으며, 연신

지갑을 쓰다듬었다.

그리고 바로 그 순간이었다.

"엘 로드?"

"98호?"

한창 떠들고 있던 최혜진과 박지헌이 박영기가 들고 있는 지갑을 확인하더니, 술이 깬 목소리로 반문했다. 박영기가 자신이 들고 있는 지갑을 보이며 물었다.

"아는 브랜드야?"

최혜진이 답답한 표정으로 말했다.

"너 엘 로드 몰라?"

"게임은 아는데."

"……후우. 멍청아, 지갑 브랜드 순위에서 매년 세계 5위 안에 드는 명실상이 탑 브랜드라고."

"그럼 이게 그 말로만 듣던 명품? 이거 엄청 비싼 거 아니야?"

"비싸기만 한 정도가 아닙니다. 특히 지금 들고 있는 지갑은 100개 한정으로 엘 로드에서 특별히 출시했던 제품 중에 하나입니다."

"아! 저도 들어본 적 있어요. 그나저나 단숨에 거기까지 파악하시다니, 좀 놀랐는데요?"

"후후. 그 정도 안목이야 패션 피플이면 당연한 것 아니겠습니까? 보시면 겉에 98이라는 숫자가 적혀 있죠? 100개 중에 98번째 제품이라는 의미입니다."

이어서 대답한 사람은 박지헌이었다. 박지헌의 설명에 따라 박영기가 지갑을 살펴보니 과연 그 설명대로 98이라는 엠블럼이 박혀 있었다.

"제가 듣기로는 돈이 있다고 해서 쉽게 구할 수 있는 제품이 아니라고 들었는데."

처음에는 박지헌의 시선이 그리고 이어서는 최혜진과 박영기의 시선이 날 향했다.

'후우. 그냥 영기만 있을 때 줄 걸 그랬네.'

선물이 비싼 물건일 수도 있겠다는 생각은 처음부터 갖고 있었다. 애초에 그 집안에 있는 물건은 평범한 TV만 해도 1억을 넘는 가격을 자랑했다.

그런 집에서 타인에게 주기 위해 미리 준비한 선물이 단순히 몇 십만 원짜리일까?

그럼에도 이 선물을 선택했던 것은 친구인 박영기가 자랑스러웠기 때문이다. 어려운 상황에서도 포기하지 않고 끝내 자신의 꿈을 이뤄냈으니까.

정작 문제는 이 선물의 가격이 아니라 가치를 알아볼 수 있는 사람이 두 명이나 있었다는 것이다.

"정훈아, 이거 얘기 들어보니까 내가 받기에는 너무 비싼 것 같은데."

"비싸지."

"그, 그렇지?"

"그럼. 무려 S급 짝퉁인데."

"S급 짝퉁?"

박영기의 반문에 내 시선이 최혜진과 박지헌에게로 향했다.

"그나저나 두 분 안목도 대단하시네요. 설마 딱 보는 것만으로 엘 로드 제품인 걸 맞추시다니. 그래도 이건 진품이 아니라, 꽤 신경 써서 구한 짝퉁이에요."

"이게 짝퉁이라고?"

"말도 안 돼! 너 또 거짓말 하는 거지!"

최혜진과 박지헌이 동시에 소릴 질렀다. 그런 그들을 보며 난 태연히 말을 이었다.

"그래서 S급 짝퉁이라고 말씀드렸잖아요. 아시죠? S급은 소문난 전문가들도 구분하기 어렵다는 거."

"그, 그거야 그렇지만……."

그들이라고 해서 왜 모르겠는가? 짝퉁에도 급수가 있고 단계가 높을수록 전문가들도 간혹 정품과 헷갈려 한다는 사실을 말이다.

"그러니까 영기야 부담 가지지 말고 사용해. 짝퉁이라고 서운해 하지 말고. 이래 보여도 동대문에서 흔히 구할 수 있는 그런 짝퉁이 아니니까."

내 말이 끝나자 영기가 다시 한 번 최혜진과 박지헌을 쳐다본다. 그러나 두 사람도 이번만큼은 뭐라 확신 어린 대답을 하지 못했다.

"그래, 진퉁 짝퉁이 머가 중요하냐. 정훈아, 이 지갑 내가 소중히 잘 쓸게."

조심스레 지갑을 챙기는 박영기를 보며, 난 그저 미소를 지었다.

그의 말대로 물건이 진퉁이고 짝퉁인게 머가 중요할까? 정작 중요한 것은 그걸 사용하는 사람의 마음일 텐데 말이다.

서울 역삼동.
대한민국 재계 서열1위.
대한그룹의 사옥.

현대식 외향을 지닌 건물과는 어울리지 않게 사옥의 가장 안쪽에는 사극에서나 볼 법한 방이 자리를 잡고 있었다.

또한 그곳은 대한그룹의 회장 조달만이 뭔가를 결정할 때 늘 찾는 장소였다. 조달만 회장의 키는 158cm 밖에 되지 않았다.

하지만 사업을 하는 사람 치고 조달만 회장의 키를 비웃는 사람은 아무도 없었다.

대한민국 경제를 움직이는 심장, 세계 시장에 우뚝 선 작은 거인, 살아있는 신화라 칭해지는 조달만을 단지 키라는 한 가지 이유로 비웃을 수 있을까?

물론 조달만 회장 또한 자신의 키가 작음을 충분히 인지하고 있었고 크게 신경을 쓰지 않았지만, 그건 어디까지나 당사자의 입장이었다.

조달만 회장을 모시는 수석비서 박철민의 입장은 전혀 달랐다.

180cm가 넘는 박철민은 우선 굽이 없는 구두를 신었으며, 정장 또한 최대한 키가 작아 보이는 스타일로 연출을 했고 무릎마저 보는 사람은 느끼지 못할 정도로 살짝 굽히고 있었다.

그로 인해 최근 들어 군대에서도 없었던 무릎 통증을 느끼고 있었다.

"……해서 정부에서 KV 그룹에 대한 압박 차원으로 다른 기업들에게도 제제를 가하겠다는 방침입니다."

조달만이 민대 머리를 긁적거렸다.

"허허. 이것 참. 이번 대통령은 열의가 참으로 높으시군."

박철민이 손에 들고 있던 자료를 향해 가볍게 곁눈질을 하고는 입을 열었다.

"저, 어떻게 할까요?"

"뭘 말인가?"

"기업 정보 분석팀장의 보고에 따르면, KV 그룹은 이번 K백화점 붕괴 사고의 유가족들에게 제대로 된 보상을 할 생각이 없는 것 같다는 판단입니다."

"보상의 규모가 얼마라고 했었지?"

"대략 500억 정도 규모입니다."

"500억이라……."

조달만 회장의 입가에 실소가 어렸다.

"고작 그 정도 푼 돈 때문에 기업의 가치를 떨어트린단 말인가? 쯧쯧. 늙은이가 젊었을 적부터 그리 욕심이 많더니만. 말년에 그 많은 돈 가져 갈 것도 아니면서 말이야."

"현재 KV 그룹의 곽 회장은 건강상의 이유로 일선에서 물러나고 부회장 곽도원이 전체적으로 그룹을 지휘하고 있다고 합니다."

"그 망나니 녀석이?"

조달만 회장의 인상이 찌푸려졌다. 확실히 그의 기억 속에 있는 곽도원은 정치인이라면 모르겠지만, 사업가와는 전혀 어울리지 않는 심성을 지닌 아이였었다.

"뱀과 같은 아이가 힘을 지녔으니, 앞으로 골치 좀 썩겠구만."

"그나저나 회장님, 정부의 압박 정책은 어떤 식으로 대처하실 생각이십니까?"

"음."

조달만 회장이 뒷짐을 지더니 잠시 눈을 감고 생각에 잠겼다. 박철민은 그저 조용히 기다릴 뿐이었다.

그렇게 얼마의 시간이 흘렀을까? 감았던 눈을 뜬 조달만 회장이 책상의 서랍에서 펜 하나를 꺼내더니 박철민에게 내밀었다.

"회장님, 이건?"

조달만이 박철민에게 건네준 것은 일명 대한그룹의 마패라고 불리는 물건이다.

이 펜으로 사인이 된 서류는 대한그룹 회장의 권한으로 하여금 그 어떤 것이라도 승인이 가능했다. 말 그대로 무소불위의 권력을 가질 수 있는 그런 물건인 것이다.

"내 총리에게 연락을 넣어 자리를 마련해둘 테니, 이걸 상민이에게 주면서 한 번 만나보라고 말하게. 저들이 진짜 무슨 생각을 하고 있는지 알아야 우리도 대비를 할 게 아닌가? 호랑이를 잡으려면, 호랑이가 진짜로 원하는 게 무엇인지 알아야지."

TIME ROULETTE 타임룰렛

Chapter 48. 희망 재단

　시간이란 화살은 브레이크 없는 야생마와 같다. 달리는 주체가 죽지 않는다면, 끊임없이 흐르기 때문이다.

　그건 룰렛을 통해 시간 여행자의 삶을 살아가는 나 역시 마찬가지였다.

　잠시 평범한 일상을 지냈을 뿐인데, 한 달이란 시간이 쏜살 같이 지나가 버렸다.

　물론 그동안 아무런 일들이 없던 것은 아니었다.

　황교상은 기자들과 접촉한 뒤 별다른 바깥 행보를 보이지 않았다. 하지만 나이트를 통해 알아본 사실에 의하면, 그의 집으로 현직 검사와 야당의 의원들이 비밀스럽게 드나드는 것이 포착되었다.

전체적인 상황을 보자면, 양송찬을 물 먹일 결정적인 한 방을 준비하고 있다는 것이 나이트의 분석이었다.

충북 대학교에 입원해 있던 아버지는 보름 전에 정신을 차리셨다.

아직까지 거동을 하기는 어렵지만, 그래도 가벼운 의사 표현은 하실 수 있을 정도로 회복이 되셨다.

당연한 얘기지만, 양송찬과 그에 관한 자세한 얘기는 하지 않았다. 회복에 집중을 해야 하는 시기에 괜스레 이런 일로 아버지가 스트레스를 받길 원하지 않았다.

또한, 병실은 안 집사의 도움을 받아 충북 대학교에서 서울에 있는 세란스 병원으로 옮겼다.

서울에 거주하는 시간이 많은 내가 자주 들리기에 좋다는 장점도 있었지만, 무엇보다 D.K 그룹이 직접 후원하는 병원이기 때문에 유사시 즉각적으로 대처할 수 있었기 때문이었다.

"이렇게 좋은 병원이면, 병원비가 만만치 않을 텐데. 게다가 1인 실이라니. 이 아버지는 6인실이도 괜찮으니, 이제라도 옮기는 어떻겠니?"

세란스 병원으로 옮긴 이후 아버지가 병실을 살펴보더니 걱정 어린 어투로 말했다.

"병원비는 걱정하지 않으셔도 되요. 아시는 분이 도와주시기로 하셨거든요."

"아시는 분?"

"그게 그러니까……."

진실을 말할 수는 없기 때문에 과거 변호사였던 윤미례를 구했던 일을 각색해서 아버지께 말씀드렸다.

변호사였던 윤미례는 돈이 많은 건실한 기업의 사장님으로 바뀌었고 또한 그녀가 날 도와줬던 일은 그 사고에 대한 감사의 인사로 아버지를 도와주는 것으로 탈바꿈 되었다.

"그런 일이 있었구나. 잘했다. 어려운 사람을 보면, 그리 도와야지."

"네, 그러니까 부담가지시지 마시고 편히 쉬세요."

"오냐. 그럼, 이 아버지는 회복하는데 전념하마."

우웅.

휴대폰의 진동에 발신인을 확인해보니, 안 집사였다.

"아버지, 저 잠시 전화 좀 받고 올게요."

"그러려무나."

병실을 나와 통화음을 선택했다.

"여보세요."

[아, 혹시 제가 방해를 한 건 아닌지. 병원이 괜찮으신가 해서 연락드렸습니다.]

"아니요. 아주 좋습니다. 감사합니다. 안 집사님."

[하하! 별 말씀을요. 응당 제가 해야 할 일이었습니다. 아, 그리고 일전에 맡겨주신 무기명 채권은 현금으로 전환이 끝났습니다.]

D.K 그룹이 세계적인 IT 기업이라고 해도 5억 달러는

작은 돈이 아니었다. 현금으로 바꾸기 위해서는 당연히 시간이 필요했고 한 달이란 시간은 굉장히 빠른 속도라 할 수 있었다.

"수고하셨습니다. 그럼, 이제 본격적으로 재단을 만들 수 있겠군요."

[네, 일단 재단이 들어설 건물과 서류 등은 미리 준비를 끝냈습니다. 남은 건 언론에 공표를 하고 본격적으로 활동을 하는 것이죠. 아, 그리고 레이아가 에이션트 원에게 한 가지를 묻고 싶다고 했습니다.]

"레이아가요?"

비록 레이아는 처음에는 나를 에이션트 원으로 인정하지 않았지만, 지금은 한 달 전 보다는 많이 나아진 상태였다.

여전히 안 집사를 D.K 그룹의 대표로 두고 있으며, 회사 경영이나 다른 부분에 대해서 일절 간섭하지 않고 있기 때문이었다.

'그녀가 걱정했던 것은 내가 안 집사님이 평생 동안 만들어 놓은 삶을 빼앗는 것 그것뿐이었으니까.'

당연한 얘기지만 D.K 그룹을 내 손에 넣겠다는 생각은 추호도 없었다.

비록 안배라고는 하나, 지금 있는 이것은 나도 송지철도 아닌 오로지 안 집사, 안성우가 이뤄낸 결과물이기 때문이다.

다만 지금은 죄를 지은 자들을 단죄하기 위해 D.K 그룹에 도움을 요청한 것, 오로지 그 뿐이었다.

[네, 그녀가 이번 재단의 이름을 에이션트 원께 지어달라고 했습니다. 재단에 들어가는 돈 또한 대부분 에이션트 원께서 투자하신 돈이기 때문에, 그것이 맞는 것이라 하더군요.]

"이름이라……."

잠시 생각을 하고 있자니 이내 머릿속에 떠오르는 단어가 있었다.

"희망."

[네?]

"희망으로 하겠습니다. 이 대한민국에서 희망을 잃은 사람들에게 다시 희망을 찾아주는 그런 곳이 될 테니까요."

[희망 재단이라, 알겠습니다. 그럼 재단의 이름은 그렇게 진행하도록 하겠습니다. 참, 그리고 이번에 재단이 설립되면 에이션트 원께서도 이사로 등재가 되실 겁니다.]

"이사요? 그냥 안 집사님께서 대표를 겸하시면 되지 않나요? 정 모양새가 그러면 레이아가 해도 될 것 같은데요."

[……후우. 레이아가 에이션트 원을 대표로 앉히자는 것을 이사 정도로 마무리한 겁니다. 하지만 만약 에이션트 원께서 내키지 않는다면, 없던 일로 하겠습니다.]

"으음."

이번 재단 설립을 위해 레이아가 꽤 고생을 했다는 사실은 나도 알고 있다.

"20살에 이사라는 직함. 그것도 기부 재단의 이사라는 것이 알려지면, 자칫 안 좋은 평이 생길 수도 있을 텐데요?"

[그건 걱정하지 않으셔도 됩니다. 이사로서 권한이 생기시는 것이지 굳이 어떤 특정 업무를 수행하셔야 하는 것은 아니니까요. 또한, 에이션트 원에게 피해가 가지 않도록 저희 쪽에서 적당히 처리할 예정입니다.]

"뭐, 그런 것이라면 레이아의 뜻대로 하도록 하세요. 그게 안 집사님이 스트레스를 덜 받는 일일 테니까요."

[하하! 감사합니다.]

"네, 그럼 앞으로도 계속 수고해주세요."

통화를 종료하고 병실 안으로 들어서니 곤히 주무시고 계신 아버지의 모습이 보였다.

"많이 피곤하셨나 보네."

물끄러미 아버지를 보고 있으니, 아버지께서 많이 늙으셨다는 생각이 들었다.

하얗게 새어버린 머리카락과 얼굴 곳곳의 주름을 보고 있자니, 가슴 한편이 아려왔다.

꼬옥.

조심스레 양 손을 내밀어 아버지의 손을 잡았다. 까칠까칠한 굳은살이 가득한 아버지의 손. 어릴 때는 한없이 커보였던 손이었는데, 그 손을 지금 마주 잡으니 마치 어린아이의 손 마냥 작게 느껴졌다.

아버지가 그만큼 늙으셨고 내가 그만큼 자랐다는 세월의
흔적일 것이다.

"……아버지 지금부터는 저를 위해 고생하셨던 만큼 행
복하시도록 최선을 다할게요. 그러니까 오래오래 꼭 건강
하셔야 해요."

2017년 12월 24일 크리스마스이브.

평상시라면 크리스마스이브를 불태우는 연인들을 찾아
번화가 혹은 휴양지를 찾았을 기자들은 때 아닌 특종에 급
히 명동에 위치한 KAL 호텔로 발걸음을 옮겼다.

KAL 호텔 1층 로비 입구.

"기사님, 잔돈은 됐습니다. 어이, 김 기자!"

택시에서 막 내린 한성일보의 방성택이 로비로 들어서는
익숙한 사내의 뒷모습에 급히 목청을 높였다.

그러자 막 로비의 자동문을 넘어서려던 사내가 걸음을
멈추고 고개를 뒤로 돌렸다.

그는 중앙일보의 김지한 기자였다.

"응? 방 기자, 오랜만이네."

김지한이 자신을 향해 종종걸음으로 급히 다가오는 방성
택을 보며 미소를 지었다.

비록 현재 다니고 있는 신문사는 다르지만, 두 사람 모두

경력 10년 차의 베테랑 사회부 기자로 취재를 하러 다니면서 안면을 익히고 친해진 사이였다.

"아무렴 오랜만이지. 저번 청와대 발표 이후 근 3달 만이니까. 그보다 동장군이 찾아왔나 왜 이렇게 추운거야. 일단 안에 들어가서 얘기하지."

방성택이 몸을 한차례 떨어대고는 김지한의 옷자락을 끌고 급히 호텔 안으로 발걸음을 옮겼다.

위이잉

"후우. 이제야 좀 살겠네. 겨울은 정말 질색이야."

그저 문 하나를 두고 안와 밖이 나눠졌을 뿐인데, 호텔 안으로 들어서는 순간 따스한 공기가 전신을 휘감았다. 한숨 돌린 방성택이 그제야 움츠려 들었던 몸을 바로 했다.

"흐음. 그나저나 익숙한 얼굴들이 제법 많네."

방성택의 모습에 가볍게 웃음을 흘리던 김지한이 로비를 오가는 사람들을 보더니, 까끌까끌한 턱수염을 쓰다듬었다. 방성택 역시 주변을 살피더니 이내 동감한다는 듯 고개를 끄덕였다.

"알 만한 신문사의 사람들은 거의 다 온 것 같은데. 거기다가 외국에서도 제법 온 것 같고."

"아무래도 D.K 그룹은 외국계 I.T 기업이니깐. 거기다가 스냅의 모회사이기도 하지 않나? 당연히 외국에서도 관심을 가질 수밖에."

"그래서 의외였다니까. 외국 기업이 우리나라에 기부 재단을 만든다니, 솔직히 여태까지 전례가 없던 일이잖아."

크리스마스이브가 있기 불과 며칠 전. 증권가에서 하나의 소문이 흘러나왔다.

외국계 I.T 기업인 D.K 그룹에서 국내에 기부 재단을 세울 것이라는 소식이었다.

이에 사람들은 고개를 갸웃거렸다. 단순한 기부도 아니고 기부 재단이었기 때문이었다.

더욱이 D.K 그룹은 외국계 기업이지 않은가? 당연히 대부분이 여느 때처럼 증권가에서 떠도는 수많은 헛소문 중에 하나라고 판단했다.

하지만 극히 일부의 사람들은 아예 가능성이 없지는 않다고 판단했는데, 그 이유는 바로 현재 대표를 맡고 있는 사람이 한국인이라는 데서 오는 가능성이었다.

하지만 이런 가능성을 추측하는 사람은 말 그대로 극히 일부분에 불과했었다.

그러나 D.K 그룹은 90% 이상이 헛소문이라고 예측한 전문가들의 판단을 뒤집고 다양한 언론매체에 안내문을 보냈다.

12월 24일 오후 3시.

희망 재단 설립에 관한 특별 발표를 하겠다는 내용이었다.

덕분에 크리스마스 특집을 준비하고 있던 기자들은 졸지에 노트북을 챙겨들고 발표가 있는 KAL 호텔로 향해야 했다.

"그런데 규모는 얼마나 될까? 김 기자는 뭐 들은 거 없어?"

방성택이 팔꿈치로 김지한의 옆구리를 슬쩍 치며 물었다. 기부 재단 설립도 설립이지만, 기자들의 주요 관심사는 재단의 규모였다.

대한민국의 경제 순위는 11위로 상위권이지만, 기부와 관련된 순위는 무려 60위권으로 상당히 저조한 실적을 달리고 있었다.

"음, 오히려 내가 묻고 싶은 질문이긴 한데. 그래도 D.K 그룹이면, 수십 억 이상은 되지 않겠어? 이렇게 연말에 기자들을 다 초청해서 발표를 할 정도면, 조심스럽게 100억 이상도 추측해보지만 말이야."

"100억이라. 적은 돈은 아닌데, 그래도 해외랑 비교하자면 진짜 적긴 적네."

"그렇긴 하지. 빌&멀린다 게이츠 재단은 그 규모가 400억 달러에 이르니까."

빌&멀린다 게이츠 재단은 세계적인 부호 빌게이츠와 그의 아내 멀린다 게이츠가 세운 재단으로 전 세계 최고의 규모를 자랑하는 재단이었다.

"그렇지. 미국만 해도 작년 기준으로 1위부터 100위까지 재단의 규모를 합하면, 그 규모만 2700억 달러에 이른다고 하니."

말이 쉬워 2700억 달러지, 한화로 따지면 315조. 대한민국의 한 해 정부 예산과 맞먹는 액수였다.

이에 비해 대한민국의 재단 규모는 100분의 1도 못 미치는 게 현실이었다.

이는 대한민국에 뿌리 깊게 박혀 있는 재벌들의 악습과도 관련이 있었다.

대한민국에서의 재단은 재벌들의 증여·상속 수단으로 악용되며, 주로 증여세 절감이나 기타 세제 혜택을 보는 등의 합법적인 꼼수로 사용되어 왔기 때문이었다.

"아무튼 한국 기업이든 외국계 기업이든 연말도 되고 했으니, 따뜻한 소식이나 많이 풀어줬으면 좋겠네."

"그래야지. 뭐, 그래도 D.K 그룹이 이리 나왔으니 다른 재벌들도 울며 겨자 먹기로 좀 풀지 않겠나? 이번 발표가 끝나고 기사가 나가면 모르긴 몰라도 D.K 그룹의 주식도 상승세를 탈 테니까."

"그거야 그렇지."

방성택과 김지한은 이런저런 얘기를 하며, KAL 호텔의 크리스탈 홀로 향했다.

금일 D.K 그룹의 희망 재단 발표장이었다. 각자 지정된 자리로 향한 방성택과 김지한은 가지고 온 노트북을 준비하며, 굳어 있는 손가락을 풀기 시작했다.

타탁!

[속보! D.K 그룹 희망 재단 건립 발표!]

기사의 제목을 미리 정한 방성택이 크리스탈의 중앙을 쳐다봤다.

현재 시각 2시40분.

발표가 있기 까지는 약 20분이 남은 시점이었다.

또각또각—

정각 오후 3시가 되자 크리스탈 홀을 가득 메우는 구두 소리가 울려 퍼졌다.

그와 동시에 홀에 울려 퍼지던 웅성거림 또한 거짓말처럼 잦아들었다.

"우아. 모델이야?"

"몸매 한번 엄청나네."

"D.K 그룹에서 특별히 고용한 사회자인가?"

구두 소리의 주인공을 살피던 기자들이 숙덕거리기 시작했다. 그 모습을 확인한 방성택이 한숨을 내쉬었다.

"사람 얼굴도 못 알아보는 것들이 기자라고 앉아 있으니. 기사만 쓸 줄 알면 다 기자인가? 어휴."

고개를 절레절레 내젓던 방성택이 목소리를 조금 높여 말했다.

"D.K 그룹의 부사장 레이아네. 그러니 괜히들 쓸데없는 소리는 그만들 하지. 일전에 소식 들었지? 정종일보 이태식이가 말 한 번 잘못해서 곤욕 치른 거."

방성택의 한 마디에 주변에 있던 기자들이 일제히 입을 다물었다.

그럴 수밖에 없던 것이 이태식의 관한 얘기는 기자들 사이에서 유명한 일화였기 때문이었다.

정종일보의 사회부 기자인 이태식이 D.K 그룹에 관해 취재를 한 적이 있었는데, 그날 저녁 술자리에서 부사장인 레이아를 두고 얼굴이 어떻고 몸매가 어떻다는 등의 성적인 발언을 했다고 한다.

문제는 이 소리가 부사장인 레이아의 귀에 들어갔고 성희롱을 당했다고 생각한 그녀가 이태식을 고소한 것이다.

당연한 얘기지만 이태식은 코웃음을 쳤다. 단순한 말 몇 마디. 그것도 술자리에서 한 얘기였다. 그걸 가지고 고소가 된다면, 대한민국의 수천수만 명이 콩밥을 먹었을 것이다.

하지만 이태식이 어찌 알았겠는가? 레이아의 집념이 일반인과는 비교도 되지 않을 정도로 독하다는 것을 말이다.

레이아 역시 대한민국 사회에서 단순한 성적인 발언, 그것도 당사자가 없는 곳에서 했던 발언이 고소가 되지 않는다는 것쯤은 잘 알고 있었다.

그렇기 때문에 그녀가 선택한 방법은 상대를 끊임없이 괴롭히는 방법을 취했다.

최고의 로펌을 고용해서 이태식을 고소했고 여성단체를 통해서 여성, 그것도 외국인 여성이 한국 사회에서 부당한 대우를 받는 것에 대해 끊임없이 거론시켰다.

이로 인해 상당한 돈이 지출되었지만, 레이아는 상관하지 않았다. 일반인에게는 적지 않은 돈이겠지만, 그룹의 부사장인 그녀에게 있어서는 자신의 명예회복을 위해서 충분히 감당할 수 있는 액수였기 때문이었다.

상대가 이렇게 강경하게 나오다보니, 당연히 이태식의 일상은 급속도로 망가질 수밖에 없었다.

기자가 취재를 나가야하는데, 틈만 나면 경찰서와 법원을 들락거려야 했고 출처를 알 수 없는 단체에게 악성 메일을 받아야만 했다.

이렇게 힘든 와중에 기사를 써서 내도 그 밑에 달리는 것은 엄청난 숫자의 악플이었다.

실적은 떨어지기 시작했고 그를 두둔해주던 사람들 역시 점차 그를 피하며, 껄끄러운 시선으로 보기 시작했다.

자기 똥도 더러운 판에 어찌 남의 똥까지 껴안고 갈 수 있을까?

결국, 이 사건은 이태식이 직접 레이아를 찾아 그날 했던 발언에 대해 백배사죄하는 것으로 마무리가 되었으며 대한민국기자들 사이에서 레이아는 절대 건드려서는 안 되는 악마 같은 여자라는 교훈을 남기며 끝이 났다.

"다들 이태식이 꼴 나고 싶지 않으면, 기사나 잘 쓰도록 합시다."

방성택이 다시 한 마디를 날리고는 이내 다시 자신의 노트북에 집중을 했다.

막 레이아가 마이크를 잡아가고 있었기 때문이었다.

"아아! 추운 날씨에 이렇게 와주신 여러 기자님들과 관계자 분들께 진심으로 감사의 인사의 전합니다. 오늘 이 자리는 저희 D.K 그룹이 대한민국에 희망 재단 건립에 대한 발표를 하는 자리로 전체적인 재단의 규모와 투자 방법, 앞으로 향후 계획에 대한 설명이 있을 예정입니다. 그럼, 발표를 시작하겠습니다."

강남구 대치동의 한정식 식당, 대청.

기본상이 1인 15만 원에 해당 될 정도로 비싼 가격을 자랑하는 이곳은 주로 정계나 재계의 유명 인사들이 단골로 찾는 곳이었다.

그러나 국회에서 부정청탁금지법이 통과됨에 따라 호황을 겪던 이곳에도 싸늘한 바람이 찾아 들었다.

만약 이곳의 주인에게 사업적 수단이 없었다면, 다른 곳들과 마찬가지로 폐업의 절차를 밟았을지 모른다.

하지만 대청의 주인은 사업적인 수단이 무척 뛰어난 자였다.

그는 음식의 가격을 내리고 메뉴를 변경하기 보다는 오히려 그와 반대되는 행동을 보였다. 음식의 가격을 대폭 올리고 메뉴 역시 훨씬 고급지게 변경한 것이다.

대신 식당의 이용을 철저하게 신분이 확실한 이들에게만 공개하는 예약제로 변경. 외부의 시선으로부터 철저하게 통제된 구조로 식당을 리모델링했다.

고기를 먹지 않은 사람이 고기를 찾지 않을 수는 있어도, 이미 맛을 본 사람은 그 맛을 잊지 못하기 마련이었다.

대청을 찾았던 사람들도 마찬가지였다. 애초에 이곳을 찾던 이들은 음식의 가격이 10만원이든 100만원이든 크게 구애받지 않던 이들이 대다수였다.

다만 주변의 시선과 말이 무서워서 발걸음을 하지 못했을 뿐. 그런데 대청이 그들이 가려워하던 곳을 긁어줄 수 있는 곳으로 변하자 일주일에 한 번 방문하던 곳을 두 번 방문할 만큼 출입이 잦아졌다.

덕분에 불황에 폐업하는 식당이 속출하는 가운데 대청은 매출을 기존보다 두 배 이상 끌어올리는 기염을 토했다.

오물오물

"허허, 여긴 오랜만에 오는데 음식 맛이 더 좋아졌구려."

가자미 찜의 살을 젓가락으로 조금 떼어 입으로 가져간 총리 석대현의 입가에 미소가 번져 나갔다. 그 모습에 맞은 편에 앉아 있던 사내가 자신에게 가까운 위치에 있던 전복을 앞으로 밀며 말했다.

"전복도 좀 드셔보시지요. 오늘 총리님이 오신다는 소식을 듣고 주방장이 특별히 완도까지 직접 가서 공수해 온 거라고 합니다."

"오, 그래요? 허허. 어쩐지 전체적인 상차림이 해산물로 되어 있던데. 이 사람이 해산물을 좋아한다는 사실을 알고 조 상무께서 신경을 많이 쓰셨구려."

"이왕이면 몸에도 좋고 입에도 맞는 음식이 좋지 않겠습니까?"

"허허. 역시 사업을 하시는 분이라서 그런지 아주 배려가 깊습니다."

석대현이 여전히 미소가 어린 얼굴로 전복을 향해 젓가락질을 시작했다. 그 모습에 조 상무, 조상민이 자신의 품에 들어있는 펜을 슬쩍 만지며 가볍게 숨을 골랐다.

품에 들어 있는 펜은 비서실의 박철민이 아버지인 조달만에게서 받아 전달한 바로 그 황금펜이었다.

[회장님께서 상무님께 이 펜을 주시면서, 이번 총리님과의 만남을 전적으로 맡기겠다고 하셨습니다.]

아직도 박철민이 자신에게 했던 말이 귀에 생생하게 남아 있었다. 비로 아버지인 조달만 회장이 직접 자신에게 한 말은 아니지만, 박철민은 아버지의 수족과도 같은 사람이었다. 간혹 자식보다 그를 더 믿는다고 말할 정도로 말이다.

'어떻게든 총리로부터 대통령을 설득해서 이번 정부의 기업 제제에 대한 결정을 철회하겠다는 약속을 받아내야 한다.'

조상민 또한 바보는 아니다. 어째서 아버지가 대한그룹의 마패라 불리는 이 펜을 자신에게 줬는지 쯤은 충분히 알고 있었다.

그리고 이것은 일종의 시험이기도 했다. 비록 자신이 아버지의 장자라고는 하지만, 밑으로 동생들만 해도 남동생이 두 명이 있고 여동생 또한 한 명이 있었다.

특히 사업에는 관심이 아예 없는 셋째 남동생을 제외하고 둘째인 남동생과 넷째인 여동생은 타고난 야심가들이었다.

지금도 호시탐탐 자신의 위치를 노리고 이빨을 들이밀고 있는데, 만약 자신이 마패까지 가진 상황에서 총리와의 만남을 수포로 돌린다면 모르긴 몰라도 당장 아버지인 조달만 회장을 찾아 험담을 늘어놓을 것이다.

물론 마패까지 가진 상황에서 실패할 것이라는 생각은 들진 않지만, 그래도 세상일은 모르는 것이다.

'확답을 듣기 전까지 방심은 금물이다.'

가볍게 스스로를 향해 채찍질을 한 조상민이 옆에 놓인 술병으로 손을 가져가며 말했다.

"총리님. 괜찮으시면, 제가 약주를 한 잔 올려도 되겠습니까?"

"이 사람이 약주를 좋아하기는 하지만 요새는 건강이 좋지 않아 자제하고 있습니다."

"산삼과 영지, 각종 몸에 좋은 약을 달여 만든 것이라 술보다는 약에 가까운 녀석입니다. 향이라도 한 번 맡아 보시는 게 어떠십니까?"

"으음."

망설이던 석대현이 조상민이 내민 잔을 조심스럽게 받아 향을 들이켰다.

그러자 달달하면서도 상큼하지만, 깊이 있는 향이 석대현의 코끝을 스치고 지나갔다.

꿀꺽.

동시에 석대현의 목젖이 크게 꿈틀거렸다. 그 모습을 보던 조상민이 가볍게 오른손을 말아 쥐었다.

술을 무척 좋아하는 석대현이 최근 건강상의 이유로 금주를 하고 있다는 사실은 조상민 또한 알고 있는 사실이었다.

그 때문에 조상민은 특별히 사람을 시켜 지금의 술을 구해왔다.

'천향주, 향기만으로 사람을 천국에 이르게 한다는 술. 애주가라면, 향을 맡은 이상 그냥 지나칠 리 없지.'

조상민의 생각대로 몇 번 향을 음미하던 석대현이 이내 잔에서 찰랑거리는 내용물을 입술로 가져가더니, 단숨에 입안으로 털어 넣었다.

"크으. 좋구나."

맛을 본 석대현의 입에서 탄사가 절로 흘러나왔다. 그 모습에 조상민이 구운 송이를 총리에게 내밀며 말했다.

"송이와 같이 곁들어 드시면, 그 맛이 더 일품일 겁니다."

"오! 그렇소?"

조상민의 말이 끝나기 무섭게 석대현이 자신의 앞에 놓인 송이를 젓가락으로 들어 입으로 가져갔다.

오물오물

"음. 과연, 조 상무의 말대로 송이와 같이 먹으니 입안에 남은 향기가 더 진하게 느껴지구려. 하하!"

"입에 맡으신다고 하니 다행입니다. 여기 한 잔 더 받으시지요."

"그럼, 그럴까요?"

그렇게 조상민이 석대현의 잔을 몇 번이나 채워줬을까? 얼굴이 제법 붉어진 석대현이 다시 잔을 따르려는 조상민을 만류하며 입을 열었다.

"아아. 이제 됐습니다. 약주라고 해도 너무 많이 먹으면 독이 되는 법이니. 이제 배도 좀 찼고 하니, 조 상무께서 제게 하고자 하는 말을 꺼내는 게 어떻습니까?"

스윽.

조상민이 손에 들고 있던 술병을 다시 원위치 시키며 몸을 바로 했다.

"정부에서 KV 그룹을 압박하는 정책의 일환으로 내년에 기업에 대한 제제를 강화할 것이라는 소리를 들었습니다."

"흐음. 확실히 그런 얘기가 있었던 것 같긴 하지만, 아직 결정된 것은 아무것도 없습니다."

결정된 것은 아무것도 없다. 석대현의 말은 사실이었다. 하지만 지금 현 시점에서 결정된 것이 아무것도 없다는 말이지 앞으로 1시간, 아니 10분 후에 무엇이 결정될지는 알 수 없는 노릇이다. 정치란 그런 것이니까.

이런 사실을 누구보다 잘 알고 있는 조상민이었기 때문에 그는 여전히 흐트러지지 않은 자세로 말을 이었다.

"총리께 단도직입적으로 여쭈고 싶습니다. 정부에서 KV 그룹에게 취하고자 하는 것이 무엇입니까?"

"허허. 취하다니요. 누가 들으면, 정부가 강도라도 되는 줄 알겠습니다. 단지 정부는 그들이 도의적인 책임을 다하기를 권유하고 있을 뿐입니다."

"유가족들에 대한 배상금, 500억 말입니까?"

500억은 적은 돈이 아니다. 건실한 중소기업이라고 해도 일시에 토해내라고 하면, 단숨에 부도를 맞을 만큼 큰돈이다.

하지만 재계 서열 10위 안에 드는 KV 그룹이라면, 내지 못할 돈도 아니었다.

석대현이 고개를 끄덕이며 말을 이었다.

"이번 사건도 그렇고 각하께서는 KV 그룹을 상당히 못

마땅하게 여기고 있습니다. 각하께서 대통령이 되기 전에 대선 공략으로 무엇을 걸었는지 혹시 기억하고 계십니까?"

"물론입니다."

조상민은 명색이 재벌가의 후계자다. 당연히 현 대통령이 어떤 공약을 걸었고 정치색이 어떠한지 모를 리 없었다. 대한민국에서 재벌과 정치는 떼려야 뗄 수 없는 한 몸과도 같으니까 말이다.

더욱이 역대 정권과는 다르게 현재 대통령이 김주훈과 총리 석대현이 아주 긴밀한 관계에 있다는 것 역시 알고 있었다.

다른 사람들은 김주훈 대통령이 삼고초려해서 고령의 나이인 석대현을 총리에 앉혔다고 알고 있지만, 진실은 그게 아니었다.

'김주훈 대통령의 아버지와 총리가 젊은 시절 아주 막역지우였다고 하지.'

대통령 김주훈의 아버지는 어린 시절 사고로 돌아가셨고 그 후견인이었던 사람이 바로 총리 석대현이었다.

다만 훗날 김주훈이 정치권에 뛰어들 것이라는 사실을 예견이라도 했는지, 석대현은 김주훈을 도우면서도 그 사실이 외부에 알려지지 않게 최대한 숨겼었다.

"……대통령의 공약은 여러 가지가 있었지만, 핵심적으로 내세우셨던 것은 청년 실업 해결이지 않으셨습니까? 그 때문에 대통령이 되시고 나서 각 기업의 총수들을 불러

자주 만찬을 하셨고요."

"그렇지요. 하지만 정부에서 단순히 요구만 했던 것은 아니지 않았습니까? 각하께서는 기업인들이 보여주시는 것만큼 힘을 실어주셨습니다. 대한그룹이 원래 예정보다 5,000명을 더 채용한 것에 대한 감사의 인사로 정부가 무엇을 해 드렸는지 기억하십니까?"

조상민이 고개를 끄덕였다.

"대한건설이 사우디의 수로 건설을 따내는 데 있어 정부가 전폭적으로 밀어준 것을 알고 있습니다."

"네, 그렇지요. 그럼 그 예전에 있었던 KV 건설에 대한 것도 알고 계시겠군요."

"LK 타워 건설 건을 말씀하시는 군요."

현재 대한민국 건설업계에서 1등은 누가 뭐래도 대한건설이다.

그러나 이는 현 회장인 조달만 회장의 피땀 어린 노력으로 일군 결과이지 건설업계의 정통적인 강자는 과거부터 KV 건설이었다.

이런 KV 건설이 청년 실업 해결로 정부에게 제시했던 것이 바로 LK 타워 건설이었다.

서울 송파구에 건설 예정이었던 이 빌딩은 그 높이만 무려 100층에 이르는 초고층 빌딩으로, 침체 되었던 건설 시장을 살리고 시공이 완료되면 수천 명의 일자리가 창출되리라는 높은 기대를 모았다.

그리고 당시 KV 건설의 모회사인 KV 그룹은 이 LK 타워 건설을 놓고 정부와 거래를 했다.

LK 타워 건설에 앞서 일본 오사카에 추진 중인 공장 설립을 정부 차원에서 적극 밀어주면, LK 타워 건설을 정부와 KV 건설의 합작으로 언론에 공표해주기로 말이다.

당시 임기 초기이기도 했지만, 대통령이 되고 마땅한 성과가 없던 정부는 고심 끝에 KV 그룹의 제안을 받아들이기로 한다.

"하지만 정작 오사카에 공장 설립을 위한 자금이 부족하게 되자 KV 그룹은 정부의 도움으로 시가보다 수천억이나 저렴하게 매입했던 LK 타워 건설의 부지를 매각해버렸지요."

"네, 그로 인해 여론이 안 좋아졌고 결국 전임 총리께서 사퇴를 하셨지요."

그리고 그 안 좋아진 틈을 비집고 대한건설이 비집고 들어가 정부와 사우디의 수로 건설을 놓고 거래를 한 것이다. 당연히 대한그룹에 대한 정부의 신뢰도는 높아졌고, KV 그룹에 대한 믿음은 땅에 떨어졌다.

그러나 단지 뒤통수를 쳤다고 해서 정부가 죄를 묻기에는 대한민국에서 KV 그룹이 차지하는 영향력이 너무나 막대했다.

그리고 그렇게 앙금이 남아 있는 상태에서 KV 백화점 붕괴 사고가 발생한 것이다.

"각하께서는 재벌들을 그리 좋아하지 않으십니다. 본인께서 어린 시절을 힘들게 보낸 까닭도 있지만, 하려는 정치가 재벌들의 배를 불려주는 것과는 반대되기 때문입니다."

호르륵

석대현이 앞에 있는 물을 입에 한 모금 들이켰다. 그 모습을 보는 조상민은 반대로 목이 탔다.

확실히 이번 대통령인 김주훈은 그런 면이 있었다. 기업들을 압박해서 일자리를 만들게 하거나, 비정규직 문제와 포괄임금제 등 기업의 입장에서는 수면 위로 나오면 껄끄러운 문제들을 계속해서 건드렸다.

하지만 그 덕분인지 국민들, 특히 직장인들 사이에서는 절대적인 지지를 받고 있었다.

"물론 그렇다고 해서 융통성이 없는 분은 아니시지요. 기업이 적당히 베풀면 정부도 그에 맞춰 여러 가지 혜택을 주니까요. 하지만 KV 그룹이란 전례가 있어서 그런지, 요새는 정부의 혜택만 보고 입을 닦으려는 기업들이 점점 늘어나고 있습니다."

"……."

"KV 백화점 일만 해도 그래요. 500억입니다. 500억. 구멍가게도 아닌 대 KV 그룹이 500억이 없어서 유족들에게 보상을 못해주겠다 하고 있어요. 허허, 이것 참."

조상민은 무표정한 얼굴로 석대현의 말을 경청했다. 하지만 얼굴만큼 속이 편한 것은 아니었다.

'대체 무슨 소리를…… 설마 진짜로 KV 그룹을 향해 칼을 빼들겠다는 건가?'

문득 떠오른 생각에 조상민이 속으로 고개를 저었다. 지금은 21세기다. 70년대도 아니고 정부가 기업을 억압하고 압박하는 것은 있을 수 없는 일이었다.

만약 그러한 일이 언론에 알려지면, 민주주의라는 이름 아래 그 정부는 국민의 몰매를 맞을 테니까 말이다.

"해서 각하께서는 이번 기회에 대한민국의 기업이 얼마나 깨끗한지 국민들에게 공개하실 생각입니다."

"……총리님, 세무조사를 말씀하시는 겁니까?"

"그건 저도 모르는 일입니다. 그런데 고작 세무조사를 한다고 해서 기업을 깨끗하게 만들 수 있겠습니까? 각하께서 다 생각이 있으시겠지요."

"이번 칼은 KV 그룹에게만 휘둘러지는 겁니까?"

"……시간이 많이 흘렀군요. 이제 슬슬 일어나야겠습니다."

시간을 확인한 석대현이 자리에서 일어날 준비를 했다. 조상민의 이마에 땀 한 방울이 맺혔다.

'이대로 대화가 끝나면 안 된다.'

고작 정부가 기업들을 향해 대대적으로 칼을 휘두를 것이라는 말을 듣기 위해서 이 자리에 나온 것이 아니었다.

적어도 여기서 어떠한 답을 듣지 못한다면, 지금 이 자리를 만들어준 아버지 조달만은 자신에게 크게 실망을 할 것이다.

동시에 과거 대선 후보였던 김주훈이 당선되고 나서 아버지와 나눴던 대화가 떠올랐다.

'상민아, 나는 이번 대통령과는 같은 배를 타고 갈 생각이다.'

'그게 무슨 소리십니까?'

'남들은 이번 대통령이 나이도 어리고 경험도 부족하다고 말하지만, 내가 보기에 그는 아주 노련한 전략가란다. 10개의 사과가 있다면, 배고픈 자들에게 9개의 썩은 사과를 주고 자신은 가장 잘 익은 사과를 가지는 그런 사람 말이야. 이번 대선에서도 결국 그리해서 승자가 되지 않았더냐?'

'실리를 잘 추구한단 말씀이십니까?'

'그 뿐이면 이 아비가 같은 배를 타고 가겠다는 생각은 하지 않았을 것이다. 그저 그가 타고 가는 배를 하나 만들어 선물했겠지. 김주훈, 이번 대통령은 아주 큰 그림을 그리고 있을게야.'

'전 아직 아버지께서 무슨 말씀을 하시는 것인지 잘 모르겠습니다.'

'하하! 이 녀석아. 네가 지금 내 말을 모두 이해하고 나와 같은 눈으로 세상을 보고 있다면, 이 아비는 추호의 망설임도 없이 내게 회장의 자리를 넘겼을 것이다.'

'……'

'그저 아무 생각 말고 5년 동안 대한은 이번 정부와 같은 배를 타고 있다고 생각하려무나. 거대한 고목나무도 태풍 앞에서는 부러진다는 것을 명심하고 말이다.'

기업이 무너지면, 경제가 휘청거리고 그러면 결국 욕을 먹는 건 정부다.

이 때문에 정부가 울며 겨자 먹기로 기업들에게 다양한 혜택을 주는 것이다.

그런데 만약 이를 타도할 방법이 있거나, 정부가 울며 겨자 먹기로 결심을 하고 칼을 빼든다면 어떻게 될까?

불가능하다는 말은 고작 가능하다는 말 앞에 불이라는 한 글자가 붙은 것뿐이다.

"대한은 여태까지 정부와 척을 진적이 없습니다. 그리고 앞으로도 그럴 생각이 없습니다."

결심을 한 조상민이 품속에 가지고 있던 펜을 꺼내 상위에 올려놨다. 대한 그룹의 마패, 조달만 회장에게 받은 바로 그것이었다.

"이것은?"

석대현의 눈에 놀란 빛이 어렸다. 그 역시 조상민이 내놓은 펜이 무엇인지 알고 있었기 때문이었다.

"총리께서는 이 펜이 무엇인지 알고 계시리라 생각합니다."

"한 번 뿐이기는 하지만, 저 펜으로 사인된 것은 조달만 회장의 결정과 같다고 하지요. 대한 그룹 내에서 마패라 불린다는 것을 알고 있습니다."

"네, 그렇습니다. 그러니 총리께서 아니 정부에서 원하는 것을 말씀하시지요. 허면 저는 이 펜으로 그 뜻에 동참한다는 뜻을 밝히겠습니다. 대신!"

"대신이요?"

"대한이 이번 태풍에서 피해갈 수 있도록 총리께서 도와주시지요."

"흐음."

자리에서 일어나려던 석대현이 다시 몸을 바로 하고 생각에 잠긴다. 그리고 그의 눈빛은 조상민이 꺼낸 펜에 머물러 있었다.

그 모습에 조상민은 아버지인 조달만의 그림자가 얼마나 큰지를 알 수 있었다.

'아버지께서 괜히 이것을 내게 주신 것이 아니었구나.'

처음에는 이것을 쓸 일이 있을까라는 생각을 했고 두 번째는 이 펜을 이용해서 둘째와 넷째를 압박할 생각도 했었다.

하지만 지금은 알고 있다. 만약 자신이 이 펜을 꺼내지 않았다면, 총리 석대현은 일말의 망설임도 없이 이 방을 나갔을 것이다.

"대한은 정부와 함께 하겠다는 말. 믿어도 되겠습니까?"

"물론입니다."

"대한이 KV 그룹을 감당하실 수 있겠습니까?"

조상민의 입가에 처음으로 미소가 지어졌다.

"이런 말이 어떻게 들릴지는 모르겠으나, 대한은 감히 KV 그룹 따위가 넘볼 수 있는 그런 곳이 아닙니다."

"정부가 대한에게 KV 그룹을 삼키라고 해도 말입니까?"

순간 벼락과도 같은 전류가 조상민의 뇌리를 관통했다. 이제야 깨달은 것이다.

총리 석대현이 말하는 칼이 무엇이며, 대통령 김주훈이 생각하는 큰 그림이 뭔지 말이다.

어째서 언론이 매일 같이 KV 그룹을 비난해도 참아내며, 그 분노가 하늘을 찌를 때까지 기다리고 있던 것인지.

이는 다른 사람이 들었다면 그 자리에서 몸을 벌벌 떨었을 만큼 엄청난 얘기였다.

하지만 조상민은 아니었다. 그는 지금 이 자리에 대한 그룹의 전권을 위임 받은, 대한의 얼굴로 나와 있는 것이다. 그리고 기회만 준다면 대한은 KV 그룹을 먹을 정도의 힘이 충분히 있었다.

"업계 1위가 2위를 먹는다고 해서 1위라는 숫자가 바뀌지는 않습니다. 하지만 10위가 사라지면 11위가 새로운 10위가 되지 않겠습니까?"

KV 그룹의 재계 순위는 10위. 석대현의 입에 미소가 걸렸다. 가식적인 미소가 아닌 만족스러움에 걸린 미소였다.

"오늘 이 얘기를 약소하지만 서류로 남겨도 되겠습니까?"

석대현의 물음에 조상민이 고개를 끄덕였다.

"물론입니다. 종이를 가져오라고 하겠습니다."

조상민이 외부의 사람을 부르기 위해 기별을 하려던 순간이었다.

똑똑!

문 밖에서 들리는 노크 소리에 두 사람의 시선이 밖으로 향했다.

"들어오게."

드르륵

석대현의 말이 떨어지기 무섭게 들어온 사람은 그의 보좌관이었다. 보조관이 잠시 조상민을 쳐다본 뒤 곧장 총리께 다가와 말했다.

"총리님, 급히 이것 좀 보셔야겠습니다."

"대체 무엇이…… 응?"

보조관이 내민 휴대폰에 떠 있는 내용을 확인한 석대현의 얼굴이 일순 굳어졌다. 휴대폰에는 그가 전혀 생각지도 못했던 뉴스 속보가 기사가 올라와 있었기 때문이었다.

[D.K 그룹 5,000억 상당의 희망 재단 건립 발표! 첫 번째 지원 대상은 KV 백화점 유가족으로 밝혀!]

Chapter 49. 뭉클거리는 마음

KV 그룹 본사 회장실.

십여 명의 사람이 모여 있었지만, 정작 앉아 있는 이는 한 명 뿐이었다.

회장 곽도원.

40세의 젊은 나이로 재계 서열 10위인 KV 그룹의 회장의 자리에 오른 입지적인 인물.

하지만 세간의 평가는 역대 재벌 총수들 중에서 최악으로 꼽히고 있었다.

"이거 어이가 없네."

비서실을 통해 보고를 받은 곽도원이 어이가 없다는 표정으로 자신의 앞에 있는 사람들을 쳐다봤다.

"민 상무님. 이게 무슨 개 같은 소리에요? D.K가 왜 재단을 만들어서 유가족들을 돕는다는 거야?"

"……그게 저도 잘 모르겠습니다."

"김 전무님은 뭐 좀 아는 거 있어요?"

"……."

"서 이사님은?"

"죄송합니다."

"하 상무?"

"그, 그게 저는 지금 막 중국에서 복귀하는 길이라."

뒤이어 곽도원의 입에서 KV 그룹 임원들의 이름이 한 명씩 불러졌고 그때마다 임원들의 시선을 피하기 일쑤였다.

"하, 이것 봐라. 일은 터졌는데. 임원이란 인간들이 아무것도 아는 게 없어? 이봐, 당신들이 1년에 가져가는 돈이 얼마인 줄 알아? 회사가 자선 사업가라서 그냥 그 머리만 달고 자리에 앉아 있으라고 그 많은 돈을 주는 줄 아느냔 말이야!"

"저기 회장님, 말씀이 조금 심하신 것 같습니다."

김 전무가 애써 입가의 미소를 지으며 입을 열었다. 그 모습에 곽도원이 앉아 있던 자리에서 걸어 나오며 말했다.

"심해?"

"네, 아무리 그래도 여기 있는 사람들은 전대 회장님과 함께 몇 십 년 동안 회사를 위해 일해 온 사람들입니다. 그런데 머리만 달고 자리에 앉아 있다니요. 전대 회장님 께서도 그런 말씀은…… 회, 회장님?"

자신을 향해 다가오는 곽도원을 향해 고개를 갸웃거리던 김 전무가 이내 경악 어린 표정을 짓고는 뒤로 물러서려 했다. 하지만 그보다 곽도원이 손에 들고 골프채가 휘둘러지는 것이 먼저였다.

파악!

"으아악!"

순식간에 골프채에 가격당한 김 전무가 배를 움켜잡으며 무릎을 꿇었다.

"개새끼가 던져주는 먹이나 잘 처먹을 것이지 뭐가 어째?"

"끄으으."

김 전무가 바닥에 누워 앓는 소리를 토해냈지만, 곽도원 은 오히려 신경질적으로 그를 쳐다보고는 다른 임원들을 향해 시선을 돌렸다.

"혹시 다른 분들도 여기 누워 있는 개와 같은 생각을 하고 계십니까?"

대답은 없었다. 그저 곽도원의 시선을 피하기 급급할 뿐. 곽도원이 피식 웃음을 흘리며 손에 들고 있던 골프채를 그 대로 바닥에 던졌다.

텅—

그런 뒤에 다시 자신의 자리로 돌아가서 앉은 후 말했다.

"서 이사님."

"네? 아, 네."

부름을 받은 서 이사가 가볍게 몸을 떨고는 곧장 앞으로 한 걸음 걸어 나와 대답했다.

"내가 들으니까 D.K가 설립한 이번 재단 규모가 5천억이라면서요?"

"저, 저도 그렇게 들었습니다."

"하, 새끼들 돈 많네. 저번에 KV 통신 위성 문제로 투자 좀 해달라고 하니까 돈 없다고 하지 않았어요?"

"맞습니다. 분명 그렇게 대답했습니다."

"그럼, 뭐야. 그 새끼들이 우리한테 구라를 친 거야? 아니면, 병신 같아가지고 돈이 있는데도 투자를 못 받아 온 거야?"

부르르-

순간 서 이사의 몸이 분노로 떨렸지만, 그걸 표출하기에는 이미 그 대가를 받은 인물이 바로 옆에 있었다.

"뭐, 다 좋아. 그래, 지들 돈으로 거지새끼들 도와준다는 건 좋단 말이야. 이 새끼들이 아주 성인군자야! 천사인거지. 근데 왜 유가족들을 돕겠다는 거야? 지들이 뭔데 우리 백화점에서 사고 난 사람들을 도와? 민 상무, 어떻게 생각해?"

부름을 받은 민 상무가 넥타이를 고쳐 맸다. 이미 김 전무와 서 이사를 보면서 날아올 질문에 대해 머릿속으로 시뮬레이션을 돌리고 있던 그였다.

"제가 아랫사람을 시켜서 어찌된 일인지 파악해보라고 하겠습니다."

하지만 그 대답은 곽도원이 기다리던 답이 아니었다. 곽도원이 치아를 들어내며 말했다.

"하, 시발. 이봐요, 민 상무. 일이 일어난 다음에 알아보는 건 누가 못해. 내가 지금 당장 바깥에 나가서 지나다니는 직원 하나 잡고 알아와 보라고 시켜볼까? 일이 벌어지기 전에 이유를 알아야 할 것 아니야! 그러라고 당신을 비싼 돈 주고 그 자리에 앉혀 놓은 거 아니야. 안 그래?"

"죄, 죄송합니다."

"후우. 이것들 보세요. 자, D.K가 재단을 세워서 그놈의 지긋지긋한 인간들을 도운다고 했죠? 그런 언론이 우리를 뭐라고 하겠어? 뭐라고 하긴! 개쌩양아치라고 하겠지. 지금까지 우린 뭘 했냐고. 그럼, 국민들이 불매다 뭐다 해서 또 생 지랄을 할 거고 회사 주가는 폭락할 거야. 주주들은 또 난리 치겠지! 회장인 내가 잘못했다고! 그럼, 지금 있는 내 자리가 위험해 질 텐데, 그렇게 되면 내가 혼자 죽을 것 같습니까?"

소리 내어 대답할 수 없었지만, 임원들은 이미 알고 있다. 자신들의 자리 역시 온전치 못하리라는 것을.

이미 곽도원이 회장의 자리에 오를 때 자신에게 반기를 들었던 이들을 어떻게 처리했는지 똑똑히 알고 있기 때문이었다.

"후우. 이봐요 민 상무님."

"네? 네!"

"좆같긴 하지만 그쪽 대표한테 연락 넣어서 자리 한 번 만들어요."

"D.K 말씀이십니까?"

"그럼, 이 상황에서 나사한테 연락이라도 넣을까?"

"……."

곽도원의 윽박지름에 민 상무가 또 다시 들었던 고개를 숙였다.

"서 이사, 지금 그룹에 있는 자금으로 500억. 시발, 500억 지출 가능합니까?" "시간이 조금 걸리기는 하겠지만 가, 가능합니다."

"좋아요. 그럼 당장 준비하고 그 500억은 D.K가 만든 재단에 투자합니다."

곽도원의 말이 끝나자 임원들이 그게 무슨 소리인가 하는 표정으로 그를 쳐다봤다.

"답답한 사람들 같으니. 어차피 이렇게 된 거 언론이 뭇매를 때리기 전에 해결해야 합니다. 그러니 D.K가 세운 재단에 우리 KV 그룹도 투자를 했고. 그 금액으로 유가족들을 돕는 거다. 이렇게 나가야 정부는 물론 언론의 뭇매를 맞지 않고 우리가 산다고요. 알겠습니까?"

답답하다는 듯 곽도원이 추가 설명을 하고 나서야 임원들이 이해가 간다는 표정을 지었다.

"다들 알았으면, 지금 당장 나가서 제대로 일들 합시다. 이번에도 제대로 하지 못하면, 다들 그 머리 위에 있는 거 무사히 지키지 못할 줄 아세요."

서울 잠실.

희망 재단 본사 E 스페이스 빌딩.

D.K 그룹은 KAL 호텔에서 희망 재단 설립 발표회가 끝나자 불과 1주일 만에 이곳에서 희망 재단의 발촉식을 가졌다.

다른 사람들이 보기에는 번갯불에 콩을 구워먹는 속도이겠지만, 이미 한 달 전에 완벽히 준비를 끝낸 희망 재단 입장에서는 그저 발족식이란 행사를 하나 치렀을 뿐이었다.

"후우, 이거 사람을 더 뽑든가 해야겠네요. 회사의 입구야 경호 인력을 배치해서 진을 치고 있는 기자들을 쫓아내긴 했지만, 하루가 멀다 하고 문의 전화가 빗발치는 통에 직원들이 아주 곤혹이에요. 이럴 줄 알았으면, 대표 이사 자리는 어떻게든 안이나 에이션트 원에게 떠넘기는 것이었는데."

레이아가 질린다는 표정으로 고개를 절레절레 흔들었다. 그 모습에 맞은편에 앉아 있던 나와 안 집사는 가볍게 미소를 지었다.

말은 이렇게 하고 있지만, 레이아의 입가에는 은은한 미소가 걸려 있었다.

'겉으로는 강한 여자처럼 보이지만, 레이아는 그 누구보다 마음이 여리고 약한 여성입니다. 특히 그녀는 누군가를 돕는 일에 아주 열성적이고 관심이 많습니다. 세상에 알려지지는 않았지만, 빌&멀린다 게이츠 재단의 후원자이기도 하고요. 만약 에이션트 원께서 재단의 대표를 염두에 두고 계신 분이 없다면, 전 레이아를 대표로 추천 드리고 싶습니다.'

본래 희망 재단의 대표는 안 집사를 생각하고 있었다. 재단에 들어가는 대부분의 돈은 내가 투자했지만, 그렇다고 해서 내가 표면적으로 나서기에는 여러 가지 걸림돌이 많았기 때문이었다.

하지만 안 집사의 말을 듣고 생각을 바꿨다. 기부라는 것은 단지 주판알을 잘 튕긴다고 해서 잘 할 수 있는 것이 아니다.

애초에 기부라는 것이 몸에 배여 있고 그들이 진정 원하는 것이 무엇인지를 아는 사람이 해야 같은 돈이라도 보람되게 쓰일 수 있기 때문이었다.

그런 면에서 볼 때 나나 안 집사보다는 확실히 레이아가 희망 재단을 맡는 것이 옳다고 볼 수 있었다.

"참, 얼마 전에 꽤 재미있는 연락이 들어왔는데."

"재미있는 연락이요?"

내가 반문하자 안 집사가 고개를 끄덕이며 말했다.

"D.K 그룹의 비서실로 연락이 한 통 왔었는데, 바로 KV 그룹이었습니다."

"……?"

"레이아 부사장, 아니 희망 재단의 대표 이사인 레이아를 만나고 싶다는 연락이었습니다."

"뿐만 아니라 정부의 여러 인사들에게도 연락이 왔어요. 국회의원들은 물론 복지부장관도 절 만나고 싶다고 하시더 군요."

안 집사와 레이아는 거대 그룹의 오너들이다. 당연히 평상시에도 재계나 정치권에서 연락이 올 것이다. 하지만 지금은 시기가 교묘했다.

"희망 재단 때문이겠죠?"

"아무래도 그럴 겁니다. 재단의 규모가 무려 5,000억이니까요. 아무래도 그 실체가 궁금하기도 할 것이고 요새 말로는 숟가락을 올리고 싶기도 할 겁니다."

"숟가락이요?"

잠시 고개를 갸웃거리다가 이내 뭔가가 떠올랐다.

"설마 지금 희망 재단에 자신들도 뭔가 영향력을 행세하고 싶다는 그런 건가요? KV 그룹 역시 그래서 연락을 한 건고요?"

짝!

"바로 보셨어요. 에이션트 원!"

레이아가 가볍게 박수를 치며 대답하고는 곧장 말을 이었다.

"아마 KV 그룹 쪽에서 저를 만나자고 하는 건 투자를 통한 언론의 이미지 쇄신이 목적이겠죠. 우리가 재단 건립을 발표함과 동시에 KV 그룹을 향한 언론의 분위기가 더 안좋아졌어요. 그동안은 그래도 대기업인 KV 그룹이 유족들의 보상금을 떼어먹겠느냐는 반응이 있었지만, 저희가 재단을 설립하고 제일 먼저 KV 백화점 붕괴에 따른 유가족들을 돕는다고 나서니, 그들이 유가족들의 보상을 하지 않으려고 한 게 아닌가라는 여론이 다시 거세지고 있어요."

"그래서 KV 그룹이 이제 와서 희망 재단에 투자를 하고 사실은 저희와 합작을 해서 보다 효과적으로 유가족들을 지원하기 위해 지금까지 미루고 있었다, 이런 식으로 언론 플레이를 하려고 한다는 말인가요?"

"네, 정확히 보셨어요. 만약 그렇게 하지 않으면 언론의 분위기는 더 나빠질 것이고 혹 KV 그룹 제품에 불매 운동이라도 일어난다면, 주가는 곤두박질치게 되겠죠."

주가가 떨어진다는 것은 다시 말해서 그 회사의 가치가 감소한다는 것이다.

특히 대기업 같은 경우는 단돈 몇 천원이 떨어지는 것만으로도 수백억 수천억의 손실이 발생하기 마련이었다.

"보통 이런 경우에는 상황이 과열되지 않도록 정부에서도 나서서 힘을 쓰는 게 일반적이지만, 이번 정부는 KV 그룹 사태에 관여하지 않을 것이라는 게 제 예상입니다. 이걸 한 번 보시죠."

안 집사가 책상 위에 있던 파일을 내게 내밀었다. 그 파일에는 정부와 KV 그룹 간에 LK 타워 건설에 관한 보고서가 들어 있었다.

"……여기 있는 사실이 진짜라면, 정부에서는 KV 그룹을 원수처럼 여기고 있겠는데요?"

"그 말씀대로입니다. 특히 김주훈 대통령은 약속을 매우 중요시하고 추진력이 매우 강한 사람입니다. 지지율도 높은 편이고 정치권에서 잔뼈가 굵은 현 총리가 적극적으로 지지하고 있어 정치적으로도 꽤 안정적인 상황이죠."

안 집사의 설명을 듣고 있으니, 조금 이상한 것이 있었다.

"그건 조금 이상한데요. LK 타워 건설에 대한 사건은 KV 백화점 붕괴 이전에 일어났던 일이잖아요. 그러면 지금처럼 KV 그룹을 지켜보는 게 아니라, 그걸 빌미로 정부에서 압박을 가했어야 하는 게 맞지…… 혹시 정부는 KV 그룹에 대한 여론이 최악을 향할 때까지 참고 있는 겁니까? 보다 큰 그림을 위해서?"

내 추측을 들은 레이아와 안 집사가 빙그레 미소를 지었다.

"가끔 보면 에이션트 원의 나이가 의심스러울 때가 있습니다."

"맞아요. 어느 날은 그저 평범한 대학생 같기도 하고 또 어느 날은 통찰력 깊은 사업가나 노련한 정치인을 보는 것 같기도 하니까요."

두 사람이 이런 생각을 가지는 것도 무리는 아니었다. 시간 여행자의 삶을 살기 시작하면서 내 삶에는 육체적이나 정신적으로 큰 변화가 왔으니까 말이다.

'과거에 비하면 정말 엄청나게 발전했지.'

머천트 준에게 삐에로의 버프를 받지 못했을 때의 능력은 가히 형편없다 할 수준이었다.

[한정훈]
어설픈 시간 여행자 Lv. 1
근력: 5
민첩: 4
체력: 5
지력: 8
특성: 용기

하지만 지금의 능력은 어떠한가?

[한정훈]+
준비된 시간 여행자 LV. 2
근력: 12(2)
민첩: 6
체력: 10(2)
지력: 13
특성: 용기
스킬: 고속판단, 격투술, 직감, 진실과 거짓

처음이 초등학교 정도의 육체와 지식의 수준이라고 본다면, 후자는 성인에 가까운 수준이었다. 당연히 그 차이는 극명하게 날 수밖에 없었다.

호르륵.

레이아가 앞에 놓인 차를 한 모금 들이킨 후 말했다.

"그래서 에이션트 원께 묻고 싶은 게 있어요. 1차 목표는 재단을 설립해서 KV 백화점 사고에 희생된 유가족을 돕는 것이라고 하셨죠? 그리고 2차는 KV 그룹을 단죄하는 것이었고요. 단, 1차 계획을 시행하는 동안 그들이 죄를 뉘우치면 2차 계획은 보류하기로 했었죠."

"맞습니다."

"만약 KV 그룹에서 유가족들을 돕기 위해 저희 재단에 투자를 하겠다고 한다면, 어떻게 되는 거죠? 2차 계획은 보류 하실 생각인가요?"

"정보란 이래서 중요한 것 같네요."

"……?"

무슨 소리냐는 표정을 짓는 두 사람을 보며 말을 이었다.

"만약 오늘 이 자리에서 두 분이 여러 가지 사실을 말씀해주지 않으셨다면, 전 투자를 받고 그것으로 2차 계획은 없던 것으로 했을 겁니다. 하지만 저들이 우리에게 투자를 하는 건 자신들의 잘못을 뉘우쳐서도, 국민들에게 사죄를 하기 위해서도 아니지 않습니까? 단지 이제 와서 자신들이 가진 것을 잃을까봐 두렵기 때문이죠."

레이아와 안 집사가 고개를 끄덕였다. 그 모습에 이어서 말하는 내 목소리에도 절로 힘이 들어갔다.

"지금 상황에서 KV 그룹이 얼마를 투자할지는 모릅니다. 하지만 한 가지는 분명하죠. 그들은 결코 자신들을 위해 눈물 흘린 사람들에게 사죄를 할 생각이 없다는 겁니다. 안 집사님."

"네, 에이션트 원."

"지금까지 상황을 보면, 정부는 분명 KV 그룹에 호의적이지 않은 감정을 가지고 있습니다. 이는 분명 어떤 계획이 있다는 것을 뜻하겠죠. 대체 그 계획이 어떤 것인지 조사해주실 수 있겠습니까?"

"맡겨만 주시죠."

"레이아."

"네, 말씀하세요."

"희망 재단은 앞으로 물질적으로 다른 그 어떤 단체의
도움도 받지 않습니다. 만약 돈이 부족하다면, 제가 마련해
보겠습니다."

이미 시간 여행을 통해 5,000억이란 돈을 마련했다. 모
든 것은 처음이 어려울 뿐이다.

5,000억의 돈이 소모되면, 시간 여행을 통해 또 다시 돈
을 마련하면 된다.

'한 번이 안 되면 두 번, 두 번이 아니라면 세 번.'

물론 돈을 마련하기 위해서 과거를 바꾸는 일 따위는 하
지 않을 것이다.

과거에 개입하는 순간 현재가 어떻게 변하는지는 제임스
를 통해 충분히 깨달았기 때문이다.

하지만 과거의 역사를 바꾸지 않는 한도 내에서 현재에
도움이 될 만한 방법은 많다.

'내게는 타임 포켓이 있으니까.'

〈타임 포켓〉

내구도: 100/100

설명: 여행을 떠나는 여행자에게 꼭 필요한 상품입니다.
현세와 여행한 곳의 물건을 포켓에 담아 자유롭게 가지고
다닐 수 있습니다. 물건을 포켓에 담을 때는 그 가치만큼 1
회에 한해서 TP를 소모합니다. 단, 정산의 방에서 구매한
물건은 TP가 소모되지 않습니다.

주의 사항: 해당 물건은 여행자를 제외하고는 보이지 않는 상품입니다.

포켓이 파손되면 안에 담긴 물건 역시 망가질 수 있습니다.

TP: 4,000

지금까지 내가 정산의 방에서 구입한 물건 중에서 가장 비싼 물건이 바로 타임 포켓이다.

현세와 여행한 곳의 물건을 포켓에 담아 자유롭게 가지고 다닐 수 있는 것으로, 그 크기는 작지만 잘만하면 큰돈을 버는 것도 가능했다.

예를 들어 내가 처음 여행을 갔던 조선시대. 그곳에서 나는 갑조 소속의 평범한 수졸인 최석영이었다.

그런데 만약 내가 이때 타임 포켓이 있었고 이순신을 만나 낙인이 찍힌 글귀라도 한 줄 얻어 현세에 돌아왔다면 어땠을까?

명량 해전이 있기 전 이순신의 낙인이 적혀 있는 글귀.

이는 보물급의 유물일 것이고 당연히 그 가격 또한 엄청날 수밖에 없을 것이다.

이처럼 타임 포켓을 최대한 활용한다면, 곧 이전의 여행처럼 행동하지 않아도 어느 정도 수준의 자금을 만드는 것은 가능할 것이다.

"에이션트 원, 지금 그 말씀은 제가 설마 5,000억을 날려 먹을까 걱정하시는 건가요?"

"네? 제 말은 그게 아니라……."

"호호. 농담이에요."

오른손으로 입을 가리고 미소를 흘린 레이아가 말을 이었다.

"제가 그렇게 무능한 사람이었다면, 10년 넘게 안의 옆에 있었을 수가 없지요. 5,000억이란 돈은 무작정 사람들을 돕기만 해도 몇 년은 쓸 수 있을 만큼 큰돈이에요. 하지만 무릇 사업가가 운영하는 재단이라면, 지속적인 투자를 통해서 이 재단이 몇 년이 아닌 몇 십 년 몇 백 년이 이어가도록 유지해야죠. 그러니, 제게 믿고 맡겨주세요."

"믿지 않았다면 대표의 자리를 맡겼을 리 없잖아요."

사람을 믿는데 있어 반드시 같이 지내온 시간과 나이가 중요한 것은 아니다.

지금 이 자리에 있는 안 성우, 안 집사만 봐도 그렇지 않은가? 더욱이 레이아는 안 집사가 가장 믿고 있는 사람 중의 하나였다.

그런 그녀를 믿지 못한다면, 애초에 안 집사 또한 믿지 말아야 하는 것이 맞았다.

"고마워요."

레이아가 짤막하게 감사의 인사를 표할 때였다. 테이블 위에 올려놨던 휴대폰에서 진동이 흘러나왔다.

우웅-

핸드폰의 발신인을 확인해보니 최혜진이었다.

'얘가 갑자기 왜?'

문자라면 몰라도, 아니 그 또한 최혜진과는 해본 적이 없었는데 느닷없이 전화가 왔다.

번호 역시 그날 동창회에서 처음으로 교환했던 것이었다.

"저희는 신경 쓰지 말고 받으시지요."

"받으세요."

레이아와 안 집사의 권유에 고개를 끄덕이고는 통화 버튼을 눌렀다.

"여보세요."

[좋은 아침! 정훈아, 너 오늘 밤에 시간 있지?]

"갑자기 그게 무슨 소리야?"

[무슨 소리긴! 우리 삼겹살집에서 약속했던 거 잊었어?]

"삼겹살집?"

최혜진의 지적에 기억을 더듬거렸다. 삼겹살집이라면, 그녀와 박영기 그리고 박지헌이 함께 했던 그 장소일 것이다.

[그래! 거기서 삼촌이 우리 모두 정이성이 나오는 프로에 초대해준다고 했잖아.]

그녀가 칭하는 삼촌이라면, 박지헌을 말하는 것일 거다. 그리고 확실히 당시 그 자리에서 박지헌은 정이성이 나오는 프로에 초대해준다는 말을 했었다. 심지어 최혜진은 그 사실을 녹음까지 했다.

"근데 그건 너만 해당되는 거 아니었어?"

[아니거든! 아무튼 오늘 저녁에 녹화가 있다고 하니까 같이 가자. 나 꼭 정이성 보고 싶단 말이야.]

"으음, 그냥 영기랑 가면 안 될까?"

[영기는 고향 집에 내려가야 한다고 해서 안 된다고 했단 말이야. 그럼, 나 혼자 가야하는데. 그런 곳은 처음이라 혼자는 무섭단 말이야!]

'영기 이 배신자 녀석.'

아무래도 탈출할 수 있는 선수는 박영기에게 먼저 **빼앗**긴 것 같다.

'그나저나 혼자 파리 패션쇼까지 다녀왔던 애가 대체 뭐가 무섭다는 거야? 흐음, 방송 프로라.'

이해가 안가는 부분은 많았지만, 머릿속에 최혜진의 얼굴이 떠오르니 냉정하게 거절하기가 그랬다. 또 한편으로는 방송 프로에 대한 호기심도 있었다.

"후우. 그래, 그럼 시간이랑 장소 문자로 보내줘."

[그러지 말고 나랑 같이 만나서 가자. 야외 카페 촬영이라서 자가나 택시가 아니면 가기 힘들단 말이야.]

"그래? 그럼 내 차타고 같……."

말을 끝맺기도 전에 아차라는 생각이 들었다.

[뭐야, 너 차 있었어? 잘 됐다! 그럼, 우리 강남역에서

5시에 만나서 같이 가자. 내가 그리 나가 있을게!]

"……그래, 알았어."

[아, 그리고 이번 방송 프로 목적이 출현한 연예인이랑 방청객들의 소장품을 경매로 걸어서 그 수익금으로 어려운 사람을 돕는 거래. 그러니까 너도 소장품 같은 거 하나 들고 와야 돼. 알았지?]

"잠깐만, 갑자기 소장품……."

[그럼, 5시에 만나. 뿅!]

뚜―

다급히 말을 걸어봤지만, 휴대폰 너머에서 들려오는 끊어진 신호음만이 들려왔다.

"후우. 이거 곤란하네. 갑자기 애장품이라니……."

단순히 방청객으로 방송 프로에 출현하는 것과 애장품을 준비해서 참여하는 것은 얘기가 다르다. 더욱이 그 목적이 기부를 위해서라고 하지 않던가?

잠시 팔짱을 끼고 고민을 하고 있으니, 옆에서 지켜보던 안 집사와 레이아가 한마디씩 거들었다.

"애장품이면, 미술품 정도가 무난하지 않을까요? 만약 적당하게 없으시면 제가 하나 선물로 드릴게요. 쟝이라는 프랑스 화가가 그린 작품인데 작년 프랑스의 한 경매장에서 10만 달러에 낙찰 받은 그림이에요."

10만 달러면, 무려 1억 원짜리 그림이라는 소리였다.

"그건 너무 비싸지 않나요?"

"5,000억을 재단에 투자하신 분이 지금 1억 원짜리 그림이 비싸다고 하시는 거예요? 더군다나 에이션트 원의 애장품인데, 나중을 생각해서라도 가치 있는 물건을 내놓아야죠."

"아니, 레이아. 에이션트 원의 말씀에도 일리가 있어. 방송 프로에 그런 그림을 가지고 나갔다가는 자칫 일이 복잡해질 수도 있지. 적어도 우리가 아닌 다른 사람이 보기에 에이션트 원께서는 평범한 학생이지 않나? 게다가 이미 알 만한 사람은 레이아가 그 그림을 구입했다는 것을 알고 있을 텐데. 자칫 에이션트 원과 자네의 관계를 의심할 빌미를 제공할 수도 있네."

맞다. 내가 말하고 싶은 것이 바로 지금 안 집사가 말하는 것이다.

하지만 레이아의 생각은 달랐다.

"물론, 그렇긴 하지만 언제까지나 에이션트 원의 정체를 계속 숨길 수는 없는 일이지 않나요? 지금부터라도 조금씩이지만 적당한 신분을 만들어서 에이션트 원을 사회에 들어내는 게 나중을 위해서라도 좋을 것 같은데."

"음, 그것도 틀린 말은 아니지."

틀린 말은 아니다. 영원한 비밀이란 없는 법이니까. 그래서 나 역시 아직 두 사람에게 밝히지는 않았지만, 준비하고 있는 것이 있다.

"저도 그 부분에 대해서는 생각하고 있는 게 있어요.

하지만 아직은 생각이 정리 되지 않았으니, 추후에 말씀
드리도록 하죠."

"그렇게 말씀하신다면, 알겠어요."

레이아가 고개를 끄덕이자 팔짱을 풀고 다시 물었다.

"자, 그럼 다시 본론으로 돌아와서 어떤 물건이 좋을까
요? 그래도 좋은 일에 쓰이는 거라니까 가치 있는 물건을
내놓고 싶은데."

"가치 있는 물건이라. 아! 그러면 이런 식의 스토리는 어
떻습니까? 제가 5년 전 쯤에 한 고서점에서 셰익스피어의
친필이 남아 있는 책을 구한 적이 있습니다. 에이션트 원께
서 이 고서를 여행을 하다가 우연히 구한 것으로 해서 이번
애장품으로 내놓는 겁니다."

"잠깐만요. 설마 지금 말씀하시는 게 제가 아는 그 셰익
스피어를 말하는 건가요? 햄릿과 로미오와 줄리엣을 쓴 세
계 최고의 극작가요?"

명색이 나 역시 대학생이었다. 아니, 그렇지 않더라도 어
찌 셰익스피어를 모를 수 있을까?

안 집사가 고개를 끄덕였다.

"네, 물론 그렇다고 해서 숨겨진 역작이나 그런 작품은
아닙니다. 다만 첫 장에 친우를 향한 몇 줄의 글이 적혀 있
을 뿐이죠."

확실히 안 집사의 설명에 따르면 엄청난 가격은 아닐 것
이다. 셰익스피어의 명성을 생각할 경우 숨겨진 역작이었

다면, 천문학적인 가격을 자랑했겠지만 말이다.

"그래도 셰익스피어라면, 가격이 꽤 나갈 것 같은데요."

문학을 하는 사람이 아니더라도 셰익스피어는 일반 대중에게도 널리 알려진 세계 최고의 극작가였다.

안 집사가 어깨를 으쓱거리며, 말했다.

"원래 이런 물건은 그 가치를 알아주는 주인이 나타나야지 제값을 받을 수 있는 법입니다. 제가 에이션트 원에게 이 물건을 권하는 이유도 그 때문이지요."

"방송의 힘을 이용할 생각이군요."

대답은 레이아에게서 흘러나왔다. 자신에게 시선이 집중되자 그녀가 말을 이어나갔다.

"원래 방금 말한 물건 같은 경우에는 경매를 통해 처분하는 게 일반적이에요. 그래야 그 가치를 아는 사람을 만나 높은 값을 받을 수 있거든요. 하지만 안이나 제가 참여하는 경매에 나오는 물건 같은 경우에는 그 나라의 국보나 보물급으로 취급될 만큼의 고가품인 경우가 대다수죠. 다시 말해서 안이 에이션트 원에게 권한 그 고서는 그 정도의 물건은 아니라는 소리예요. 물론 그렇다고 해서 저렴하다는 얘기는 아니랍니다. 다만, 상대적이라는 것이죠. 안이 내놓은 물건 역시 제대로 된 주인만 만나다면 충분히 높은 값을 받을 수 있을 거예요. 그리고 그 제대로 된 주인을 찾기 위한 방법으로 방송은 상당히 효과적인 수단이라고 할 수 있지요."

레이아의 설명을 들으니 그제야 안 집사의 의도를 대강 알 것 같았다.

하지만 그래도 한 가지 걱정이 되는 부분은 있었다.

"안 집사님께 괜히 폐를 끼치는 것 같은데요."

"무슨 그런 말씀을. 제게 중요한 것은 수백 년 전의 사람이 남긴 글씨 한 줄이 아니라 지금 이 자리에 있는 에이션트 원이십니다."

순간 가슴 한편에 뭔가가 뭉클거렸다.

"알겠습니다. 그럼, 이번에는 안 집사님께서 말씀하신 그 고서를 애장품으로 내놓도록 할게요."

결정을 내리자 안 집사가 곧장 옆에 있는 휴대폰

"네, 그럼 제가 지금 연락을 취해 그 책을 가져오라고 하겠습니다."라니까 가치 있는 물건을 내놓고 싶은데."

"가치 있는 물건이라. 아! 그러면 이런 식의 스토리는 어떻습니까? 제가 5년 전 쯤에 한 고서점에서 셰익스피어의 친필이 남겨진 책을 구한 적이 있습니다. 에이션트 원께서 이 고서를 여행을 하다가 우연히 구한 것으로 해서 이번 애장품으로 내놓는 겁니다."

"잠깐만요. 설마 지금 말씀하시는 게 제가 아는 그 셰익스피어를 말하는 건가요? 햄릿, 로미오와 줄리엣을 쓴 세계 최고의 극작가요?"

명색이 나 역시 대학생이었다. 아니, 그렇지 않더라도 어찌 셰익스피어를 모를 수 있을까?

안 집사가 고개를 끄덕였다.

"네, 물론 그렇다고 해서 숨겨진 역작이나 그런 작품은 아닙니다. 다만, 첫 장에 친우를 향한 몇 줄의 글이 적혀 있을 뿐이죠."

확실히 안 집사의 설명에 따르면 엄청난 가격은 아닐 것이다.

셰익스피어의 명성을 생각할 경우 숨겨진 역작이었다면, 천문학적인 가격을 자랑했겠지만 말이다.

"그래도 셰익스피어라면, 가격이 꽤 나갈 것 같은데요."

문학을 하는 사람이 아니더라도 셰익스피어는 일반 대중에게도 널리 알려진 세계 최고의 극작가였다.

안 집사가 어깨를 으쓱거리며, 말했다.

"원래 이런 물건은 그 가치를 알아주는 주인이 나타나야지 제 값을 받을 수 있는 법입니다. 제가 에이션트 원에게 이 물건을 권하는 이유도 그 때문이지요."

"방송의 힘을 이용할 생각이군요."

대답은 레이아에게서 흘러나왔다. 자신에게 시선이 집중되자 그녀가 말을 이어나갔다.

"원래 방금 말한 물건 같은 경우에는 경매를 통해 처분하는 게 일반적이에요. 그래야 그 가치를 아는 사람을 만나 높은 값을 받을 수 있거든요. 하지만 안이나 제가 참여하는 경매에 나오는 물건 같은 경우에는 그 나라의 국보나 보물급으로 취급될 만큼의 고가품인 경우가 대다수죠. 다시 말해서 안이 에이션트 원에게 권한 그 고서는 그 정도의 물건은 아니라는 소리에요. 물론 그렇다고 해서 저렴하다는 얘기는 아니랍니다. 다만, 상대적이라는 것이죠. 안이 내놓은 물건 역시 제대로 된 주인만 만나다면 충분히 높은 값을 받을 수 있을 거예요. 그리고 그 제대로 주인을 찾기 위한 방법으로 방송은 상당히 효과적인 수단이라고 할 수 있지요. 에이션트 원, 어떻게 생각하세요?"

레이아의 설명을 들으니 그제야 대충 안 집사의 의도를 알 것 같았다.

하지만 그래도 한 가지 걱정이 되는 부분은 있었다.

"안 집사님께 괜히 폐를 끼치는 것 같은데요."

"무슨 그런 말씀을. 제게 중요한 것은 수백 년 전의 사람이 남긴 글씨 한 줄이 아니라 지금 이 자리에 있는 에이션트 원이십니다."

"안 집사님……."

순간 가슴 한편에 뭔가가 뭉클거렸다.

"알겠습니다. 그럼, 이번에는 안 집사님께서 말씀하신 그 고서를 애장품으로 내놓도록 할게요."

결정을 내리자 안 집사가 곧장 옆에 있는 휴대폰 집어 들었다.

"네, 그럼 제가 연락을 취해 지금 그 책을 가져오라고 하겠습니다."

Chapter 50. 미스터 기부왕 (1)

　　강남역 1번 출구.

　　마지막 순간까지 안 집사에게 선물 받은 차를 끌고 나갈
까 말까 고민을 했지만, 결국은 차를 끌고 나가기로 했다.

　　레이아의 말에 따라 언제까지나 지금 내 현재 상황을 주
변에 숨기고 있을 수만은 없는 일이기 때문이었다.

　　"그냥 그 녀석이 차에 대해서는 잘 모르길 빌어야지."

　　남자가 여자들의 화장품에 관심이 없듯 여자들 또한 차
에 관심이 없는 사람들도 많았다. 최혜진 역시 그러기를 속
으로 잠깐이나마 빌었다.

　　1번 출구의 갓길에 차를 대고 얼마를 기다렸을까? 주변
을 지나가다가 힐끗거리는 사람들의 시선이 익숙해질 때쯤

최혜진으로부터 문자가 도착했다.

우웅—

[도착했어? 나 지금 막 지하철 내려서 커피 하나 사려고 하는데. 너도 뭐 먹을래?]

아메리카노라는 말과 함께 1번 출구에 나오자마자 바로 옆이라고 한 지 얼마나 됐을까?

커피 두 잔을 캐리어에 담아 들고 출구를 걸어 나오는 최혜진의 모습이 보였다.

그녀는 회색 빛 목폴라에 핑크빛 코트를 걸치고 가볍게 머리에 웨이브를 줬는데, 풋풋한 그 모습이 참 귀엽다는 생각이 들었다.

"잠깐만, 예쁘다도 아니고 풋풋하다니? 나랑 혜진이랑 동갑인데 뭐가 풋풋하다는 거야. 요새 간혹 이러네."

최근 들어 머릿속이나 감정에 뭔가 내 나이에 어울리지 않는 생각이나 느낌들이 종종 들 때가 있었다.

"그런데 쟤는 저기 서서 뭐하는 거야?"

커피를 손에 들고 출구로 걸어 나온 최혜진이 어디로 가야할지 갈피를 잡지 못하고 있었다.

출구에서 서성거리고 있는 그녀를 바라보다가 이내 보조석의 문을 내리고 그녀의 이름을 불렀다.

위이잉—

"혜진아, 거기서 뭐해?"

"······!"

"날 추운데 뭐하고 있어. 혹시 또 누구 올 사람 있어?"

"그, 그런 건 아닌데."

살짝 긴장 어린 표정을 지은 최혜진이 고개를 저었다.

"그럼, 그만 서 있고 얼른 타. 그러다 감기 걸리겠다."

"으응."

이내 고개를 끄덕인 최혜진이 문을 열고 차에 올랐다.

"남양주에 있는 카페라고 했지?"

"맞아. 은하수가 흐르는 집이라고 했어."

"은하수가 흐르는 집이라."

내비게이션에 주소를 입력하니, 거리는 대략 35km. 길이 막힌다고 해도 대략 1시간 정도면 충분히 갈 수 있는 거리였다.

'지금 시간이 5시 10분이니까 늦어도 6시 30분까지는 도착. 7시부터 녹화 시작이라고 했으니, 충분하네.'

대강 시간을 가늠하고 차를 출발시켰다. 그렇게 차가 영동대교로 진입할 때 쯤, 말 한마디 없이 조용한 최혜진을 곁눈질로 쳐다보니 그녀는 자신이 사온 커피를 매만지고 있었다.

"무슨 생각을 그렇게 해?"

"응?"

"아니, 차에 타고부터 말 한마디 없어서."

"그게 그러니까……."

"묻고 싶은 게 있으면 물어봐. 그래도 같이 가는 길인데,

계속 아무 말도 하지 않고 갈수는 없잖아?"

내가 편하게 말을 하자 잠시 내 얼굴을 쳐다보던 최혜진
이 이내 크게 숨을 들이쉬며 말했다.

"그래, 그럼 물어볼게. 너 진짜 로또 된 거 아니야?"

"응?"

"저번에 옷도 그렇고 오늘 입은 슈트랑 이 자동차 말이
야. 솔직히 우리 나이에 가질 수 있는 물건들이 아니잖아.
그렇다고 정훈이 너네 부모님이 그렇게 잘 사시는 분도 아
니었고."

최혜진은 솔직하게 말했다. 사실 그녀가 패션만큼 차에
대해서 잘 아는 것은 아니었다.

그래도 국산차와 외제차. 적어도 B사의 스포츠카가 어느
정도 가격인지는 알고 있었다.

그녀의 아버지도 지금은 아니지만 과거 연식이 오래 된
B사의 세단을 타셨기 때문이었다.

그 때문에 강남역 출구를 나왔을 때도 설마 한정훈이 B
사의 스포츠카를 몰고 왔으리라고는 생각지도 못했다. 그
래서 문자를 받았음에도 계속 서성거렸던 것이다.

"음, 뭐라고 해야 할까? 로또는 아니지만 그와 비슷하다
고 생각하면 될 것 같아. 사정이 있어서 자세히는 말 못해
줘서 미안."

룰렛은 따지자면 로또와는 비교할 수 없을 정도의 물건
이었다.

하지만 안 집사에게도 말하지 못한 그것을 최혜진에게 말할 수 있을 리 없었다. 설령 말한다고 해도 미친 사람 취급을 하지 않으면 다행일 것이다.

설명을 들은 최혜진의 눈이 가늘어졌다.

"혹시 너 이상한 곳 나가거나 그러는 건 아니지?"

"이상한 곳?"

"그 왜 있잖아. 남자들이 나이 먹은 여자들 막 접대하고……."

"접대? 호스트 바! 잠깐만, 야!"

어이가 없기 보다는 황당한 마음에 고개를 돌렸다. 최혜진이 민망하다는 듯 창밖으로 시선을 돌렸다.

"아, 아니면 말고. 그냥 이상하잖아. 내가 기억하고 있는 학창시절의 한정훈은 공부는 잘했지만, 운동을 좋아하지도 친구들과도 그리 잘 어울리는 사람이 아니었으니까. 간혹 쳐다보면 멍하게 앉아 있을 때도 자주 있었고. 그래서 선생님한테 혼났던 적도 있잖아. 그런데 지금은……."

두근두근.

최혜진이 힐끗 고개를 돌렸다가 다시 시선을 창밖으로 주었다.

'몸은 또 왜 이렇게 좋아진 거야? 그때는 캐주얼을 입어서 잘 몰랐는데 슈트를 입으니까 장난이 아니잖아.'

최혜진의 얘기를 들으니, 입가에 미소가 걸렸다.

"학창 시절에 내가 그랬구나."

타인을 통해서 자신의 과거에 대해 듣는다는 것은 누구에게나 생소한 경험일 것이다.

"그래서 지금은 어때?"

"응?"

"그때랑 지금이랑 비교하면 말이야."

"그야 당연히 지금이 멋지지! 아, 그러니까 내 말은 그게 이제는 봐줄 만하다고."

"그거 고마운데. 아, 그러고 보니 너도 오늘 예쁘더라."

화아악!

단순한 한 마디였지만, 순식간에 최혜진의 얼굴이 붉게 달아올랐다.

"근데 정확히 오늘 우리가 참여하는 방송이 어떤 방송이야? 정이성이 나오고 애장품이 필요하다는 것까지는 들었는데."

"음, 연초에 방송될 파일럿 프로그램이래. 배우, 가수, 개그맨 등등 각 분야의 스타들이 나와서 자기가 가지고 있는 애장품을 경매에 붙이고 그 자리에서 구입할 수도 있대. 반대로 방청객이 가져온 애장품을 스타들이 사거나 아니면 나중에 경매 같은 곳에 올려서 판매된 금액으로 어려운 사람을 돕기도 하고."

"그럼 1부와 2부 형식으로 나눠서 하겠네."

"응, 맞아. 오늘 촬영하는 건 1부고 2부에서는 애장품을 팔아서 얻은 돈으로 어려운 사람들을 돕는 게 방영될 거래.

참, 정훈이 넌 애장품으로 뭐 가지고 왔어?"

"그러는 넌?"

질문을 받은 내가 되레 물었다. 최혜진이 잠시 뚱한 표정을 짓다가 이내 자랑스럽다는 듯 말했다.

"난 저번에 파리 패션쇼에 갔다가 사온 한정판 스카프. 무려 라지스 스카프라고. 너도 들어봤지?"

"……."

"설마 못 들어 봤어?"

미안하지만 처음 듣는 순간 외국사람 이름인 줄 알았다. 내가 어색한 미소를 짓자 최혜진이 단발의 탄성을 토했다.

"헐!"

"그런 쪽에는 별다른 관심이 없어서 말이야."

패션과 관련된 기억을 가진 인물이 되어 여행을 했다면 모를까, 내 기억 속에 있는 그 누구도 패션에는 그리 큰 관심을 갖고 있지 않았다.

"그렇게 말하는 거 치고는 네가 지금 입고 있는 그 옷들도 하나 같이 명품 브랜드거든?"

알고 있다. 사실 가벼운 차림으로 나서려고 했는데, 그래도 방송에 나가는 것인데 절대 안 된다고 난리를 쳐서 이 슈트를 입은 것이니깐 말이다.

"그래서 넌 애장품으로 뭐가지고 온 거야?"

"책."

"어? 책?"

당황하는 최혜진을 뒤로하고 말을 이었다.

"애장품이니깐. 꼭 비싼 물건을 가져올 필요는 없잖아?"

라고 말을 던지기는 했지만, 사실 나도 모르겠다. 짧기는 하지만 대문호 셰익스피어의 친필이 남겨진 이 책의 값어치가 과연 얼마나 갈지 말이다.

"그렇기는 하지. 그래도 좋은 일에 쓰려고 가지고 나오는 건데, 막 이번 달의 베스트셀러나 그런 건 아니지?"

"……."

"설마 진짜야?"

최혜진이 다시 질문을 던질 무렵 차안에서 익숙한 기계음이 흘러나왔다.

[목적지 부근에 도착했습니다.]

"……이제 다 왔다. 저기 저 카페 맞지?"

"응? 아, 맞아. 인터넷에서 봤던 것보다 훨씬 분위기 있네."

주변을 두리번거리던 최혜진이 짧은 감탄사를 토해냈다. 확실히 넓은 공터에 일렬로 드리워진 조명부터, 동화책에 나올 것 같은 아기자기한 외양의 카페는 여자들의 감성을 자극하기에 좋은 요소였다.

다만 문제는 그것을 제대로 느끼기에는 공터부터 시작해서 카페의 입구까지 오고가는 사람들이 너무 많다는 게 문제였다.

"그런데 차는 아무 곳이나 주차하면 되나? 나 이런 거

참석하는 건 처음이어서 말이야."

"누군 경험이 있게? 잠깐만. 어차피 오늘 방청객으로 오는 사람들은 출연진들하고 다 친분이 있는 사람들이라고 그랬거든. 삼촌한테 전화 한 번 해볼게."

"삼촌? 아! 박지헌 셰프."

이해했다는 듯 고개를 끄덕였다. 최혜진이 휴대폰의 저장되어 있는 번호를 눌렀다.

뚜—

잠시 신호가 가더니 박지헌의 목소리가 흘러나왔다.

[여보세요? 꼬맹아, 어디냐?]

"아 진짜! 꼬맹이라고 하지 말라니까요. 자꾸 그러면 저도 삼촌이 아니라 아저씨라고 부를 거예요."

[크으. 그래서 지금 어딘데?]

"지금 카페 밖의 공터인데, 저희 어떻게 가야해요?"

[그래? 그럼, 거기서 잠깐 기다리고 있어. 내가 갈 테니까. 참, 애장품은 잊지 않고 챙겨 왔지?]

"당연하죠. 하루가 멀다고 그렇게 문자를 보냈는데 그걸 잊어 먹었을까요?"

[방송에도 나가는 거니까 이상한 거 내놓으면 안 된다.]

"그런 걱정은 말고 빨리 오기나 하시죠."

[알았다.]

간단히 통화를 마친 최혜진이 고개를 돌리며 말했다.

"그냥 기다리고 있으래. 자기가 데리러 온다고."

"그래?"

고개를 끄덕이고 자리에 앉아있자니, 카페 안에서 누군가 사람들을 헤치고 걸어 나오는 모습이 보였다.

삼겹살집에서와는 달리 맵시 있게 옷을 차려 입은 박지헌 셰프였다.

"두고 보라지. 저 삼촌도 분명 이 앞에서 주춤거리게 될 걸?"

최혜진이 확신 어린 목소리로 말했다. 그리고 그녀의 확신은 정확하게 들어맞았다.

밖으로 나온 박지헌이 주변을 두리번거리며 당황하는 모습이 보였다.

지금 시간이 이미 해가 떨어진 밤이라는 이유도 있었지만, 차의 썬팅이 짙은 원인도 있었다.

물론 그게 전부는 아니겠지만.

우웅!

진동을 토해내는 휴대폰을 내 앞에서 가볍게 흔들어 보인 최혜진이 전화를 받았다.

"여보세요?"

[나 지금 공터에 나왔는데, 너 어디 있어?]

"어디 있긴요. 바로 앞에 있지."

위이잉!

동시에 창문을 내린 최혜진이 창밖으로 고개를 살짝 내밀었다.

"바보 삼촌. 잘 있었어요?"

"……!"

박지헌이 입을 작게 벌린 얼굴로 최혜진을 쳐다봤다. 그러기를 잠시, 내가 차의 시동을 끄고 최혜진과 함께 걸어 나오자 그가 질문을 날렸다.

"대박! 이거 정훈이 네 차야? 너 혹시 재벌 3세 그런 거 아니야? 내가 알기로 이 차 이번에 B사에서 나온 신형으로 가격만 5억 가까이 된다고 들었는데."

"재벌 3세 같은 건 아니에요."

굳이 따지자면, 재벌 3세가 아니라 신흥 재벌에 가까울 것이다. 자세한 설명은 웃음으로 대충 얼버무리고 트렁크에서 준비해온 애장품을 꺼냈다.

"정훈이가 재벌 3세고 아닌 게 뭐가 중요해요. 그보다 정이성 씨는 왔어요?"

"그놈의 정이성 소리 지겨워 죽겠다. 아까 도착해서 메이크업 중이라고 했으니까, 들어가면 볼 수 있을 거야."

"예스!"

최혜진이 함박웃음을 지으며, 주먹을 말아 쥐었다.

"그보다 오늘 촬영 중에는 방청객 인터뷰도 있으니까 나에 대해서 물으면, 잘 좀 말해줘라."

"그건 걱정하지 말아요. 아주 잘 말해서 검색어에 오를 수 있게 해줄 테니까."

박지헌이 질색한 표정을 지었다.

"그런 거 필요 없고 그냥 무난하게만 말해줘. 정훈이 너도 알았지?"

그다지 어려운 부탁은 아니었기에 나 역시 고개를 끄덕였다.

"자, 그럼 안으로 들어가자."

카페 안의 무대는 크게 메인 스테이지와 방청 스테이지로 나눠져 있었다.

메인 스테이지는 평소 음악 공연을 하는 라이브 무대로 보였는데, 다수의 의좌와 함께 중앙에 원목 테이블이 놓여 있었다.

반대로 방청 스테이지는 결혼식에서나 볼 것 같은 원형 테이블과 4개의 의자가 마련되어 있었다. 각 의자의 뒤에는 방청객들의 이름표가 붙어 있었다.

"음, 우리 자리는 저기다. 에이, 맨 앞자리는 아니네?"

쭉 배치된 자리를 둘러보던 최혜진이 나와 자신의 자리를 확인하고는 입술을 쭉 내밀었다. 그리고는 못마땅한 표정으로 박지헌을 쳐다봤다.

"우리 자리는 왜 이렇게 뒤쪽이에요?"

"어? 아, 그게 나름대로 인지도에 따라 스태프들이 배치한 거라서. 그리고 또 맨 뒤는 뭐가 맨 뒤냐? 그냥 조금 뒤인 거지."

"하긴 정이성에 비하면 삼촌이 급이 낮긴 하죠."

"야! 이게 요리사 특집이었으면, 내가 가장 앞자리였거든?"

두 사람이 서로를 보며 티격태격 할 때였다. 촬영 팀의 스태프 한 명이 박지헌에게 걸어왔다.

"셰프님 촬영 10분 전입니다."

"아, 벌써 그렇게 됐네요? 가서 대기하겠습니다. 인터뷰, 꼭 잘해야 한다."

고개를 꾸벅 숙인 박지헌이 마지막으로 단단히 주의를 주고는 이내 스태프를 따라 발걸음을 옮겼다.

"자, 그럼 우리도 자리에 앉을까?"

장난스럽게 최혜진의 이름표가 붙어 있는 의자를 테이블에서 빼주자 그녀가 '오오'라는 탄성을 토해냈다.

"그럼, 사양하지 않고."

최혜진과 자리에 앉아 얼마를 기다렸을까?

"저기 실례합니다."

"실례할게요."

밝고 발랄한 목소리에 고개를 돌렸다. 테이블을 찾은 두 명의 여성이 나와 최혜진을 향해 가볍게 목 인사를 보냈다.

나이는 20대 초반에서 중반 정도 됐을까?

한 명은 짧은 단발머리에 160cm 정도 되는 귀여운 외모의 여성이었고, 다른 한 명은 허리까지 오는 긴 생머리에 170cm 정도의 큰 키를 자랑하는 여성이었다.

"안녕하세요."

마찬가지로 인사를 건네자 두 사람 역시 각자 이름표가 붙어 있는 의자를 찾아 자리에 앉았다.

귀여운 외모의 여성은 한세정이라는 이름을 지녔고 긴 생머리 여성의 이름은 지현아였다.

"저기 저랑 현아는 엔젤 비너스의 학교 친구들이에요."

"엔젤 비너스요?"

고개를 갸웃거린 내가 도움을 바라는 눈빛으로 최혜진을 쳐다봤다. 그러자 그녀가 작게 한숨을 내쉬고는 대답했다.

"후우. 최근 인기를 얻고 있는 2인조 여성 그룹이야. 하늘에서 내려온 천사라는 곡이 대박을 쳐서 어지간한 사람들은 대부분 알고 있을 텐데. 너 진짜 이런 쪽으로 관심이 없구나?"

민망함에 머리를 긁적거렸다. 최혜진이 두 여성을 향해 말을 걸었다.

"저희는 박지헌 셰프의 아는 동생들이에요. 뭐, 목적은 우주 대스타 정이성님을 보러 온 것이지만요."

"어? 저희도요!"

"저희도 오늘 정이성님이 온다고 해서 왔어요!"

순간 세 여자의 눈동자가 먹이를 발견한 맹수의 그것마냥 반짝거렸다.

"저기 초면에 이런 말씀은 죄송하지만, 혹시 정사모의 회원이신가요?"

지현아의 물음에 최혜진이 당연하다는 듯 고개를 끄덕였다.

　"그럼요. 무려 프리미엄 회원인데요."

　"저랑 세정이도 프리미엄 회원이에요!"

　"혹시 ID가 어떻게 되세요?"

　"저는 이성천사요."

　"대박! 이성천사님 저 정이랑또에요."

　"전 J와이프고요. 저희 저번에 프리미엄 단체 톡 방 할 때 같이 대화도 나눴었는데. 기억하세요?"

　처음에는 심드렁했던 최혜진의 얼굴에 이제는 함박만 한 미소가 걸렸다.

　"당연히 기억하죠! 언니들 모두 23살이라고 하셨잖아요. 세정 언니는 바이올린 전공이라고 했고 현아 언니는 무용 전공 맞으시죠? 아, 그때 언니라고 불러도 된다고 하셨는데."

　"물론이지. 혜진이는 패션 전공이라고 했지?"

　정이성이라는 이름 아래 그녀들은 순식간에 대동단결 되었다. 옆에서 보고 있자니, 마치 오랫동안 만나왔던 친한 언니와 동생들의 대화 같았다.

　'이거 별거 아닌데 은근히 소외감 느껴지네.'

　하지만 애초에 연예인의 연에도 별로 관심이 없는 내게 있어 세 사람의 얘기는 별천지 속의 대화와도 같았다.

　꿀꺽꿀꺽!

괜히 앞에 놓인 생수로 마른 입술을 적시고 있자니, 어디선가 박수소리가 들려왔다.

짝! 짝!

"여러분, 안녕하세요. 스타의 애장품의 조연출 김기성입니다. 이제 곧 녹화를 시작할 텐데요. 방청객 분들께서는 긴장하지 마시고 가벼운 마음으로 촬영에 임해주시면, 감사하겠습니다. 그리고 간혹 여러분의 도움이 필요할 때가 있는데요."

정중앙으로 걸어 나온 조연출 김기성이 자신이 들고 있던 판넬을 머리위로 들어올렸다.

판넬에는 박수라는 글자가 적혀 있었다. 방청객들이 고개를 갸웃거리고 있자 김기성이 여전히 입가에 미소를 지은 채 말했다.

"자, 제가 간혹 이렇게 글자가 적힌 판넬을 들어 올리면 행동을 취해주시면 됩니다. 방금 전의 박수 같은 판넬은 이렇게 박수를 쳐주시면 되는 거죠."

짝! 짝!

김기성의 행동과 설명에 사람들이 알았다는 듯 고개를 끄덕였다.

"그럼, 다시 한 번 해볼까요?"

그가 박수가 적힌 판넬을 머리 위로 들어 올리자 곧 방청객들이 사이에서 박수소리가 터져 나왔다.

"좋습니다. 자, 그럼 환호도 한 번 해볼까요?"

[환호]

김기성이 다음 판넬을 머리 위로 올렸다.

오오오오오!

우아아아아!

그러자 곳곳에서 다양한 환호성이 흘러나왔다.

'다들 스타를 지인으로 둬서 그런가? 반응이 나쁘지 않네.'

만족한 표정을 지은 김기성이 판넬을 내렸다.

"그럼, 곧 녹화 시작하겠습니다. 다들 즐거운 시간되시기 바랍니다."

새해를 맞이해서 파일럿 프로그램으로 기획된 스타의 애정품의 포맷은 큰 특징이 있는 것은 아니었다.

스타가 자신이 보관하고 있는 애장품을 가지고 나오고 프로에 출현한 스타나 방청객들이 적당한 가격을 주고 그 물건을 구입한다.

구입한 물건의 비용은 어려운 환경의 사람들에게 기부되는데, 대부분의 경우는 바로 이 부분까지만 방송이 되었다.

하지만 이번 프로그램을 총괄 지휘한 S본부의 최찬호는 편성을 1부와 2부로 나눴다.

2부에서는 1부에서 판매된 애장품의 비용을 가지고 스타들이 직접 어려운 사람을 돕는 구성을 추가한 것이다.

"……2부에서는 스타 몇몇이 눈물 좀 흘려주면, 휴머니즘으로 시청률 좀 잡을 수 있을 거고. 1부에서는 그래도 자기들 명성이 있으니, 나름 알아서들 챙겨왔겠지. 문제는 방청객들인데. 기성아, 확실히 챙긴 거 맞지?"

최찬호가 자신의 옆에서 큐시트를 확인하는 김기성에게 물었다.

"당연하죠. 이미 물건도 확인했고 입도 맞춰놨습니다."

"수고했다."

김기성의 확신 어린 대답에 최찬호가 알았다는 듯 고개를 끄덕였다.

어차피 방송이란 시청자에게 재미를 주기 위한 하나의 쇼였다.

특히 자신이 기획한 프로는 다큐멘터리가 아닌 예능. 극적인 연출과 재미를 위해서라면, 인위적인 msg가 필수불가결의 요소였다.

시청자들 역시 이런 사실을 모르지는 않는다. 다만 중요한 것은 흐름.

프로그램을 연출하는 PD가 얼마나 자연스럽게 연출을 하느냐는 것이다.

그리고 그것이 바로 오늘 최찬호가 가장 신경 써서 챙겨야 할 부분이었다.

"자, 그럼 첫 번째 스타의 애장품을 공개하도록 하겠습니다. 애장품 가지고 나와 주세요."

차세대 국민 MC라 불리는 송시온이 신호를 보내자 무대 뒤에서 미리 준비하고 있던 스태프가 손수레를 끌고 앞으로 걸어 나왔다.

드르륵! 드르륵!

손수레에 실려 무대 위로 올라온 것은 다름 아닌 모자였다. 송시온이 앞으로 걸어 나가서 모자를 확인하고는 시선을 카메라로 돌렸다.

"첫 번째 애장품은 모자네요. 얼핏 보기에는 특별한 게 없어 보이기는 하지만, 가까이서 보면 모자의 챙 부분에 누군가의 사인이 되어 있습니다."

카메라가 모자를 확대했다. 송시온의 설명대로 챙 부분의 사인이 화면 위에 떠올랐다.

"누구 사인일까?"

"흐음."

나와 최혜진 역시 방청객 중간에 마련되어 있는 모니터로 모자의 사인을 확인했다. 하지만 선뜻 머릿속에 떠오르는 인물이 없었다.

"사인만 봐서는 어느 분의 것인지 잘 모르겠는데, 일단 애장품의 주인을 한 번 자리로 모셔보도록 하죠. 허상회 씨! 무대로 나와 주세요."

송시온의 부름에 일어선 사람은 후덕한 덩치의 개그맨

허상회였다.

그는 최근 주가를 올리고 있는 인기 개그맨이었다. 또한 다양한 음식 프로에 출현하면서 먹짱이라는 별명도 가지고 있었다.

"안녕하세요. 개그맨, 먹짱 허상회입니다."

허상회가 고개를 숙여 인사를 함과 동시에 김기성이 판넬을 머리 위로 올렸다.

오오오오오!

우아아아아!

그러자 반사적으로 방청객 사이에서 환호가 터져 나왔다.

"하하! 처음부터 반응이 아주 뜨거운데요. 상회 씨, 애장품에 관해서 잠깐 소개 좀 해주실 수 있을까요?"

송시온의 말이 끝나자 허상회가 모자를 들어 올렸다. 사인 부분이 최대한 카메라에 잘 잡히게 한 행동이었다.

"이 사인의 주인공은 바로……."

방청객과 무대의 스타.

송시온의 시선이 그에게 집중 됐다. 그 시선을 즐기며, 잠시 뜸을 들이던 허상회의 입 꼬리가 씩 올라갔다.

"접니다."

쏴아아.

차가운 바람이 장내에 모인 사람을 훑고 지나갔다. 뜨겁게 달아올랐던 분위기가 식는 것은 순간이었다.

"푸읍."

너무나 냉정한 반응에 송시온이 가볍게 웃음을 터트렸다. 그리고는 허상회의 어깨를 두드렸다.

"개그맨이라고 언제나 웃길 순 없는 법이죠."

"후우, 되게 민망하네요."

허상회가 멋쩍은 표정으로 머리를 긁적거렸다. 그리고는 이내 표정을 고치고 다시 입을 열었다.

"이 모자의 사인은 바로 마이클 존의 것입니다."

웅성웅성.

마이클 존이라는 이름이 흘러나오자 웅성거림이 흘러 나왔다. 그 웅성거림의 출처는 남성. 그 중에서도 20대 후반을 넘어가는 이들에게서 흘러나온 것이었다.

송시온이 놀랍다는 듯 말했다.

"설마 미국의 전설적인 농구스타 마이클 존을 말하는 건가요?"

마이클 존.

미국이 선정한 100년 이래 농구 역사상 가장 위대한 선수. NBA의 세계화를 이끈 일등공신이자 스포츠 역사상 최고의 스타로 그가 세운 모든 기록은 가히 전설이라 부르기에 부족하지 않은 것들이었다.

좀 전의 싸늘했던 반응을 단번에 날려버리 듯. 어깨가 으쓱해진 허상회가 말을 이었다.

"제가 예전에 미국에 간 적이 있습니다. 그때 식사를 하기 위해 햄버거 가게를 방문했는데, 엄청 큰 흑인이 햄버거를 산더미처럼 쌓아 놓고 먹고 있더군요."

"설마……."

그 다음 상황이 짐작 간다는 듯 송시온이 입을 벌리는 리액션을 취했다. 허상회가 고개를 끄덕였다.

"제가 누구입니까? 바로 이 대한민국의 먹짱 아닙니까? 바로 그 자리에서 햄버거 30개를 주문해서 그 흑인 맞은편에 앉아서 먹기 시작했습니다. 낯선 땅! 아메리카에서 위대한 한국인의 모습을 보여주겠다! 그 일념으로 햄버거를 먹었습니다."

허상회의 표정은 진지하기 짝이 없었다. 그 모습에 곳곳에서 웃음소리가 흘러나왔다.

"그래서 승부는 어떻게 됐나요?"

"막상막하기는 했지만, 제가 누구입니까? 이 시대의 진정한 먹짱입니다!"

퉁!

말을 함과 동시에 허상회가 자신의 볼록한 배를 툭하고 쳤다. 그 모습에 지금까지 웃음을 참고 있던 사람들 또한 박장대소를 터트렸다.

'좋아. 분위기 나쁘지 않고.'

PD인 최찬호의 입에도 미소가 걸렸다. 이미 어느 정도 팬을 가지고 있는 기존 프로와 달리 파일럿 프로그램은 시작이 무척 중요하다.

시작에서 진행이 느리고 답답하면, 시청자는 바로 채널을 돌려버린다. 그 뒤에 아무리 재미있는 에피소드와 볼거리가 많다고 해도 말이다.

그 때문에 분위기를 끌어올릴 수 있는 개그맨 허상회를 가장 앞에 배치한 것이다.

"그리고 이 사진이 바로 그때 같이 햄버거를 먹던 분입니다."

허상회가 품에서 사진을 꺼냈다.

카메라가 재빨리 그 사진을 클로즈업 했다. 산더미처럼 쌓인 햄버거 포장지 뒤로 허상회와 흑인 한 명이 웃으며 서 있었다.

그리고 그 흑인은 바로 전설적인 농구 스타 마이클 존이었다.

"당시에는 이 사람이 마이클 존인지 몰랐습니다. 나중에 가게로 들어온 매니저가 알려줘서 그때 급하게 쓰고 있던 모자에 사인을 받았는데, 그 모자가 바로 이겁니다."

짝짝!

송시온이 가볍게 박수를 치며 말했다.

"정말 대단하네요. 햄버거 배틀을 벌였던 사람이 전설적인 농구 스타 마이클 존이었다니. 자, 그럼 상회 씨. 이 종이에 경매 시작가를 적어주세요."

MC인 송시온의 허상회에게 펜을 내밀었다. 허상회가 앞에 놓인 종이를 보고 잠시 고민하는 표정을 지었다. 그리고는 일필휘지로 써내려갔다.

"자, 그럼 시작가를 확인해볼까요? 종이를 올려주세요!"

스윽.

허상회가 자신의 앞에 놓인 종이를 카메라를 향해 들어올렸다.

10만 원.

"아, 시작가는 10만 원이 나왔군요. 그럼, 이번 자선 경매의 방식을 설명해드리겠습니다. 룰은 간단합니다. 무대 위에 있는 스타 분은 물론 방청객들 중에서 이 물건을 구입할 의향이 있는 분들은 손을 들어주시면, 됩니다. 한 번 손을 올릴 때마다 가격은 만 원씩 올라갑니다. 마지막 가격에서 제가 3번 호명을 할 때까지 추가로 손을 드는 분이 없다면, 경매는 종료되는 것으로 하겠습니다. 자, 그럼 시작할까요? 처음 시작가는 10만 원입니다!"

말이 끝나기 무섭게 무대 위에 앉아 있던 남자가 손을 번쩍 들어 올렸다. 탤런트 김시헌이었다.

"헤에. 역시는 역시네."

"그게 무슨 소리야?"

최혜진의 중얼거림에 자리에 앉아 있던 사람들의 시선이 모였다.

"칼럼에서 읽었거든. 김시헌 취미가 스포츠 스타들의 물건 모으는 거래. 국내 스타는 물론 해외 스타 물건까지."

고개를 끄덕이고 시선을 무대 위로 돌렸다. 그 사이 가격은 23만 원을 넘어가고 있었다.

"아! 정혜미 씨. 또 들으셨습니다. 24만 원입니다."

늘씬한 키와 날씬한 몸매. 송시온의 시선이 고정된 곳에는 슈퍼모델 정혜미가 있었다.

번쩍!

김시헌이 질 수 없다는 듯 곧장 손을 들어 올렸다. 그렇게 몇 번을 더 가격이 올랐을까?

30만 원이 넘자 경매에 참여하는 사람은 단 두 사람이었다. 처음부터 모자를 탐냈던 김시헌과 모델 정혜미였다.

"자, 여기서 잠깐 경매를 멈추고 최후의 두 분과 잠시 인터뷰를 해보도록 하겠습니다. 우선 김시헌 씨."

"안녕하세요. 탤런트 김시헌입니다."

"네, 소문에 의하면 김시헌 씨가 스포츠 스타의 애장품을 굉장히 좋아한다고 들었는데요. 그 애장품들 중에서 혹시 마이클 존의 것은 없었나요?"

송시온이 물음에 김시헌이 고개를 저었디.

"마이클 존이 선수 시절 신었던 농구화가 있습니다. 물론 사인도 되어 있지요."

김시헌의 발언에 사람들의 얼굴에 의문이 떠올랐다. 애초에 그런 물건이 있다면, 허상회가 내놓은 물건에 눈독을 들일 필요가 없기 때문이었다.

가치로만 따져도 김시헌이 가지고 있는 농구화가 수십 배는 더 비쌀 것이다.

"그런 물건이 있는데 어째서?"

송시온의 질문은 모든 이의 궁금증과 같았다. 김시헌이 별거 아니라는 듯 말했다.

"모자는 없거든요."

"네?"

"신발과 모자는 다르니까요."

간단하면서도 어쩐지 납득이 가는 대답이었다. 확실히 신발과 모자는 다르니까 말이다.

송시온이 이번에는 마이크를 정혜미에게로 옮겼다.

"혜미 씨, 저번 시상식에서 뵙고 처음 뵙죠?"

"네, 그때 많이 도와주셔서 감사했어요."

송시온과 정혜미는 연말 시상식에서 같이 MC를 본 전적이 있었다.

"그런데 혜미 씨도 스포츠 스타의 물건에 이렇게 관심이 있는 줄은 몰랐습니다. 농구를 좋아하시나 봐요?"

"아니요. 농구는 전혀 몰라요."

"네? 그럼 어째서 경매에?"

송시온의 물음에 정혜미가 가벼운 손짓으로 허상회를 가리켰다.

"제가 허상회 씨 팬이거든요. 그리고 이번 자선 경매의 돈은 좋은 일에 쓰이는 거니까. 가격 좀 올려보는 거죠."

자신의 팬이라는 소리에 허상회가 발을 동동 굴렀다. 그리고는 당장이라도 모자를 들고 정혜미에게 달려가려는 것을 송시온이 저지했다.

"하하! 그러니까 마이클 존 때문이 아니라 상회 씨에 대한 팬심 때문이군요. 거기다 어차피 좋은 일에 쓰이는 거니까 가격도 좀 올려보겠다. 김시헌 씨, 이거 쉽지 않은 상대를 만났는데요."

카메라가 김시헌의 얼굴을 잡았다. 웃고는 있었지만, 양볼이 부들거리고 있었다.

'이렇게 보는 것도 나름 재미있네.'

방청객으로 참관하는 것은 처음이었지만, 확실히 TV로 보는 것과는 다른 재미가 있었다.

곁눈질로 슬쩍 최혜진을 봤다. 그녀는 무대의 정이성을 향해 시선을 고정하고 있었다. 옆 자리의 한세정과 지현아 역시 마찬가지였다.

새삼 팬심이 무섭다는 생각이 들었다.

'뭐, 그래도 진짜 잘생기기는 했다. 사람이 어떻게 저렇게 생길 수가 있지?'

지금까지 살면서 외모에 대한 콤플렉스를 느낀 적은 없었다. 그렇다고 내가 잘생겼다는 것은 아니다.

그저 외모로 불이익을 보는 얼굴은 아니라고 생각했을 뿐. 하지만 만약 주변의 정이성 같은 사람이 있었다면, 생각을 고쳐야 할 것 같다.

불이익.

아주 엄청난 불이익을 받았을 것 같다. 그만큼 그는 잘생겼었다. 마치 신이 실수로 인간 세상에 내보낸 존재처럼. 사람의 몸에서 빛이 뿜어져 나오는 것이 어떤 것인지 이해가 가는 순간이었다.

"자, 두 분이 나름의 사연이 있으니. 올라가는 액수를 조금 올려보도록 하겠습니다. 한 번에 오만 원씩 올리겠습니다. 그럼, 다시 시작해볼까요?"

오오오오!

오만 원이란 소리에 주변에서 탄성이 터진다. 확실히 만원과 오만 원은 그 금액의 크기 자체가 달랐다. 김시헌과 정혜미의 얼굴이 동시에 굳어졌다.

하지만 역시나 먼저 손을 올린 것은 김시헌이었다.

"자, 시헌 씨가 손을 드셨습니다. 35만 원 갑니다."

번쩍!

기다렸다는 듯 정혜미가 손을 들었다. 가격은 다시 40만 원. 잠시 고민하던 김시헌이 손을 들었다. 가격은 45만 원으로 올랐다.

애초에 모자의 가격이 만 원이라면, 사인 하나의 가치로 무려 45배가 오른 것이다.

"흐음."

45만 원의 가격. 정혜미가 망설이는 표정을 지었다. 그 모습을 확인한 송시온이 말했다.

"자, 더 없으시다면 카운트 들어가겠습니다. 삼! 이!"

막 일을 외치려던 순간.

스윽.

정혜미의 손이 다시 올라갔고 김시헌의 얼굴이 일그러졌다. 카메라는 놓치지 않고 그 모습을 잡았다.

희비가 교차하는 모습에 스타들과 방청객들의 입가에는 절로 미소가 걸렸다.

"자, 이제 50만 원입니다. 시헌 씨?"

부들부들.

김시헌이 고민하는 모습으로 모자를 쳐다봤다. 분명 탐이 나기는 했지만, 그렇다고 엄청나게 가지고 싶은 것은 아니었다.

마이클 존의 물건은 이미 유니폼과 신발을 비롯해서 여러 개 가지고 있기 때문이었다.

하지만 여기서 포기하자니 사나이의 자존심이 용납하지 않았다.

'이번 주 금주다.'

자신과의 약속을 속으로 내뱉은 김시헌이 느릿느릿 손을 올렸다.

"아! 55만 원 나왔습니다."

사람들의 시선이 자연스레 정혜미에게로 향했다. 사람들은 내심 정혜미가 손을 한 번 더 올려주기를 기대했다. 하지만 그런 기대와는 상관없이 정혜미는 양손을 교차하며 X를 만들었다.

"전 여기까지만 할게요."

"으윽."

빠른 포기 선언. 동시에 김시헌의 입에서 앓는 소리가 흘러 나왔다.

남은 입찰자는 한 명임으로 경매는 당연히 끝이었다.

"마이클 존의 사인이 적힌 모자는 55만 원에 탤런트 김시헌 씨에게 낙찰 됐습니다."

와아아아!

짝짝!

곳곳에서 함성과 박수소리가 흘러나왔다. 그리고 물건의 주인이었던 허상회는 직접 김시헌에게 모자를 건네줬다.

"자, 그럼 다음 물건 보겠습니다."

〈5권에 계속〉